HEYNE BÜCHER

REMO

Unbewaffnet und gefährlich

Ein Roman von Warren Murphy
und Richard Sapir

Nach einem Film von
Christopher Wood

Deutsche Erstveröffentlichung

WILHELM HEYNE VERLAG
MÜNCHEN

HEYNE ALLGEMEINE REIHE
Nr. 01/6365

Titel der amerikanischen Originalausgabe
REMO: THE ADVENTURE BEGINS...
Deutsche Übersetzung von Rolf Jurkeit

Printed in Germany 1986
Umschlagfoto: Twentieth Century Fox, Frankfurt
Umschlaggestaltung: Atelier Ingrid Schütz, München
Satz: werksatz gmbh, Freising-Wolfersdorf
Druck und Bindung: Elsnerdruck, Berlin

ISBN 3-453-02367-6

1

Sam Makin war schon einen ganzen und einen halben Tag tot, als ihm endlich jemand die Zeitung mit seiner eigenen Todesanzeige vor die Nase hielt. Er konnte nur die Überschrift entziffern, weil die kleineren Zeilen ihm vor den Augen verschwammen. Sein Kopf fühlte sich an, als sei er mit einer scharfkantigen Blechbüchse bearbeitet worden; den größten Teil seines Gesichts bedeckten Bandagen.

Er versuchte zu schlucken, aber seine ausgetrocknete Zunge saugte jeden Tropfen Speichel auf, den sein Mund produzierte.

»Sie hatten ein prächtiges Begräbnis«, sagte eine Stimme. »Der Bürgermeister war da. Der Captain Ihres Reviers war da. Der Lieutenant war da. Der diensthabende Sergeant war da. Ich war natürlich auch da. Ich mußte mich vergewissern, daß Sie wirklich keine nahen Freunde haben.«

Die Stimme klang beinahe fröhlich – so fröhlich wie das faltenlose, schwarze Gesicht, das jetzt in Makins Blickfeld auftauchte. Der Mann trug einen teuren Hut und einen gutsitzenden Sakko. Maßarbeit. Sam versuchte durchzuatmen. Sein Brustkorb schmerzte. Der Mann hatte von einer Beerdigung gesprochen. Irgendwie war Sam Makins Begräbnis für diesen Mann von großer Bedeutung gewesen.

»Man weiß nie, wer zu einer Beerdigung kommt. Auf die Bekanntschaften, die man im Leben gemacht hat, wirkt die Beerdigung wie ein Breiumschlag. Wissen Sie, was ein Breiumschlag ist?«

Sam Makin ließ ein Stöhnen vernehmen.

»Ein Breiumschlag ist eine heiße, mit Kräuterbrei gefüllte Kompresse, die das Gift aus der Wunde zieht. Wir hatten keine Ahnung, wen oder was Ihre Beerdigung anziehen würde. Es wäre ja möglich gewesen, daß Ihre Mutter oder Ihr Vater auftauchen würde. Vielleicht auch ein Freund, ein

Mensch, der Sie mochte. Das hätte gewisse Komplikationen gegeben.«

Sam Makin stöhnte noch einmal.

»Hatten Sie vielleicht gehofft, junger Mann, Ihre Mutter würde zu Ihrer Beerdigung kommen?«

Sam nahm den teuren Kaschmir-Sakko wahr, den der Mann trug, ebenso dessen polierte Fingernägel. Der Besucher setzte sich auf die Bettkante und sprach mit der gleichen fröhlichen Boshaftigkeit weiter, die Sam schon bei den ersten Wochen aufgefallen war.

»Nicht einmal eine Freundin ist zu Ihrem Begräbnis erschienen, obwohl es in Ihrer Vergangenheit von Freundinnen wimmelt. Sie kannten viele Mädchen. Zu viele. Aber Sie haben keines betrogen, weil Sie ein anständiger Typ sind. Nie zwei Freundinnen auf einmal, sondern eine nach der anderen. So ein Verhältnis dauerte bei Ihnen eine Woche, manchmal einen Monat. In einem Jahr haben Sie sich dreimal verlobt. Aber keines dieser Mädchen ist zu Ihrer Beerdigung gekommen, keine hat Rosen geschickt. Nichts. Soll ich Ihnen Ihre Freunde und Bekannten im Bild zeigen? Glauben Sie vielleicht, ich belüge Sie?«

Sam Makin versuchte den Kopf zu bewegen. Es war schwer auszumachen, ob es der Schmerz oder ein schweres Gewicht war, was seinen Kopf auf das Kissen drückte. Immerhin gelang es ihm, die Farbe der Laken zu bestimmen, mit denen sein Bett bezogen war. Weiß. Die Wände des Raums waren ebenfalls weiß. Das Fußende des Bettes bestand aus weißen Stäbchen, an denen eine Klemmtafel befestigt war. Es roch nach Äther. Der Geschmack auf der Zunge – war das vielleicht auch Äther? Sein Kopf war bandagiert. Er befand sich zweifelsfrei in einem Krankenhaus.

Der gutgekleidete Mann hatte am Fußende des Bettes Aufstellung genommen und machte sich mit einem Metallstativ und einer kleinen Leinwand zu schaffen. Warum sagte der Mann so etwas? Was machte er da?

»Können Sie schon klar sehen? Man hat mir gesagt, daß Sie zu Anfang etwas Schwierigkeiten mit den Augen haben werden.«

Sam Makin versuchte zu sprechen. Das Wort tat ihm in der Kehle weh. Seine Stimme klang merkwürdig, wie die Stimme eines Fremden. Das einzige Wort, das er schließlich herausbrachte, war:

»Wer?«

Aber der Fremde ließ ihn nicht weiterreden. Der Bildschirm am Fußende des Bettes wurde hell. Da war das Grab. Der Sarg wurde von zwei Zugsseilen gehalten. Ein Geistlicher war da, der eine Grabrede für Sam hielt. Der Nachruf war äußerst kurz. Er hätte seine Pflicht erfüllt. Der Geistliche vermied es zu erwähnen, daß Sam ein guter Mensch gewesen war. Er sprach nur von Pflicht. Sam sah sich die Trauergäste an, deren Bild auf dem Schirm erschien: den Bürgermeister, den Captain, den diensthabenden Sergeanten und sechs Beamte seines Reviers in Brooklyn, die offensichtlich auf Weisung des Vorgesetzten das Tuch gehalten hatten, mit dem der Sarg bedeckt war. Als die Kamera einen größeren Ausschnitt zeigte, konnte Sam den riesigen Friedhof sehen, wo die Handvoll Trauergäste, die an seiner Beerdigung teilnahm, ganz verloren wirkte.

Der Bürgermeister beschränkte sich auf einen einzigen Satz: »Der Streifenpolizist Sam Makin opferte sein Leben, damit die Bürger von Brooklyn ohne Angst vor Verbrechern auf die Straße gehen können.« Es gab nicht einmal einen Pressefotografen. Sam war der siebte Streifenpolizist, der in diesem Jahr umgebracht worden war. Das war keine ergiebige Story. Dann erschienen auf dem Bildschirm Nahaufnahmen der wenigen Menschen, die am Grab standen. Ein Gesicht in Großaufnahme, dann eine Pause. Die Kamera schwenkte zum nächsten Gesicht: Großaufnahme, Pause. Zu spät bemerkte Sam, daß der Mann, der bei ihm auf der Bettkante saß, die Geschwindigkeit des Films und die Folge der Bilder manipulierte. Der Mann hielt den Blick auf seinen Gegenstand gerichtet, der in seinem Schoß lag. Es war ein elektronisches Gerät, das mit Sam verbunden war. Von Sams Handgelenken führten Kabel zu einem Kontrollgerät. Der Mann verfolgte mit Hilfe des Geräts Sams Reaktionen auf die Bilder.

»Keine einzige Freundin. Keine Mama. Kein Papa. Kein Freund auf der großen, weiten Welt.« Der Mann war richtig glücklich.

»Wer sind Sie?« fragte Sam Makin.

»Ich?« Der Mann rollte fröhlich seine Kabel zusammen und befestigte die Schlaufen am Kontrollgerät. »Ich bin der Mann, der Sie getötet hat.« Die Folge der Bilder auf dem Schirm beschleunigte sich, offensichtlich hatte die Spule das Ende des Films freigegeben. In der Mitte des Schirms erschien der glänzende Holzsarg, der nun langsam in das Grab hinabgelassen wurde. Jemand sagte: »Leb wohl, Sam Makin.«

Danach verlor niemand mehr ein Wort über Sam, nicht einmal der Geistliche. Während die Trauergäste sich zum Gehen wandten, fing das mit der Kamera verbundene Mikrofon Gespräche über Basketball, über die Höhe von Polizistenrenten und über die Notwendigkeit, die New Yorker Polizei mit einer neuer Sommeruniform auszustatten, auf.

»Heute ist mir das so recht bewußt geworden«, hörte Sam einen älteren Kollegen sagen, mit dem er oft zusammen Dienst getan hatte. »Wir sind in der Winteruniform auf den Friedhof gegangen, obwohl es ein warmer Tag ist. Na ja, die Sommeruniformen sind auch nicht viel besser. Der Geistliche mit seinem Chorhemd ist für dieses Wetter vorteilhafter angezogen als wir.«

Und dann verschwand das Bild auf dem Schirm, und Sam Makin rief sich in Erinnerung, wie er gestorben war. Ganz zum Schluß hatte er die Stimme des diensthabenden Sergeanten im Revier gehört, und ganz am Anfang ebenfalls. Es war der Beamte, der die Funkverbindung mit den Streifenwagen hielt. Makin war in seinem Streifenwagen allein unterwegs gewesen; er war die Uferstraße entlanggefahren. Er erinnerte sich, wie schön New York auf der gegenüberliegenden Seite des East River ausgesehen hatte. Er erinnerte sich, daß er eine Barkasse betrachtet hatte, auf der die Menschen tanzten. Die Gesellschaft würde den Abend unter der Brooklyn Bridge verbringen. Er erinnerte sich, daß er der Übertragung eines Spiels der Knicks zugehört hatte. Sam hatte ein privates Transistorradio in seinem Streifenwagen. Der Ausgang des Spiels, auch daran erinnerte er sich, war sehr knapp gewesen. Während er der Übertragung lauschte, hatte er sich einen Becher Kaffee gegönnt. Außerdem erinnerte sich Sam Makin an die Stimme des diensthabenden Sergeanten.

»Einundzwanzig sechzehn«, kam die krächzende Stimme über Funk. Das war die Nummer von Sams Streifenwagen. Die Kaffeepause war zu Ende. Sam stellte das Radio aus und stülpte den leeren Plastikbecher über eine Miß-Piggy-Puppe, die er unter Mißachtung der geltenden Bestimmungen am Armaturenbrett befestigt hatte. Der Streifenwagen war Eigentum des New York Police Department, und nach den Bestimmungen war es untersagt, ›Gegenstände, die nicht unmittelbar dem polizeilichen Auftrag dienen‹, in einem solchen Gefährt mitzuführen. Aber Sam dachte nicht daran, sich von Miss Piggy zu trennen. Wie er zu sagen pflegte, war sie die einzige Frau, die ihm gegenüber so etwas wie Anhänglichkeit bewies.

»Hier einundzwanzig sechzehn«, sagte Sam ins Mikrofon.

»Sie müssen zwei Stunden länger machen«, ertönte die Stimme. »Nachtdienst.«

»Großartig«, sagte Sam. Er hatte sich auf eine Pizza mit viel Käse und auf ein Glas Bier gefreut. Seine Sehnsucht nach der Pizza und dem Bier wurde durch die Verlängerung des Dienstes nur noch gesteigert. Er meinte, den würzigen Käse und das schäumende Bier schmecken zu können, obwohl aus der Viertelstunde, die ihn von diesen Genüssen trennten, nun zwei Stunden und fünfzehn Minuten geworden waren.

»Sehen Sie's mal so: Sie können sich den Rest des Spiels in der bezahlten Dienstzeit anhören.«

Sam grinste. Der Sergeant kannte ihn. Die zwei Stunden mehr, das fiel nicht ins Gewicht. Nicht nach dieser Woche. Es war eine schlimme Woche gewesen. Ein schlimmer Monat. Angefangen hatte es mit den Reaktionstests. Anscheinend hatte irgendein Idiot in Washington verfügt, daß die

Streifenpolizisten unterhalb einer bestimmten Altersgrenze sich einem solchen Testprogramm zu unterziehen hatten.

Sam wußte gar nicht, daß er bei den Reaktionstests so gut abgeschnitten hatte; das erfuhr er erst, als er mit einem weiteren Test belohnt wurde. Das zweite Testprogramm war noch verrückter als das erste. Es handelte sich um einen Psycho-Test. Sam konnte sich an Frage Nr. 5 noch genau erinnern.

»Wie stellen Sie sich die Gesichter Ihrer Mutter und Ihres Vaters vor, falls Sie den beiden heute begegnen würden?«

Man brauchte kein Genie zu sein, um darauf zu kommen, daß alle Teilnehmer dieses Psycho-Tests Waisen waren. Außerdem gab es noch andere Fragen – auch solche, die Sam zu ignorieren beschloß.

Er war mit seinem Testbogen zur Leiterin der Prüfung, einer ehrsamen Frau aus Toledo, Ohio, gegangen.

»Bitteschön, Lady, machen Sie damit, was Sie wollen. Wenn Sie meinen Job haben wollen, bedienen Sie sich. Ich bin nicht bereit, diese Fragen zu beantworten. Es gibt Dinge, die tue ich einfach nicht.«

»Sehr gut«, sagte die Frau und lächelte.

Drei Wochen vor der Nacht, in der er starb, hatte Sam sich mit einer Psychologiestudentin getroffen, auf die er ein Auge geworfen hatte. Wie schon oft vorher war er auch diesmal sicher gewesen, daß sie die richtige Frau für ihn war.

Er erzählte ihr von dem Test, und sie erwiderte, daß sie einige der Fragen kannte.

»Das ist der übliche Test, um die zwanghaft handelnden, fanatischen, autoritätsgläubigen Rächertypen herauszufiltern.«

»Was sagst du da?«

»Ein Test für Patrioten.«

»Wie meinst du das?« Sam hoffte inständig, Sheila würde sich nicht als Niete erweisen wie all die anderen, mit denen er es versucht hatte. Bisher hatte Sheila Winsted einen vernünftigen Eindruck gemacht. Zudem konnte sie wunderschön lachen, und sie hatte einen so herrlichen Körper, daß die Männer sich noch nach hundert Metern nach ihr umdrehten.

»Es gibt einen Menschentyp, dessen Handlungen zwanghaft bestimmt sind. Damit verbunden ist eine starke soziale Komponente. Solche Menschen glauben, daß die Dinge in der Welt so nicht in Ordnung sind, wie sie sind. Sie finden, daß alles geändert werden muß. Sie haben einen starken Gerechtigkeitssinn.«

»Das ist doch gut, wenn jemand so denkt«, sagte Sam. »Warum sprichst du von diesen Menschen, als ob sie an einer Krankheit litten?«

»Weil es ein Verhalten ist, das von der Norm abweicht. Jede Art von Heldentum ist abartig.«

»Schuld sind die Schulen«, sagte Sam. »Mit Amerika geht's bergab. Wenn Patrioten für geisteskrank erklärt werden, dann ist das Land geisteskrank.«

»Sam, gab es bei den Fragen im Testprogramm auch welche, die du nicht beantwortet hast?«

»Verdammt nochmal, natürlich gab es solche Fragen, und ich finde es völlig in Ordnung, daß ich sie nicht beantwortet habe.«

»Du bist ihnen in die Falle gegangen. Weißt du, das sind die Schlüsselfragen, mit denen sie den Leuten auf die Schliche kommen. Es gibt Patrioten, denen es gelingt sich hinter gewissen Formulierungen zu verstecken, aber hinter Fragen, die man nicht beantwortet, kann man sich nicht mehr verstecken.«

»Die Fragen waren obszön. Sie hatten kein Recht, mich das zu fragen.«

»Sam«, sagte Sheila Winsted, das Mädchen mit dem bezaubernden Lächeln. »Du bist erkannt.«

»Und du bist verrückt«, sagte Sam.

»Wie all die anderen Mädchen, mit denen du gegangen bist?«

»Genau. Wie all die anderen Mädchen.«

»Der Typ, dem du zuzurechnen bist, hat oft Schwierigkeiten, zu einer Frau eine dauerhafte Bindung aufzubauen, und das, obwohl du ein großes Bedürfnis nach Liebe hast.«

»Sheila«, sagte Sam und packte sie bei den Schultern. »Schau mich an. Ich bin ein Mensch, kein Typ.«

»Du mußt das nicht persönlich nehmen«, sagte Sheila.

»Du hast gesagt, ich habe nicht alle Tassen im Schrank, und das soll ich nicht persönlich nehmen? Du bist verrückt, Sheila.«

Das war natürlich das Ende der Freundschaft mit Sheila Winsted gewesen. Sam Makin hatte sich danach mit Miß Piggy bescheiden müssen, die immer für ihn da war. Sie war auch an jenem Abend bei ihm. An dem Abend vor seinem Tod.

Der Sergeant hatte Sam noch einmal angefunkt, als dieser einen jungen Mann, einen Schwarzen, erblickte, der schnell wie ein Wiesel vor dem geparkten Streifenwagen die Straße überquerte. Der Schwarze wurde von zwei Weißen verfolgt. Als er die Richtung änderte und auf ein Lagerhaus am Pier zurannte, bogen auch die Verfolger in Richtung Lagerhaus ab.

Sam ließ das Standlicht eingeschaltet. Er bog aus der Parklücke aus und folgte den drei Männern. Als der Schwarze das Lagerhaus erreichte, hatten ihn die beiden Weißen eingeholt. Sam fuhr mit dem Streifenwagen bis zu den drei Männern, zog seine 38er, trat voll auf die Bremse und sprang in Sekundenschnelle aus dem Wagen.

»Keine Bewegung!« sagte er. Er hielt den Revolver mit beiden Händen, der Lauf war auf die drei Männer gerichtet. Er hätte sie innerhalb einer Sekunde umlegen können. Er war ein Meisterschütze.

Die drei hatten kapiert, was los war. Sam Makin hatte eine Stimme, die auch den verstocktesten Verbrecher überzeugen konnte. Die Männer wußten, er würde schießen, wenn sie sich nicht fügten. Sie hoben die Hände über den Kopf.

»Rüber zum Wagen«, sagte Makin. »Ein bißchen plötzlich. Hände auf den Wagen. So ist's gut.« Die beiden Weißen stützten sich auf den Wagen, als hätten sie diese Übung schon öfter gemacht.

»Beine spreizen«, sagte Makin. Der Schwarze war nicht so jung, wie er zunächst gemeint hatte. Er schien nicht verletzt zu sein, nur ein bißchen verwirrt. Makin drehte ihm den Rücken zu. Er würde sich später um ihn kümmern.

Aber dazu kam es nicht mehr. Daß etwas schiefgelaufen war, wurde Sam klar, als er den Baseballschläger auf den Schädel bekam. Der Mann, der sofort zum zweiten Schlag ausholte, war der Schwarze. Er rief den beiden Weißen etwas zu, was sich wie ein Befehl anhörte. Sam fühlte das warme Blut über sein Gesicht rinnen. Die getroffene Stelle war gefühllos, aber er wußte, bald würde der Schmerz einsetzen. Sein Kopf dröhnte. Seine Beine zitterten, aber in ihm war ein Funken, der ihm die Kraft zum Durchhalten gab. Wo war seine Waffe? Sam entdeckte sie auf dem Pier. Die Waffe drehte sich, daß ihm ganz schwindlig wurde, und bewegte sich dabei immer weiter von ihm weg. Als der zweite Schlag kam, packte Sam den Schläger mit beiden Händen. Er konnte nicht verhindern, daß er getroffen wurde, aber die Wucht des Schlages war gemindert. Er stieß einen Schmerzensschrei aus, riß dem Schwarzen den Schläger aus der Hand und rammte ihm den Griff in die Leistengegend. Der Getroffene reagierte mit einem Stöhnen, das Sam an das Geräusch eines platzenden Wasserschlauchs erinnerte, und ging zu Boden.

Makin dachte jetzt gar nichts mehr. Er schlug um sich. Das vertraute Geräusch eines splitternden Knochens war zu hören, als er einen seiner Gegner mit dem Ellbogen am Kinn erwischte. Einer der beiden Weißen versuchte ihn in den Hammergriff zu nehmen und ihn zu Boden zu reißen. Aber Sam zerschmetterte ihm mit einem Stoß seines Schädels das Nasenbein. Der Aufprall war hart, aber der befürchtete Schmerz blieb aus. Und dann hieb er dem Gegner mit der Faust ins Gesicht, schlug wieder und wieder zu, bis der Mann ihn frei gab.

Dann kam der andere, der mit dem Springmesser. Sam hätte jetzt zum Streifenwagen zurücklaufen können, um Verstärkung zu rufen. Eine andere Möglichkeit war, die Waffe aufzuheben. Allerdings würde er dann wahrscheinlich das Messer in den Rücken bekommen. Vielleicht war es das Beste, wenn er zurückwich. Der Mann mit dem Messer würde vielleicht von ihm ablassen.

Sam entschied sich für eine vierte Möglichkeit. Er würde

angreifen. Er hatte kaum den ersten Schritt gemacht, als sein Gegner die Flucht ergriff. Sam hatte ihn in drei Sprüngen eingeholt. Er trat ihm die Füße weg, so daß der Mann kopfüber in einem Berg Mülltonnen landete.

Die Sache war gelaufen. Sam ging mit lockerem Schritt zu seinem gefallenen Gegner, packte ihn am Gürtel und hob ihn hoch, wobei er nur seinen rechten Arm benutzte. Dann ließ er den Mann mit dem Kopf voraus in eine offene Mülltonne fallen.

»Überfriß dich nicht«, sagte Sam. Er hob seinen Revolver vom Boden auf und legte dem einzigen der drei Ganoven, der noch gehfähig aussah, Handschellen an. Es war der Schwarze.

»Worum ging's hier eigentlich?« erkundigte sich Sam. »Machst du mit den beiden gemeinsame Sache? Warum läufst du erst vor ihnen weg, um ihnen dann wieder zu helfen?«

Der Schwarze gab keine Antwort. Sam packte ihn unter den Achseln, wuchtete ihn hoch und belehrte ihn über seine Rechte. Er sagte ihm, daß er das Recht hatte, die Aussage zu verweigern. Er sagte ihm aber auch, daß er kein Recht darauf hatte, von einem Streifenpolizisten in der Senkrechten gehalten zu werden. Dann ließ er ihn frei, so daß der Mann zusammensackte, worauf ihn Sam aufs neue über seine Rechte belehrte.

Es war eine Methode, die Verbrecher unfehlbar zum Sprechen brachte. Das einfache Rezept hatte in der Vergangenheit so gut funktioniert, daß Sam trotz fünf Belobigungen für Tapferkeit ein einfacher Streifenpolizist geblieben war. Ein Streifenpolizist, der viermal wegen Anwendung unnötiger Gewalt angeklagt worden war. Noch öfters war er verwarnt worden, sich auf seinen Job zu beschränken.

»Wir sind Polizisten, Makin. Es geht nicht um den Kampf von Gut gegen Böse. Vor dem Gesetz sind alle gleich. Und ob Ihnen das paßt oder nicht, die Leute sind unschuldig, bis sie von einem Gericht schuldig gesprochen werden.«

»Und wie verhalte ich mich, wenn ein solcher Typ einer wehrlosen alten Frau sein Messer in den Rücken rennt?«

»Sie verhaften den Mann und überlassen es dem Richter, die Strafe festzusetzen.«

Er hatte das oft genug zu hören bekommen. An jenem Abend am Kai, als Sam auf das Lichtermeer von New York starrte, auf die gewaltige Stadt jenseits der dunklen Fluten des East River, durchzuckte ihn ein ganz neuer Gedanke. War es nicht merkwürdig, daß die gleichen Fragen, die er dem Sergeanten gestellt hatte, in dem Test wiederaufgetaucht waren? Und war es nicht merkwürdig, daß der Mann, obwohl er ihn schon dreimal auf das harte Pflaster des Kais hatte fallen lassen, nicht zu sprechen begann?

In gewisser Weise bewunderte Sam Makin den Mann, weil er so standhaft schwieg. Zumindest hatte er Mut. Sam hing dem Gedanken einen Augenblick nach, bevor er ihn zum viertenmal aufs Pflaster knallen ließ.

Dann ging er zu seinem Streifenwagen, um über Funk die Zentrale zu verständigen. Sein Problem war, daß er zwar gut im Nahkampf, aber schlecht im Lügen war. Wie oft hatten ihm seine Vorgesetzten mit mehr oder weniger verschlüsselten Worten deutlich zu machen versucht, daß er den Verbrechern, die er zusammenschlug, einen Revolver in die Tasche zu stecken hatte, damit das Ganze wie Selbstverteidigung aussah! Aber so etwas machte er nicht. Er fand es schon schlimm genug, über die Möglichkeit einer Lüge nachzudenken, um die Lüge wirklich zu benutzen.

Immerhin hatte er es diesmal gar nicht nötig, eine Lüge zu benutzen. Er war angegriffen worden, drei gegen einen. Er ergriff das Mikrofon und holte tief Luft.

Er bemerkte den schweren Lastwagen mit der verstärkten Stoßstange nicht, der sich hinter den Streifenwagen geschoben hatte. Er konnte das Motorengeräusch nicht hören, als der Truck vorwärtsrollte. Er sprach ins Funkgerät, der Sergeant war dran, und Sam schilderte ihm den Vorfall. Er war mitten in seinem Bericht, als der Streifenwagen wie von einer Riesenfaust nach vorn geschoben wurde. Instinktiv trat Sam auf die Bremse. Das Quietschen der Reifen bestätigte ihm, daß die Bremsen funktionierten. Es lag also nicht an der technischen Unvollkommenheit des Streifenwagens, sondern an dem Truck, der das Polizeiauto langsam vor sich herschob. Sam wurde mit dem Kopf gegen Miß Piggy und gleich danach gegen die Windschutzscheibe geschleudert, und dann rutschte der Streifenwagen vom Pier und stürzte in die dunklen Fluten. Immer noch war die Stimme des Beamten von der Zentrale zu hören, der unbedingt wissen wollte, was los war.

Es dauerte nur ganz kurz, bis der Wagen zu sinken begann. Sam versuchte die Tür zu öffnen, aber sie war verriegelt. Irgend jemand hatte die Tür verriegelt. Sam spürte, wie der Wagen immer tiefer sackte. Es wurde Nacht um ihn. Er sah nicht mehr, wie die Froschmänner zur Tür geschwommen kamen. Er fühlte nicht mehr, wie sie ihm eine Sauerstoffmaske umschnallten. Er sah nicht, wie sie einen Toten auf seinen Platz am Steuer setzten, den Leichnam eines Mannes, dessen Gesicht bei einem Unfall bis zur Unkenntlichkeit zerfleischt worden war.

Wäre bei der Leiche nicht die Brieftasche des Streifenpolizisten Sam Makin gefunden worden und hätte der Tote nicht Sams Dienstmarke am Rockaufschlag getragen, hätte der amtliche Leichenbeschauer vielleicht die Fingerabdrükke des Verunglückten überprüft. Eine solche Überprüfung hätte allerdings nichts gebracht, weil bei dem Unfall leider auch die Finger des Mannes zerquetscht worden waren. Wäre es nicht auf so entsetzliche Weise augenfällig gewesen, woran der Streifenpolizist Makin ums Leben gekommen war, hätte der Leichenbeschauer vielleicht weitere Untersuchungen durchgeführt, bei denen dann herausgekommen wäre, daß der Mann schon eine Stunde vor dem Unfall gestorben war, mit der Besonderheit, daß es nicht der East River, sondern ein Gehirntumor gewesen war, der seinem Leben ein Ende gesetzt hatte.

Aber da war die gräßlich verunstaltete Leiche, da war die nasse Polizeiuniform, und weil kein Wasser in die Lungen des Mannes eingedrungen war, trug der Leichenbeschauer als Todesursache nicht »Tod durch Ertrinken«, sondern »Starke Gehirnerschütterung« in die Urkunde ein.

Streifenpolizist Makin war tot.

Anderthalb Tage später wachte er auf und konnte sich an alles erinnern.

»Warum haben Sie mich eigentlich getötet?« fragte Sam.

»Weil wir Remo Williams brauchten.«

»Wer ist Remo Williams?«

»Sie werden Amerika vor dem Untergang retten, mein Freund. Sie werden mir zugeben, daß jeder lebende Mensch mit der Aufgabe überfordert wäre.«

»Wer ist Remo Williams?«

»Sie sind Remo Williams«, antwortete der Mann, der sich Con McCleary nannte und von dem Sam später erfahren sollte, daß er es gewesen war, der seinen Streifenwagen mit dem Truck in den East River befördert hatte. »Kommen Sie, ich helfe Ihnen den Verband abnehmen, damit Sie sich einmal im Spiegel betrachten können.«

Er löste Sams Kopfverband und hielt ihm einen Spiegel hin. Die Jochbögen waren höher angesetzt als früher, die Lippen waren bedeutend dünner, und die Nase war auch etwas länger geworden, eine starke, dominierende Nase.

Die Bandagen waren ihm nicht wegen der erlittenen Kopfverletzungen angelegt worden, sondern ein Chirurg hatte ihm ein neues Gesicht verpaßt.

»Das bin nicht ich«, sagte Sam. »Ich kenne den Mann nicht.«

»Remo, Sie haben nie besser ausgesehen«, sagte McCleary.

»Wo ist mein Gesicht geblieben? Was haben Sie mit mir gemacht?«

»Remo, Sie sollten jetzt nicht mehr an die Vergangenheit denken. Sie haben möglicherweise eine Zukunft«, sagte McCleary. »Mir gefällt Ihr neues Gesicht besser. Den Namen für Sie habe ich mir ausgedacht; gefällt er Ihnen nicht?«

»Aber natürlich gefällt mir der Name. Nichts ist so schön, wie getötet zu werden und als neuer Mensch wieder auf die Welt zu kommen.«

»Remo, Sie werden sich an Ihren Namen gewöhnen. Sie werden Ihren Namen sogar liebgewinnen. Sie werden der Mann sein, der Sie schon immer sein wollten. Remo, Sie werden dieses Land vor dem Untergang retten, oder…«

»Oder was?«

»Wenn ich von einer Sache etwas verstehe, dann davon, wie man Leute in einen Sarg steckt«, sagte der gutgekleidete Schwarze. »Und Sam Makin war drin.«

2

Er hieß Chiun, aber in Sinanju nannten sie ihn Meister. Nach langer Zeit fand wieder eine Feier in dem Dorf an der West Korea Bay statt. Die Gongs dröhnten, die Frauen hatten ihre schönsten Kimonos angelegt, und die Kinder waren mit süßem Backwerk beschenkt worden. Heute war der Tag, an dem der Meister nach einer Pause von mehreren Jahrzehnten für das Geschlecht derer von Sinanju Tribut einheimsen würde, dem Beispiel der Ahnen folgend, die über viele Jahrhunderte hinweg für solche Einkünfte gesorgt hatten.

Andere Dörfer auf der koreanischen Halbinsel mochten von Hungersnöten heimgesucht werden, nicht aber das kleine Fischerdorf Sinanju. Auch wenn die Netze leer aus dem Meer hochgezogen wurden, die Menschen in Sinanju hatten immer zu essen. Ein Juwel oder eine Truhe voll Gold aus dem Palast derer von Sinanju genügten, um die Nahrung auf Jahre hinaus zu bezahlen. Und es gab viele Juwelen, viele Truhen voll Gold in dem Palast.

Die anderen Dörfer auf der Halbinsel Korea waren von fremdländischen Soldaten verwüstet, die Frauen vergewaltigt, die Männer gedemütigt worden. Sinanju war von solchen Prüfungen verschont geblieben. Die Japaner hatten in Korea regiert, dann die Chinesen. Aber kein Japaner, kein Chinese hatten es gewagt, den Fuß in das Dorf Sinanju zu setzen; ihr Kaiser hätte sie zur Strafe enthaupten lassen.

Wenn die einfachen Soldaten auch von der Macht des Hauses Sinanju nichts ahnten, der König war eingeweiht und der Kaiser ebenso wie der Tyrann. Von den Herrschern der römischen Antike bis zum japanischen Kaisergeschlecht, von den griechischen Eroberern bis zu den Großmoguln, wußten alle, daß keine königliche Kehle so gut beschützt werden konnte, daß sie vor den grausamen Meistern von Sinanju sicher gewesen wäre.

Seit vielen Jahrhunderten waren die Meister von Sinanju die Königsmörder, deren man sich bediente, um den Weg für neue Dynastien zu öffnen.

So groß war das Geschick der Meister von Sinanju, daß ihre Künste überall nachgeahmt wurden, was zwangsläufig in Sackgassen führen mußte. Die Sackgassen hießen Karate, Tai-Kwan-Do, Ninja. Diese und andere Methoden der Selbstverteidigung und des Angriffs waren wie glimmende Lichter, die sich mit der strahlenden Glut der Sonne vergleichen wollten. Alle zusammen ergaben nur ein Hundertstel der Helligkeit, die von Sinanju ausging.

Sinanju blieb Sinanju, eine Kriegskunst, die der Schüler dem Meister nicht absehen konnte, ein Wissen, das dem Geringen von dem Weisen verliehen wurde. Seit Jahrhunderten waren die Geheimnisse des Sinanju von einem Meister zum anderen weitergegeben worden, und jeder Wissende war in die Welt hinausgegangen und mit reichem Tribut für Sinanju heimgekehrt. Wohlstand war dem Dorf beschieden gewesen, bis die schlimmen Zeiten begannen...

Es war im Jahr des Pferdes, bald nach der Jahrhundertwende im Westen, als ein großer Krieg zwischen den weißen Völkern ausbrach, ein Konflikt, dem ein zweiter folgte. Die Völker des Westens liefen Amok, und die Fackel des Krieges wurde bis nach Asien getragen. Es war die Zeit der beiden Weltkriege.

Könige dankten ab. Die Völker erfuhren einen Wandel, den niemand für möglich gehalten hatte. Millionen wurden auf grausame Weise umgebracht, und die Mörder nannten sich Soldat oder General. Die Völker maßten sich an, die Mörder aus den eigenen Reihen zu rekrutieren. Sie vergaßen, daß ein richtiger Mörder aus ganz besonderem Holz geschnitzt sein muß.

Viele Jahre lang verschmähten die Völker die Dienste der Meister von Sinanju.

Aber dann begann das Jahr des Drachens, die Planeten befanden sich in einer denkbar günstigen Konstellation, und eine neue Nation, die sich Amerika nannte, ein merkwürdiges Land, das kaum auf eine Geschichte von zweihundert Jahren zurückblicken konnte, entsandte einen Schwarzen, der dem Haus Sinanju Tribut zollen sollte.

Der Mann hieß McCleary, und das bedeutete, sein Familienname war McCleary. Der Vorname Con durfte nur von nahen Freunden benutzt werden. Wenn man den Vornamen und den Familiennamen hintereinander aussprach, gab das den vollständigen Namen des Mannes.

Es war Chiun, der dies alles den Bewohnern des Dorfes erklärte. Chiun, der amtierende Meister der Sinanju, kannte sich aus mit den Weißen; er war es gewesen, der die Rückkehr der Weißen vorausgesagt hatte. Wenn die Weißen zurückkehrten, so hatte er aus dem Lauf der Gestirne herausgelesen, würde auch die Ehre des Hauses Sinanju im neuen Licht erstrahlen. Die Welt würde daran erinnert werden, daß es einen Kriegerorden gab, der seit einem halben Jahrhundert aus den Ruhmeshallen der Geschichte ausgeschlossen war.

Und deshalb wurde ein Fest gefeiert. Deshalb die Gongs, das süße Gebäck für die Kinder, das Jauchzen der Dorfbewohner, als Chiun, angetan mit seinem rosa- und lavendelfarbenen Prachtkimono die Treppe von dem Haus Sinanju, das auf einem Hügel lag, herunterkam.

Es war Chiun, der das Schiff der Weißen als erster sah. Gleich danach bemerkten es die Dorfbewohner. Das Schiff hatte sich aus den Fluten erhoben, um den Meister an Bord zu nehmen. Es war zum erstenmal seit fünfzig Jahren, daß solche Dienste von einem fremden Volk erbeten wurden. Das Haus Sinanju war bereit, seinen Meister in die Welt zu entsenden.

An Bord des amerikanischen Unterseeboots ›Crawfish‹ hatte ein nervöser Kommandant das Sternenbanner auf dem Turm hochziehen lassen. Man befand sich in nordkoreanischen Hoheitsgewässern, und das letzte amerikanische Schiff, das sich ebenso nahe an die nordkoreanische Küste herangewagt hatte, war von der Marine des Landes beschlagnahmt worden. Die Mannschaft war gefangengenommen und erst ein Jahr später freigelassen worden. Das Unterseeboot ›Crawfish‹ indes schwamm nicht nur in nordkoreanischen Hoheitsgewässern herum, es hatte sogar Order, im Fischerhafen des Dorfes Sinanju anzulegen.

Der Kommandant hatte sich dreimal in Washington rückversichert, ob der Befehl auch stimmte. Die letzte Bestätigung war von irgendeinem hohen Tier im Verteidigungsministerium gekommen. Vier versiegelte Truhen waren an Land zu bringen und ein Orientale, »der ausnahmslos mit Sir anzureden ist«, an Bord zu nehmen. »Das Unterseeboot wird die amerikanische Flagge setzen, als handelte es sich um den Besuch in einem Hafen einer befreundeten Nation.«

Der Kommandant hatte protestiert. »Sinanju gehört zu Nordkorea. Ich meine, nordkoreanischer geht's gar nicht.« Der Protest hatte zu einem Gespräch unter vier Augen mit einem Beauftragten der Regierung geführt. Der Kommandant kannte den Mann nicht. Er wußte nur, daß dieser Mann »auf allerhöchste Weisung« mit ihm sprach.

»Jetzt hören Sie mir einmal gut zu. Ich darf Ihnen nicht sagen, was dahintersteckt. Nicht einmal der Verteidigungsminister ist eingeweiht. Ich sage nur soviel: Sinanju ist ein besonderes Dorf. Als General MacArthur im Koreakrieg nach Norden vordrang, mußten unsere Truppen Sinanju aussparen.«

»Warum?« hatte der Kommandant des U-Boots gefragt.

»Das weiß ich nicht. Ich weiß nur, daß auch die Chinesen, als sie in Richtung Süden vorstießen, das Dorf verschonten. Und jetzt gebe ich Ihnen eine Information, bei der Sie sofort vergessen müssen, daß sie von mir kam: Nicht einmal die Staatspolizei von Nordkorea darf Sinanju betreten.«

»Ich werde Sie nicht zitieren«, hatte der U-Boot-Kommandant erwidert. »Ich bezweifle nämlich, daß ich lange genug lebe, um die Information zu verbreiten.«

Er rief sich den Inhalt dieses Gesprächs ins Gedächtnis, als das Unterseeboot in den Hafen von Sinanju glitt und auf die hölzernen Piers zuhielt, an denen die Sampans, die Wohnboote der Fischer, vertäut lagen. Das Dorf war eine kleine Ansammlung von Hütten. Es gab nur eine einzige Straße, einen Lehmweg, und nur ein einziges Haus, das diesen Namen verdiente. Das Haus war aus Holz, stand auf einem Hügel und schien über eine Vielzahl ineinanderverschachtelter Räume zu verfügen. Jeder Raum war außen verziert, aber die Verzierungen stammten aus ganz verschiedenen Kunstepochen; griechische und römische Einflüsse waren sichtbar, die Kunst der Großmoguln war vertreten, die typischen Ornamente des Zarenhofs, die Kunst der französischen Provence, die Tudor-Epoche. Es war ein Sammelsurium der Geschichte, das nur durch die verbindenden Wände zusammengehalten wurde.

Es gab jedoch etwas, das den Kommandanten des ›Crawfish‹ weit mehr interessierte als das Haus. Auf den grauen Hügeln ringsum hatte Artillerie Stellung bezogen. Die Rohre der Geschütze waren auf das U-Boot gerichtet, seit es in der Bucht aufgetaucht war. Bemannt waren die Geschütze mit Nordkoreanern, und der Kommandant wußte, daß Nordkoreaner in ihrem Haß auf Amerika alle anderen Nationen übertrafen. Sein Schiff würde ein sicheres Ziel abgeben. Der Kommandant sah, wie die Geschosse in die Rohre geschoben wurden. Wenn die nordkoreanischen Offiziere die Hand hoben, würde der Wind den Befehl »Feuer!« zu ihm herübertragen.

Aber dann hörte der Kommandant ein Geräusch, das nichts mit der Artillerie zu tun hatte. Stimmengewirr stieg von den Hütten auf. Im Dorf wurde ein Fest gefeiert. Ein alter Mann, glatzköpfig bis auf ein paar weiße Haarbüschel, bekleidet mit einer rosa- und lavendelfarbenen Robe, schlurfte den Lehmweg entlang. Hinter ihm gingen Träger, die vierzehn buntbemalten Überseekoffer schleppten, große Behältnisse von der Art, wie sie im viktorianischen England für die Beförderung des Urlaubsgepäcks benutzt worden waren. Der alte Mann verbeugte sich nach allen Seiten, während er dahinschritt. Die Kinder des Dorfes hielten das Backwerk hoch, das man ihnen geschenkt hatte.

Plötzlich verließen die Soldaten auf den Hügeln ihre Geschütze, was den Kommandanten in tiefes Erstaunen versetzte. Sie verbeugten sich, bis sie mit der Stirn den Boden berührten, so wie es Muslime beim Gebet zu tun pflegen. Es war klar, daß sie den alten Mann verehrten.

»Nun, was halten Sie davon?« fragte der Kommandant seinen Ersten Offizier.

»Ich hab's gesehen, und ich kann's nicht glauben«, antwortete der. »Wer ist der Typ?«

»Das geht Sie nichts an«, sagte der Kommandant.

Dann gab er Befehl, die vier Truhen an Land zu bringen. Es gab allerdings ein Problem. Die Truhen waren zu schwer, so schwer, daß vier Mann sie nicht tragen konnten. Sechs Männer versuchten es, ohne daß es ihnen gelungen wäre, eine Truhe auch nur einen Zentimeter hochzuheben. Die Truhen mußten mit einer Winde aus dem Inneren des U-Bootes ans Licht gehievt werden.

Als sie auf Deck niedergelassen wurden, geriet das U-Boot ins Schaukeln. Es gab nur zwei Metalle auf der Welt, die so schwer waren: Blei und das andere. Als die Dorfbewohner die Truhen öffneten, sah der U-Boot-Kommandant, daß sie voll Gold waren – vier Truhen mit glänzendem Gold, mindestens eineinhalb Tonnen Gold pro Truhe.

Die Dorfbewohner trugen das Gold Barren für Barren zu dem merkwürdigen Haus auf dem Hügel. Dann machten sie sich daran, die vierzehn Kabinenkoffer auf das U-Boot zu schleppen.

»Entschuldigen Sie, Sir«, sagte der Kapitän zu dem alten Mann, »aber vierzehn Kabinenkoffer, das nimmt eine Menge Platz weg. Könnten Sie nicht mit etwas weniger Gepäck auskommen?«

»Mit weniger Gepäck?« echote der Orientale. Seine Stimme klang wie eine zerbrochene Violine.

»Ganz recht, Sir. Ob Sie vielleicht ein paar von den Schrankkoffern zurücklassen können?«

»Warum fragen Sie?«

»Weil wir nicht genügend Platz für das ganze Gepäck haben.«

Der Orientale dachte nach, dann sagte er etwas auf koreanisch, was der Kommandant nicht verstand. Wenig später begannen die Dorfbewohner zum Schrecken des Amerikaners ein paar Torpedos aus dem U-Boot auszuladen. Mit einer Menschenkette wurden die schweren Projektile an Land befördert. Die gleiche Menschenkette schaffte die Kabinenkoffer auf das U-Boot. Ganz zum Schluß folgte der Orientale.

»Ich kann unmöglich amerikanische Torpedos an einem nordkoreanischen Strand zurücklassen.«

»Ich breche nicht zu neuen Ufern auf, um mich mit den Problemen der amerikanischen Marine herumzuschlagen«, antwortete Chiun dem Kommandanten. Er klatschte in die Hände – das Zeichen, daß das Boot abfahren sollte.

Es gab nach diesem Wortwechsel keine Respektlosigkeiten mehr seitens des Kommandanten. Chiun, Meister des Sinanju, hatte den Staub seines Dorfes von den Füßen geschüttelt. Er war entschlossen, dem Namen Sinanju in aller Welt Ehre zu machen. Das Ansehen, das die Kriegskünste des Ordens früher bei Königen und Kaisern genossen hatten, mußte wiederhergestellt werden. Aus den Trümmern der Dynastien, die mit Hilfe der Meister entmachtet worden waren, würde sich Sinanju erheben wie ein Phönix aus der Asche.

»Hallo«, sagte Con McCleary zu Chiun, als der Meister noch außerhalb der amerikanischen Hoheitsgewässer von der aufgetauchten ›Crawfish‹ auf eine Jacht umstieg. McCleary war der einzige Passagier an Bord der Jacht. Marinesoldaten hatten die Kabinenkoffer des Meisters auf die Jacht gebracht, die daraufhin beinahe gekentert wäre. Chiun verabschiedete sich vom Kommandanten des U-Boots mit einem Kopfnicken, das seinen Dank andeuten sollte.

»Es tut mir leid, daß wir Sie so weit draußen abholen müssen, aber die ganze Operation ist streng geheim. Ich freue mich, Sie wiederzusehen, Meister des Sinanju.«

»Von geheimen Operationen verstehe ich etwas«, sagte Chiun. »Ich bin schließlich ein Attentäter.«

»Ich habe die da oben darüber informiert«, sagte McCleary.

»Sie sprechen von Ihrem Kaiser.«

»Er ist kein Kaiser«, verbesserte ihn McCleary. Die Körperhaltung des Schwarzen war von unauffälliger Eleganz, obwohl er muskulös und großgewachsen war. Der Orientale allerdings wirkte noch lockerer, noch graziöser. Während McCleary in seinen Bewegungen der Dünung folgte, schien Chiun mit den Wellen zu verschmelzen. Die Jacht schaukelte, aber der Orientale blieb unbewegt.

»Er will aber Kaiser werden«, sagte Chiun mit wissendem Lächeln.

»Nein. Mein Boß, Harold W. Smith, Leiter des ganzen Projekts, will nicht Kaiser werden.«

»Ich verstehe«, sagte Chiun. »Ihm genügt, daß er seinem Volk dienen darf.«

»So ist es«, bestätigte McCleary.

»Aber wenn der jetzige Kaiser stirbt, wird er in seine Fußstapfen treten.« Chiun schien die würzige Seeluft zu genießen. Sein Blick war auf den Horizont gerichtet, auf die Stelle, wo bald das merkwürdige neue Land auftauchen würde.

»Nein, nein, er will nicht Kaiser werden. Wir haben Sie nicht engagiert, Meister des Sinanju, damit Sie einen Mord begehen.«

Chiun lächelte. »Aber natürlich haben Sie mich dazu gerufen. Ich bin schließlich kein Zahnarzt. Ich komme nicht nach Amerika, um jemandem die Zähne zu ziehen.«

»Nein. Unsere Vereinbarung besagt, daß Sie einen Mann in der Kunst des Sinanju ausbilden sollen.«

»Ich kann nur einen berufenen Schüler, einen künftigen Meister, ausbilden. Nur er kann Sinanju lernen.«

»Ich dachte, Sie können einen von uns bestimmten Mann in Sinanju ausbilden. So haben wir es in Ihrem Dorf besprochen. Das war doch auch der Grund, warum wir den Tribut an Gold dorthin geschafft und Sie nach Amerika geholt haben.«

»Sie haben mich bei diesem Gespräch nur gefragt, ob ich Sinanju lehren kann. Das kann ich.«

»Schön«, sagte McCleary und versuchte den Alptraum zu verdrängen, der ihn quälte, die Vorstellung, daß sein kunstvoll errichtetes Gebäude auseinanderfallen würde. Wahrscheinlich war alles umsonst gewesen, der trickreich arrangierte Tod des New Yorker Streifenpolizisten und all die anderen Vorkehrungen, die darauf abzielten, den Mann mit seinem Trainer zusammenzubringen. Alles würde scheitern, weil sich bei der Vereinbarung mit dem Asiaten ein Mißverständnis eingeschlichen hatte. »Schön«, wiederholte McCleary. »Wunderschön. Sie können einen Mann Sinanju lehren.«

»Ich kann einen geeigneten jungen Mann meines Dorfes in Sinanju unterrichten«, korrigierte ihn Chiun.

»Aber wir haben hier keinen jungen Mann aus Ihrem Dorf«, sagte McCleary. Der Alptraum nahm feste Gestalt an. Die Konsequenzen würden furchtbar sein.

»Ich kann Ihnen an der Nasenspitze ansehen, daß Sie sich Sorgen machen«, bemerkte Chiun. »Das brauchen Sie nicht. Sie haben schließlich für Ihre Operation den besten Lehrer aller Zeiten engagiert. Es kann gar nichts schiefgehen. Sie sollten sich keine Vorwürfe machen, daß Sie über keinen geeigneten Schüler verfügen. Sehen Sie, ich warte bereits seit zwei Generationen auf einen geeigneten Erben, dem ich das Geheimnis des Sinanju anvertrauen kann. Das ist meine Sorge, nicht Ihre. Sie haben ausgesorgt, mein Freund. Sie haben mich, also haben Sie Sinanju. Sie brauchen mir nur den Namen Ihres Feindes zu nennen, und bald schon wird sein Kopf auf einer Stange auf der Mauer Ihres Palastes stekken.«

Con McCleary hatte Mühe, die Jacht auf Kurs zu halten. Außerdem hatte er Mühe, seinen Unmut zu verbergen.

»Meister des Sinanju, wir haben nur einen Mann, der als Schüler in Frage kommt.«

»Hat er Kenntnisse in Sinanju?«

»Nein.«

»Warum nehmen Sie ihn dann?«

»Das ist sehr schwer zu erklären. Es ist ein amerikanisches Problem. Wir haben uns große Mühe gemacht, einen Mann ausfindig zu machen, der ohne weiteres vom Erdboden verschwinden konnte. Wir haben den richtigen Mann gefunden. Er wird unsere Probleme lösen.«

»Wer könnte Ihre Probleme besser lösen als ein Meister des Sinanju?« entgegnete Chiun.

»Die Leute würden Sie wiedererkennen. Ich meine, die

Leute neigen dazu, sich an Personen zu erinnern, die in rosa- und lavendelfarbenen Kimonos herumlaufen. Wir brauchen für diesen Auftrag einen Mann, der wie ein ganz normaler Amerikaner aussieht. Es muß ein Weißer sein.«

»Aha«, sagte Chiun. Endlich hatte er verstanden, was der andere im Schilde führte. »Ich soll den weißen Mann meine Künste lehren, damit er sein Wissen an andere in Ihrem Land weitergeben kann. Auf diese Weise brauchen Sie nie mehr an Sinanju Tribut zu zahlen. Nein, damit bin ich nicht einverstanden. Dschingis Khan hat das versucht. Er wollte seine mongolischen Reiter in Sinanju ausbilden lassen, aber das hat nicht funktioniert, obwohl diese Männer meiner Rasse ähnlicher waren als die Amerikaner. Alles, was Dschingis Khan erreicht hat, war, daß seine Männer besser Ponyreiten gelernt haben. Nein, Sie haben sich den besten Mann der Welt gekauft, also müssen Sie diesen Mann auch einsetzen.«

»Meister, Sie sollen unseren Mann nicht nur Sinanju lehren. Sie sollen ihn auch lehren, wie man einem Menschen den natürlichen Tod zufügt. In unseren Breiten würden wir das einen Unfalltod nennen.«

»Ich kann nicht glauben, daß Sie der natürliche Mord interessiert. Was ist Rache, wenn niemand weiß, daß man Rache genommen hat? Ein natürlicher Mord gleicht einem Herzanfall oder einer Rauchvergiftung. Das ist nichts für den mörderischen Alltag.«

»Das ist aber genau, was wir brauchen.«

Chiun dachte nach. »Es gibt Fälle, wo der natürliche Mord angebracht ist. Nehmen wir an, Sie sind der Sohn des Kaisers und möchten endlich den Thron besteigen – dann ist der natürliche Mord die beste Lösung. Die Untertanen werden in ihrem Glauben bestärkt, daß sie von einem Kaiser von Gottes Gnaden regiert werden. In einem solchen Fall kann ich den natürlichen Mord nur wärmstens empfehlen. Ist dieser Harold W. Smith der Sohn eines Kaisers?«

»Nein. Er ist nur ein Diener des Landes, und er liebt dieses Land ebenso sehr wie ich.«

»Ich verstehe«, sagte Chiun. »Smith will, daß ich den Sohn Ihres Kaisers töte.«

»Nein. Wir haben Sie engagiert, damit Sie einen Mann in Sinanju ausbilden. Bei der Ausbildung sollte der Schwerpunkt auf der Methode liegen, die Sie den natürlichen Mord nennen.«

»Ich verstehe«, sagte Chiun und lächelte. Er war sicher, daß McCleary ihn belog. Was konnte man anderes erwarten von einem Mann, der nicht von königlichem Geblüt war? Doch irgendwann würde auch er begreifen, daß er mit seinem Entschluß, den Meister des Sinanju nach Amerika zu holen, die beste aller möglichen Entscheidungen getroffen hatte.

»Auf jeden Fall«, sagte Chiun, »gratuliere ich Ihnen, weil Sie den besten Attentäter aller Zeiten eingekauft haben. Machen Sie weisen Gebrauch von meinen Künsten, dann werde ich Ihnen vorzügliche Dienste leisten. Ihr Kaiser wird viele Jahre in Glück und Wohlstand regieren.«

Die amerikanische Küste kam in Sicht. Viel Grün war zu sehen, dazwischen die Häuser. Viele Häuser sahen aus wie Paläste in Korea. Chiun erfuhr von McCleary, daß an dieser Küste ganz gewöhnliche Untertanen wohnten. Viele Amerikaner, so sagte der Schwarze, wohnten in solch schönen Häusern.

»Wir sind eine Demokratie. Wir regeln unser Leben nach Gesetzen. Aber manchmal gefährden die Gesetze, die uns eigentlich beschützen sollten, den Bestand der Nation. Die Gesetze sind für die Leute gemacht, die in den Häusern dort drüben wohnen. Leider schützen die Gesetze zugleich die Feinde unseres Landes. Das Gesetz schützt die kriminellen Elemente vor dem Gesetz.«

Chiun lächelte. Jeder Narr wußte, das Wort des Kaisers war Gesetz. Worauf der Schwarze anspielte, war die Unfähigkeit des amerikanischen Kaisers. Im Land der vielen Häuser war eine Verschwörung im Gang.

»Es gibt viele Fälle«, fuhr McCleary fort, »wo wir besondere Maßnahmen ergreifen müssen – Fälle, in denen wir außerhalb des Gesetzes operieren müssen. Diese Operationen müssen geheimgehalten werden. Wir dürfen schließlich nicht eingestehen, daß die Gesetze nicht funktionieren. Die

Maßnahmen, von denen ich spreche, liegen in den Händen von drei Männern. Ich, Smith und der Mann, den Sie trainieren sollen. Er heißt Remo.«

Chiun nickte. Es gab nur einen Fall, wo ein Kaiser auf Geheimhaltung bedacht sein mußte: Wenn er einen anderen Kaiser stürzen wollte. Aber wenn der schwarze Diener des Kaisers die wahren Motive hinter Lügenmärchen verstecken wollte, bis die Tatsachen eines Tages offenbar wurden, konnte ihm das nur recht sein.

Der Meister des Sinanju hatte seinen Lohn bereits ausbezahlt erhalten. Die Wahrheit des Kaisers war jetzt Chiuns Wahrheit, und so würde es bleiben, bis der Auftrag ausgeführt war.

3

Das Gesicht im Spiegel war nicht sein Gesicht. Der Name auf der Metalltafel war nicht sein Name. Ob er verrückt geworden war? Es gab Dinge in der Vergangenheit, die mit der Gegenwart zusammenpaßten. Da war die Schlägerei am Kai. Er hatte eins mit dem Baseballschläger übergezogen bekommen. Die Stelle schmerzte noch. Zwar gab es da auch die Schmerzen der Gesichtsoperation, doch die Stiche, mit denen die Platzwunde genäht worden war, konnte er deutlich herausspüren.

Alles zusammen führte Sam zu der Erkenntnis, daß die Verfolgungsjagd am Pier eine abgekartete Sache gewesen war. Die psychologischen Testprogramme, die Dienstverlängerung um zwei Stunden – es paßte alles zusammen wie die Steine eines Mosaiks. Natürlich gehörten der Schwarze und die beiden Weißen, die ihn verfolgt hatten, zum gleichen Team, zu der Schauspieltruppe, die seinen Tod herbeigeführt hatte.

Die Krankenschwester nannte ihn Remo, und Con McCleary nannte ihn Remo, und heute vormittag würde er Aufklärung verlangen, was das alles zu bedeuten hatte.

Bevor McCleary kam, begann Sam eine Unterhaltung mit der Krankenschwester. »Ich bin nicht Remo Williams.«

»Machen Sie sich nichts draus, Remo«, sagte sie. »Das ist eine ganz normale Folge der Gehirnerschütterung.«

Sie hatte hellbraunes Haar und volle Brüste, die sich unter ihrem weißen Kittel abzeichneten. Ihre Ausstrahlung war so, daß Sam sich bei dem Wunsch ertappte, sie möge sich zu ihm legen.

»Würde es Sie schockieren, wenn ich Ihnen sage, daß ich Sam Makin heiße? Ich bin ein Polizist, der getötet wurde... Ich glaube, ich starb vor zwei Tagen. Ich weiß nicht einmal, was für ein Tag heute ist.«

»Heute ist Mittwoch, Remo.«

»Würde es Sie schockieren, wenn ich Ihnen sage, daß ich nicht Remo bin, sondern ein Mann, der in New York umgebracht wurde?«

»Nein. Ihre Reaktion ist typisch für Menschen, die mit knapper Not dem Tod entronnen sind. Man hat dann ein Schuldgefühl, daß man überlebt hat. Das Gefühl kann so intensiv sein, daß der Mensch einen Ausweg sucht und sich mit einem Fremden identifiziert. Er wählt in diesem Fall einen Menschen, der eine bestimmte Situation nicht überlebt hat.«

»Kann ich meine Kleidung haben?«

»Sie brauchen keine Kleidung, Remo. Sie sind Patient.«

»Was haben Sie denn mit meiner Kleidung gemacht? Sie halten mich hier gefangen, indem Sie mir meine Kleidung verweigern.«

»Ich versichere Ihnen, Remo, Sie werden über das Gefühl, eingesperrt zu sein, bald hinwegkommen.«

»Sie werden mir jetzt meine Kleidung geben oder ich ziehe die Bettdecke weg«, drohte er. Sie lachte nur. Er zog die Bettdecke fort und stand auf. Er war nackt.

»Sie vergessen, daß ich eine Krankenschwester bin«, sagte sie.

Er zuckte die Achseln. Sie hatte recht.

»Aber ich werde Ihnen meine Telefonnummer geben«, fügte sie hinzu, nachdem sie seine Nacktheit betrachtet hatte. »Ich bin nämlich auch eine Frau.«

»Ich will meine Hosen wiederhaben«, sagte er. »Ich verspreche Ihnen, daß ich mich in Ihrer Wohnung gleich wieder ausziehe.«

Sie lachte. »Remo, Sie sind mir vielleicht einer!«

Ihm dämmerte, daß er, Remo Williams, diesem lachenden Geschöpf einen Fausthieb versetzen konnte, ohne daß er damit etwas Strafbares tat. Tote verüben keine Straftaten. Das konnten sie gar nicht. Und dann wurde ihm klar, was hinter der Farce steckte, die sie mit ihm aufführten. Remo Williams konnte einen Menschen töten, ohne ein Verbrechen zu verüben. Das war der Vorsprung, mit dem sie ihn ausgestattet hatten. Es gab jemanden, für den dieser Umstand äußerst wichtig war – McCleary. Wenn er, Remo, diesen grinsenden Menschen, der das Ganze offenbar inszeniert hatte, umbrachte, würde keine Anklage gegen Sam Makin erhoben werden. Sam Makin war tot.

Also gut. Er würde eine Weile lang Remo Williams sein. Er würde töten, wenn man ihn dazu zwang.

Er lächelte, als Con McCleary ihn begrüßte. Der Schwarze entschuldigte sich für sein spätes Kommen. Er habe jemanden an der Küste abholen müssen.

»Wie fühlen Sie sich, Remo?«

»Gut«, sagte Remo. Der Name war gar nicht so schlecht, wenn man sich erst einmal daran gewöhnt hatte. Es würde natürlich noch etwas dauern, bis ihm die Sache in Fleisch und Blut überging. »Heute möchte ich, daß Sie mir alles erklären. Ich will endlich wissen, was los ist.«

»Sie wirken heute heiterer als sonst.«

»Was habe ich denn zu verlieren?« sagte Remo und lächelte.

McCleary lächelte zurück. »Eine Wendung um hundertachtzig Grad. In Ihrem Psychogramm steht, Sie würden drüber wegkommen, aber nicht so schnell. Zum Teufel mit den Psychologen! Habe ich recht?«

»Sie haben recht«, sagte Remo. Er hatte den Schulterhalfter bemerkt, der sich unter McClearys Sakko abzeichnete. Wenn er dem Schwarzen die Waffe entriß und ihn erschoß, konnte er aus dem Krankenhaus flüchten. Man konnte keinen Mann verfolgen, der nicht existierte. Remo bot McCleary an, was von seinem Mittagessen übriggeblieben war. McCleary lehnte ab.

»Sie sind hier, weil der Fortbestand der amerikanischen Nation bedroht ist. Zu viele korrupte Polizisten. Zu viele korrupte Richter. Zu viele käufliche Politiker.«

»Das ist nichts Neues«, sagte Remo.

»Das neue Element im Spiel sind Sie«, entgegnete der Schwarze. »Sie stehen für das elfte Gebot. Du sollst für deine Sünden bezahlen.«

»Ich verstehe. Deshalb haben Sie einen Menschen geschaffen, der nicht existiert. Einen Menschen, der einen Mord begehen kann, ohne sich damit eines Verbrechens für schuldig zu machen.«

»Ein Mensch, der für eine Organisation arbeitet, die ebenfalls nicht existiert, Remo. Aber das ist eine andere Geschichte. Erst einmal müssen Sie gesund werden.«

»Lassen Sie mich Ihnen noch eine Frage stellen. Wer hat Ihnen Ihren Namen gegeben?«

»Ich habe immer McCleary geheißen. Das ist der Familienname meines Vaters.«

»Wie kommt's, daß Sie Ihren Namen behalten durften und ich nicht?«

»Weil ich ein Durchschnittsmensch bin. Sie aber werden der gefährlichste Mensch weißer Hautfarbe sein, der je diese Erde betreten hat. Sie werden unser tödlicher Arm sein. Es gibt viel zu tun für Sie, glauben Sie mir.«

Remo schwieg.

»Noch ist es nicht soweit«, sagte McCleary. »Im Augenblick sind Sie noch ein New Yorker Polizist, der eine Gesichtsoperation hinter sich hat. Ein mutiger Typ. Aber vorläufig bin ich noch mutiger und auch härter als Sie, mein Freund. Mein Rat ist, genießen Sie's. Lassen Sie sich mit gutem Essen verwöhnen, treiben Sie's mit der Krankenschwester und warten Sie auf das Gute, das noch kommt.«

»Was könnte schöner sein, als ertränkt zu werden?« erwiderte Remo.

McCleary mußte lachen. Er versetzte Sam einen spielerischen Stoß gegen die Schulter. McClearys Hand fühlte sich merkwürdig an. Steif.

»Wie heißt dieses Krankenhaus überhaupt? Wo bin ich?«

»Sie sind hier in guten Händen, Remo«, sagte McCleary. »Fürchten Sie sich nicht, durch das Tal des Todes zu gehen. Sie werden nämlich unter allen Hurensöhnen, die sich da hineinwagen, der härteste und ausgekochteste sein.«

Remo lachte. Wenn er es je mit der Angst zu tun bekam, dann würde McCleary der erste sein, der das bedauerte.

Von der Krankenschwester erfuhr er, daß er sich in einem Krankenhaus dreißig Meilen nördlich von New York befand. In diesem Krankenhaus wurden Operationen durchgeführt und es gab einen besonderen Flügel für die Rekonvaleszenten. Remos Fenster war vergittert. Die Krankenschwester sagte, es sei ein Irrtum, daß er in diesen Flügel gelegt worden war. Es war der Flügel für die Patienten der Psychiatrie. Er, Remo, sei kein Fall für die Psychiatrie. Nein, Straßenkleidung konnte sie ihm nicht beschaffen, wohl aber einen Morgenmantel. Ob sie ihm den Morgenrock anziehen dürfte?

Ja, sagte Remo, das dürfte sie. Die Krankenschwester verschloß die Tür. Dann zeigte sie ihm eine interessante Methode, wie eine Krankenschwester einen Patienten anziehen konnte. Sie benutzte ihre Lippen und ihre Zunge, um ihm den Morgenmantel anzuziehen. Es dauerte dreißig Minuten.

»War es schön für dich?« fragte sie.

Er sagte ja, es sei schön gewesen. Er fragte sie, wie es sich wohl anfühlen würde, wenn sie ihm mit den Lippen die Hosen, die Socken, die Schuhe anzog. Sie kicherte und verließ den Raum. Remo wartete, bis die Nachtschwester ihren ersten Rundgang gemacht hatte, dann schlich er sich auf den Flur hinaus. Sein Problem war die Kleidung. Wenn er einem anderen Patienten die Kleidung stahl, lief er Gefahr ertappt zu werden. Im Psychiatrie-Flügel konnte das recht unangenehm sein. Aber da gab es noch den Vorraum zum OP-Saal, wo sich die Ärzte für die Operation umzogen. Wo es Chirurgen gab, gab es sicher auch Hosen, Hemden, Jacken, vielleicht auch Schuhe.

Er stahl eine Maske, die auf einem Stapel frischer Wäsche lag, und band sie sich um. Mit dieser Tarnung betrat er den Vorraum zum OP-Saal. Einer der Spinde stand offen. Der Arzt, der den Spind offengelassen hatte, stand wahrscheinlich nebenan im OP-Saal und rettete einem Menschen das Leben. Wer auch immer es war, er hatte einen Anzug von guter Qualität, ein Seidenhemd und eine Krawatte, die schöner war als alles, was Remo sich je umgebunden hatte. Er ließ die Armbanduhr im Spind zurück. Zwar konnte er, rechtlich gesehen, keine Straftat begehen, aber stehlen wollte er nicht.

Er verließ das Krankenhaus durch den Vordereingang und wartete auf einen Krankenwagen. Da kam auch schon einer. Als der Fahrer ausgestiegen war, um einem Rollstuhlpatienten aus dem Wagen zu helfen, schlüpfte Remo hinter das Steuer. Der Fahrer schloß die hinteren Türen. Remo trat aufs Gas. In rascher Fahrt verließ er das Krankenhausgelände. Beinahe wäre er in lautes Lachen ausgebrochen. Frei! Was für ein herrliches Gefühl! Er konnte hinfahren, wo er wollte, tun, was er wollte, sein, wer er wollte. Er war der freieste Mensch, der je gelebt hatte – bis er die 38er spürte, deren Mündung an die Stelle hinter seinem Ohr gedrückt wurde.

»Wie geht's Ihnen, Remo?« sagte McCleary. »Sie kommen rechtzeitig. Biegen Sie bitte an der nächsten Kreuzung links ab.«

»Sie werden mich doch nicht umlegen, nachdem Sie sich mit mir soviel Arbeit gemacht haben«, sagte Remo.

»Was bleibt uns anderes übrig, wenn Sie nicht für uns arbeiten wollen?« entgegnete McCleary. Remo fand, daß der Mann vielleicht nicht nett war, aber vernünftig.

Remo bog links ab. Ein Schild kam in Sicht. Sie fuhren in Richtung New York.

»Sie müssen noch viel lernen, bis Sie der härteste Hurensohn im Tal des Todes sind, Remo.«

»Wenn ich mein Pensum gelernt habe, sind Sie ein toter Mann, McCleary«, sagte Remo. Er sprach in die Mündung der Pistole.

»Sie müssen sich in einer Schlange anstellen, wenn Sie mich umbringen wollen, mein Freund. Inzwischen gibt's nämlich soviel Killer, die mich umnieten wollen. Lassen Sie sich dadurch nicht beirren. Das ist eben so, wenn man für das Gute kämpft.«

Remo spuckte auf die Mündung des Revolvers. McCleary drückte nicht ab. Er lachte und steckte die Waffe in den Schulterhalfter.

Es war zwei Uhr nachts. Der Verkehr floß spärlich, und im Finanzviertel in New York, wohin Remo den Wagen nach McClearys Weisungen lenkte, waren zu dieser späten Stunde keine Fahrzeuge mehr unterwegs. Die riesigen Banken und Bürohäuser strahlten die Stille einer Gruft aus. McCleary wies Remo an, den Wagen vor einer Bank mit 50

Stockwerken zum Halten zu bringen. Es war ein Gebäude mit viel dunklem Glas und dem architektonischen Zauber einer Schachtel.

»Eine Bank?« sagte Remo. »Sie haben mir ein neues Gesicht verpassen lassen, damit ich in einer Bank arbeiten kann?«

»Verdammt nochmal, nein. Einem Banker würde ich Sie nie ausliefern. In dieser Berufsgruppe verstecken sich die größten Schwindler, die es gibt.«

»Was tun wir dann hier? Wollen Sie ein Konto für mich eröffnen?«

»Kommen Sie. Sie werden die Antwort auf Ihre Fragen in diesem Gebäude finden.«

Der Raum, wo Remos Fragen ihre Aufklärung finden sollten, war mit Computern vollgestellt. Am zentralen Schaltpult saß ein Mann, dessen Kopf einer verschrumpelten Zitrone glich. Er trug eine Weste und eine randlose Brille. Außer den gekräuselten Lippen fiel Remo die starre Haltung des Mannes auf. Sitzen wäre nicht die richtige Bezeichnung gewesen. Er wirkte außergewöhnlich gespannt. Er saß kerzengerade. Es war, als bereitete er sich auf einen Ringkampf mit dem Schaltpult vor.

»Und wo ist der Boß?« fragte Remo.

»Das ist der Boß«, antwortete McCleary. »Das ist Harold W. Smith.«

Smith rührte sich nicht.

»Wenn er der Boß ist, warum sitzt er am Computer? Die Bosse sitzen doch immer am Schreibtisch.«

»Dieser nicht. Außerdem sind das nicht irgendwelche Computer.«

Remo sah dem Mann über die Schulter. Auf dem Sichtschirm leuchteten Bilder auf, Fotos von Polizeiakten, ein amtliches Bulletin zum Thema Landwirtschaft, Akten der Nationalen Steuerbehörde. Bei näherem Hinsehen entdeckte Remo noch etwas von Interesse. Die Schriftstücke waren ausnahmslos an Empfänger auf höchster Ebene gerichtet. Der Bericht der Steuerbehörde war an eine zentrale Dienststelle der Regierung adressiert. Die Informationen der Polizei waren für das FBI bestimmt. Das Bulletin zum Thema Landwirtschaft war für einen stellvertetenden Minister gefertigt worden. Die Verfasser der Berichte und Schriftstükke, so sah es aus, hatten die Angaben im Rahmen der üblichen Routine in den Ämtern erstellt. Es waren Lakaien, die sich über die Bedeutung des Inhalts nicht viel Gedanken machten.

»Die wissen gar nicht, wo diese Berichte hingehen, stimmt's?« fragte Remo.

»So ist es«, gab Smith zur Antwort. Seine Sprache war schneidend scharf. Die Art, wie er die Vokale betonte, erinnerte Remo an die Ausdrucksweise der Leute in den Neuengland-Staaten. »Sie wissen es nicht.« Er machte eine Kopfbewegung in Richtung der Computer. »Wir sind die Seele des Ganzen. Wir überwachen gewisse Vorgänge und nehmen zugleich einige kleine Korrekturen vor. Sie wären überrascht, wenn ich Ihnen zeige, wie leistungsfähig die Programme sind, sobald es darum geht, Fehlern auf die Spur zu kommen. Wenn wir so etwas entdecken, beauftragen wir die geeigneten Personen mit der Untersuchung des Falles. Das ist die Art von Förderung, die dieses Land braucht.«

»Und wen informieren Sie, wenn jemand entführt wird, wenn jemand ohne seine Einwilligung ein neues Gesicht verpaßt bekommt, wenn jemand für tot erklärt wird, obwohl er noch lebendig ist? Wen informieren Sie dann?« fragte Remo.

»Wir hatten kaum eine andere Wahl, als Sie zu rekrutieren«, sagte Smith.

»Rekrutieren nennen Sie das? Sie haben mich samt meinem Streifenwagen in den East River schieben lassen und dann einer plastischen Operation unterzogen. Ist das die Art, wie man jemanden rekrutiert?«

»Hätten Sie sich freiwiliig für den Job gemeldet?«

»Zum Teufel, nein.«

»Nun, dann betrachten Sie sich als eingezogen. Wir leben in einem nationalen Notstand. Amerika ist in seiner Existenz bedroht, Mr. Williams. Ich werde Ihnen jetzt erklären, wie wir arbeiten.«

»Ich habe schon gesehen, wie Sie arbeiten. Sie leiten geheime Operationen. Sie lassen Menschen entführen. Sie lassen die Menschen mißhandeln, und für all diese Dinge sind Sie niemandem Rechenschaft schuldig.«

»Wir legen sehr wohl Rechenschaft über unsere Operationen ab, mein Sohn.«

»Lassen Sie mich raten«, sagte Remo. »Sie sind dem Präsidenten der Vereinigten Staaten verantwortlich.«

»Dem jetzigen und seinen fünf Vorgängern«, sagte Smith. Remo fiel auf, daß die Weste des Mannes am Computer keine einzige Falte aufwies. Der Knoten der grün-schwarzen Krawatte war fest zugezogen. Irgendwie sah es aus, als hätte der Mann sich den Schlips im Morgengrauen des vorangehenden Tages umgebunden. Nur die Augen verrieten das Maß der Anstrengung, dem dieser Mensch unterworfen war.

»Gut. Dann sagen Sie den hohen Herren, daß Sie sich geirrt haben, als Sie mich rekrutierten.«

»Ihr Psychogramm bestätigt uns, daß wir genau den Richtigen rekrutiert haben. Aber ich bin nicht hier, um mit Ihnen zu streiten. Ich werde das Thema, um das es geht, ein einziges Mal mit Ihnen durchsprechen, Mr. Williams. Ein einziges Mal... Ich hoffe sehr, daß Sie danach keine Fragen oder Zweifel mehr haben.«

Smith zog eine Pfeife aus seiner grauen Jacke. Das Kleidungsstück paßte gut zu seiner grauen Weste, zu den grauen Hosen und zu dem Zitronengesicht, das der Spiegel einer ebenfalls grauen Seele war. Smith stopfte seine Pfeife mit Tabak, zündete sie an und deutete auf das Bedienungspult, wo die Kabelstränge der Computer zusammenliefen.

»Das Leben in dieser Nation wird von dem großartigsten Dokument geregelt, das die Welt je gekannt hat. Von der Verfassung der Vereinigten Staaten von Amerika. Die dort verbrieften Rechte schützen die Bürger, wie es kein anderes Dokument auf dieser Erde vermag. Unglücklicherweise mußten wir vor einigen Jahren feststellen, daß unser Land unruhigen Zeiten ausgesetzt ist. Amerika konnte nicht überleben, wenn es sich an den Buchstaben unserer unvergleichlichen Verfassung hält. Was tun? Wir hätten den Bürgern die verbrieften Rechte wegnehmen können. Aber dann wäre unser Land eines der vielen Länder geworden, die vergeblich versuchen, Ruhe und Ordnung im Staat zu schaffen. Damals hatte der Präsident, er ist längst tot, eine Idee. Statt den Bürgern ihre Rechte zu nehmen, könnte man eine Organisation schaffen, die alle strategischen Sektoren infiltriert und kontrolliert. Gewiß, diese Organisation würde die Gesetze brechen, aber das würde die Öffentlichkeit nie erfahren. Das neue Gebilde würde vor offiziellen Sanktionen bewahrt bleiben. Es würde nur solange existieren, bis die gefährlichen Jahre überbrückt waren, dann würde sich die Organisation in Nichts auflösen. Können Sie mir folgen?«

Remo schwieg. Er warf einen Seitenblick auf McCleary, der ihn schon seit einer Weile zu beobachten schien. Allerdings gab es diesmal keine Sensoren, die an Remos Handgelenken befestigt waren.

»Die Organisation würde Amerika durch die unruhigen Zeiten ans sichere Ufer geleiten. Wenn alles überstanden war, würden die Gesetze immer noch intakt sein. Verstehen Sie jetzt, warum wir eine Organisation brauchen, die nicht existiert? Wenn wir zugeben müßten, daß es die Organisation gibt, wären wir nicht mehr das Land, das wir sind.«

Wenn Remo jetzt eine Uhr gehabt hätte, hätte er draufgeblickt.

»Amerika ist ein wunderbares Land, Remo. Viele Menschen sind für dieses Land gestorben. Andere haben versucht, Amerika zu verderben, aber wir sind immer noch das Land, wo die Verfolgten Zuflucht suchen, nicht das Land, aus dem man flieht. Was Sie betrifft, ich hätte Sie nicht rekrutiert, wenn ich eine andere Wahl gehabt hätte.«

»Hm«, sagte Remo. »Kann ich etwas zu essen bekommen?«

Smith räusperte sich. »Wie auch immer, wir waren der Meinung, wir bräuchten für die Lösung dieses Problems jemand Besonderen.«

»Einen Killer. Sie brauchten einen Killer.«

»Das haben Sie also schon herausgefunden«, sagte Smith.

»Was ist, wenn die Behörden entdecken, daß ihre Berichte bei einer illegalen Institution landen, oder wenn sie darauf kommen, daß eine illegale Institution zumindest Einsicht in die übermittelten Informationen erhält?«

»Ich dachte mir, daß Sie mich das fragen würden. Deshalb habe ich Sie den Bildschirm betrachten lassen. Die Absender der Berichte wissen nicht, für wen sie arbeiten. Fünfundachtzig Prozent der Beschäftigten in diesem Lande haben keine Ahnung, für wen sie arbeiten. Die restlichen fünfzehn Prozent kann man mit Desinformationen in die Irre leiten. Jedenfalls wissen die Beamten nicht, wo ihre Berichte landen. Der großen Mehrheit ist es völlig gleichgültig, was mit den Informationen geschieht.«

»Und wer ist eingeweiht?«

»Sie, ich, McCleary und der jeweils amtierende Präsident.«

»Sonst niemand?«

»Sonst niemand«, sagte Smith.

Wenn ich die beiden umbringe, bin ich frei, dachte Remo. Was könnte der Präsident schon machen? Öffentlich verkünden, daß der Mann, der von seiner Geheimorganisation gekidnapt worden ist, zwei Morde begangen hat? Zum Teufel, ich kann die beiden umbringen...

Und dann geschah etwas, das Remo ein paar Sekunden lang glauben ließ, das Schicksal, das ihm Mutter und Vater verweigert hatte, wollte mit einer gnädigen Fügung alles wieder gutmachen. McCleary reichte ihm einen Revolver.

»Der ist für Sie. Sie haben heute Ihren ersten Mord zu erledigen. Wir sind eine sehr unternehmungslustige Truppe, und Sie sind unser starker Arm. Ich sagte Ihnen ja bereits, daß Sie dieses Land vor dem Niedergang retten werden«, bemerkte McCleary.

Remo ergriff die Waffe, und weil McCleary ihm den Griff in die Hand legte, blieb die Mündung eine Weile lang auf den Schwarzen gerichtet. McCleary fand das richtig lustig; er lächelte. Remo konnte keinen Mann erschießen, der lächelte. Außerdem war es gar nicht nötig, daß er McCleary umbrachte.

»Okay«, sagte Remo. »Ich werd's versuchen.«

»Gut«, sagte Smith.

»Gut«, sagte McCleary. Sein Lächeln wurde zum Lachen.

»Worüber lachen Sie?« fragte Remo.

»Sie sind ein guter Junge«, antwortete McCleary und kniff ihn liebevoll in die Backe. Remo bedankte sich mit einem sanften Kinnhaken.

Smith schüttelte mißbilligend den Kopf. »Meine Herren, ich muß schon bitten!«

»Smitty stört's nicht, wenn wir uns streiten«, sagte McCleary. »Ihn stört nur, wenn irgend jemandem irgend etwas Spaß macht. Er kommt aus einer alten Familie in Neuengland. Seine Vorfahren sind wahrscheinlich mit der ›Mayflower‹ in die Staaten gekommen.«

Smith warf einen Blick auf seine Armbanduhr.

»Wir sollten nicht warten, bis die Zielperson an Altersschwäche stirbt«, sagte er. »Auf Wiedersehen, Remo. Viel Glück bei der Jagd.«

McCleary hatte Kleidung für Remo besorgt. Er bekam auch eine neue Brieftasche, die mit Geld und Kreditkarten, ausgestellt auf Remo Williams, gefüllt war. Unter den Papieren befand sich ein Führerschein, der auf den gleichen Namen lautete.

»Sie werden keine Geldsorgen mehr haben. Das ist ein Vorteil«, sagte McCleary.

Remo verkniff sich die unfreundlichen Worte, die er auf den Lippen hatte, und grinste.

McCleary hatte ihn auch mit einem neuen Wagen ausgestattet. Er ließ ihn auf dem Beifahrersitz Platz nehmen und chauffierte ihn zur West Side von New York. Remo dachte über seine alte Wohnung in Brooklyn nach. Ob er wohl je dorthin zurückkehren würde? Besser nicht. Die Wohnung gehörte einem Toten. Außerdem hatte er jetzt mehr Geld in der Brieftasche, als er während seiner Tätigkeit als Streifenpolizist je besessen hatte.

McCleary brachte das Auto vor einem dreistöckigen Haus mit Sandsteinfassade zum Stehen. Gegen Süden hin war Harlem zu erkennen, gegen Osten der Central Park. Hinter den Häusern schimmerte die erste Morgenröte. Auf der Straße roch es nach Abfall, der wohl schon ein paar Wochen hier liegen mußte.

»Der Mann befindet sich in diesem Haus, im ersten Stock. Gehen Sie auf Nummer Sicher. Sie öffnen die Tür, halten ihm den Revolver gegen die Stirn und drücken ab. Okay?«

»Okay«, sagte Remo.

»Lassen Sie sich nicht davon beeindrucken, wie der Mann aussieht.« McCleary sprach im Flüsterton. »Und noch etwas, mein Freund. Sie müssen es nicht so persönlich nehmen, daß man Sie für den Job rekrutiert hat. Der Computer hat Sie ausgewählt.«

»Im ersten Stock?« fragte Remo.

»Ganz recht«, bestätigte McCleary. Jetzt lachte er nicht mehr.

Remo schwang sich aus dem Wagen. Seine Zunge klebte am Gaumen. Die Tür des Hauses war nicht verschlossen. Er drückte die Klinke herunter und trat ins Innere. Seine Füße verursachten kein Geräusch. Er ging einen Flur entlang und eine Treppe hinauf. Am Ende des Flurs im ersten Stock war ein Lichtschimmer zu erkennen. Remo trat näher. Das Licht kam aus einem Zimmer, dessen Tür geöffnet war. Vor dem Tisch im Zimmer kniete ein alter Mann. Er malte. Seine Haut war wie gelbes Pergament, weißes Haar fiel ihm in die Schläfen. Es war ein Asiate. Der Mann hob den Blick.

»Englisch sprechen?« fragte Remo.

Der Asiate schwieg. Sein Blick verriet Unbehagen über einen Bittsteller, der sich ihm allzu unterwürfig genaht hatte.

»Kann eine Nachtigall singen?« sagte der alte Mann nach einer Weile. Remo wollte diesem Menschen nichts tun; das konnte er einfach nicht.

»Gibt es einen Hinterausgang?« fragte Remo.

»Sie können hinausgehen, wo Sie hereingekommen sind«, sagte der Asiate.

»Jetzt passen Sie einmal gut auf. Da draußen ist jemand, der mich beauftragt hat, Ihren Boß umzubringen.«

»Meinen Boß? Ich habe keinen Boß. Ich bin kein Sklave.«

»Ist sonst noch jemand im Haus?«

»Wer denn sonst noch? Ich bin hier.«

»So begreifen Sie doch, ich will Ihnen wirklich nichts tun. Ich habe nichts gegen Sie, und ich will Sie nicht töten. Ich will überhaupt niemanden töten. Ich will nur noch eins: raus!«

»Mich töten?« sagte der Asiate. Mit einer behutsamen Geste legte er den Pinsel aus der Hand und stand auf.

Der geblümte Kimono glitzerte im Schein der Lampe. Als der alte Mann den Raum durchquerte, sah es aus, als hätte er zu schweben begonnen. Dann tat er etwas, das er in Gegenwart des Ex-Polizisten Remo nicht hätte tun dürfen. Er ließ die Hand in den Kimono gleiten. Bevor er seine Waffe hervorziehen konnte, hatte Remo abgedrückt.

Con McCleary, der vor dem Haus wartete, hörte einen Schuß. Dann noch drei Schüsse. Ein Streifenwagen bog in die Straße ein und hielt an. Einer der beiden Polizisten fragte, was der Lärm zu bedeuten hatte. McCleary zeigte ihnen seine Dienstmarke und seinen Ausweis.

»Checken Sie meine Angaben per Funk mit Ihrem Revier ab. Hier findet eine gemeinsame Operation des Secret Service und des FBI statt. Sie dürfen das Haus nicht betreten, es ist Eigentum der Bundesregierung.«

»Das ist also das Haus«, sagte der Streifenpolizist.

»Das ist das Haus«, berstätigte McCleary. Er zog den Zündschlüssel ab, stieg aus dem Wagen und ging ins Haus. Stille empfing ihn. McCleary bewegte sich mit größter Vorsicht.

Drinnen hielt Remo den Lauf des Colts umklammert, als wollte er ihn zerquetschen. Er wußte, daß er den Abzug betätigt hatte. Er sah den Blitz. Er spürte den Rückstoß. Er sah, wie der Tisch hinter dem Asiaten zerbarst. Er schoß ein zweites Mal. Die Lampe ging zu Bruch. Beim dritten Schuß zielte Remo auf den Kopf des Asiaten. Das Projektil landete in der Wand, ein Gipsregen ging nieder. Remo leerte das Magazin auf einen alten Mann, der in dem kleinen Raum unmöglich zu verfehlen war, aber alles, was er traf, waren die Möbel und die Wände. Dabei hatte sich der Asiate in dem merkwürdig glitzernden Kimono kaum bewegt. Nur soviel, daß der Kopf und der Körper nicht mehr da waren, wenn die Kugel kam.

Remo kam sich vor wie in einem Alptraum. Der alte Mann war keineswegs schnell, aber Remo war im Vergleich zu ihm ungeheuer langsam. Irgendwie geschah alles, was er, der Angreifer tat, in Zeitlupe.

Der alte Mann hatte Fingernägel, die sehr zerbrechlich aussahen, lange, gebogene Nägel, die Remo an Federkiele erinnerten. Es waren diese durchsichtigen Gebilde, die dem Weißen die Waffen entwanden. Remo schaute plötzlich in die Mündung seines eigenen Revolvers. Ob noch eine Kugel im Magazin war? Er starrte auf den Lauf der Waffe, dann hörte er, wie ein paar Kugeln zu Boden fielen. Der alte Mann hatte das Magazin entleert. Mit einer verächtlichen Geste warf er die Waffe fort.

Remo holte zu einem Schwinger aus. Seine Faust schoß mit solcher Gewalt vor, daß er sich beinahe die Schulter ausgerenkt hätte. Er fühlte, wie sein Arm ergriffen und gestreckt wurde.

»Nein, nein«, sagte der Asiate. »So zerschlagen Sie doch nur Ihre eigene Faust. Warum tun Sie das?«

»Ich will Sie töten«, keuchte Remo.

»So kann man niemanden töten«, sagte der Asiate. »Sie könnten ja nicht einmal eine Fliege töten, Sie schäbiges Stück Entendreck.«

Remo versuchte einen Fausthieb, aber der mißlang ebenso wie der Schwinger. Dann umfing er seinen Gegner, der höchstens 1.50 m groß war und nicht mehr als 50 Kilo wog, mit beiden Armen. Er würde ihn zu Boden ziehen und sich auf ihn werfen. Sollte der Asiate doch sehen, wie er unter einer Last von 100 Kilo noch Luft bekam! Jedenfalls würde das den Gegner Kraft kosten, es würde ihn langsamer machen. Remos Arme wurden zurückgeschleudert, als seien sie von einem Hurrikan erfaßt worden. Er hätte schwören können, daß der gebrechlich wirkende Alte keinen Finger gerührt hatte.

Remo sah, wie McCleary den Raum betrat. Der Schwarze grinste. Remo holte zu einem Boxschlag auf McClearys

Brustkorb aus und war überrascht, daß er ihn auch traf. Er hatte sich schon daran gewöhnt, daß seine Schläge irgendwo im Nichts landeten. McCleary wurde gegen die Wand geschleudert, wo er mit einem dumpfen Geräusch auftraf.

Der Schwarze stöhnte vor Schmerz und betastete seine Rippen. Remo wurde von dem Mann mit den langen Fingernägeln zu einem Stuhl geführt. Er hatte ein Gefühl, als sei er von einer stählernen Hand gepackt worden.

»Wenn Sie sich von ihm treffen lassen, ermutigen Sie ihn nur zu weiteren Dummheiten«, sagte der Asiate zu McCleary.

»Er hat einen Mordsschlag«, sagte McCleary.

»Wenn ein Kiesel auf Daunen fällt, wird er schwer wie ein Fels.«

»Nun, Chiun, Meister des Sinanju, was halten Sie von ihm?«

»Er schlägt und prügelt«, sagte Chiun. »Ich glaube, alle Weißen huldigen diesem Irrtum.«

»Glauben Sie, daß Sie etwas aus ihm machen können?«

»Er ist sehr langsam, sehr plump. Die Koordination der Bewegungen könnte kaum schlechter sein.«

»Was seine Reaktionswerte angeht, so ist er unter den Besten in den Vereinigten Staaten. Wir haben das getestet, Meister des Sinanju.«

»Wen haben Sie getestet? Nur Weiße?«

»Weiße und Schwarze«, sagte McCleary.

»Nun, wenn das Ihr bester Mann ist, dann ist es Ihr bester Mann.«

»Wie beurteilen Sie ihn?«

»Er bewegt sich wie ein Pavian auf zwei Klumpfüßen, aber er bewegt sich.«

»Was wollen Sie damit sagen?« fragte McCleary.

»Ich will damit sagen, daß ich es mit ihm versuchen werde. Ich werde mein Bestes tun.«

»Und ich?« sagte Remo.

»Wir sprachen gerade von Ihnen«, sagte Chiun.

»Ich habe Gefühle«, sagte Remo. »Ich möchte gefragt werden, was ich will.«

»Wenn Sie Gefühle haben, warum versuchen Sie es nicht mit Dankbarkeit?« fragte Chiun. »Wissen Sie überhaupt, wer ich bin?«

Remo deutete auf McCleary. »Ich weiß, wer dieser Hurensohn ist, das genügt mir.«

»Ist das ein Ja?« fragte McCleary.

Chiun, Meister des Sinanju, konnte nur noch staunen. Er, die Sonne im Planetensystem physischer Kräfte, hatte sich bereiterklärt, einem Weißen von seiner unbezwingbaren Energie abzugeben, und dieser Weiße zögerte, das Angebot anzunehmen. Wahrscheinlich mußte man die Weißen auch auf Knien bitten, einen Haufen Gold anzunehmen.

»Ich weiß nicht«, sagte Remo. »Was bleibt mir anderes übrig als mitzumachen? Vielleicht sollte ich weglaufen, aber ich bin nicht sicher, ob das funktioniert. Es könnte sein, daß ich die Kenntnisse dieses Japaners ganz gut gebrauchen kann. Ich wüßte auch nicht, wohin ich gehen sollte. Einverstanden, McCleary.«

»Ihre Entscheidung ist ganz richtig, Remo.«

»Kann ich meinen alten Namen wieder zurückhaben oder mir einen anderen Namen aussuchen?«

»Probieren Sie's erst mit Remo. Sie müssen Gefühl für den Namen bekommen, so etwas braucht Zeit.«

»Ich habe nicht gesagt, daß ich das bis an mein Lebensende machen will. Ich will's nur einmal ausprobieren.«

McCleary rieb sich den Brustkorb und grinste. »Was das Programm für Sie angeht – Sie kriegen Druck zum Frühstück, Druck zum Mittagessen und Druck als Abendmahlzeit. Ihre Ferien dauern zwei Minuten am Tag. Es wäre ein Wunder, wenn Sie Ihre Pensionierung erleben.«

»Gibt's auch Nachteile?« fragte Remo.

»Sie werden das schon schaffen, Remo. Sie sind der richtige Mann für diese Aufgabe.« Er wandte sich an den Asiaten. »Bitte, Chiun, Sie können ihn haben.«

»Muß ich mit dem Japaner im gleichen Haus wohnen?« fragte Remo.

»In Asien würde ein Schüler das als eine Ehre ansehen«, entgegnete McCleary.

Chiun fragte sich, worüber die beiden überhaupt sprachen. Er war überzeugt, daß er der erste Asiate war, der die neue Nation, das weiße Amerika, entdeckte. Ihm war aufgefallen, daß die Amerikaner außerordentlich reich und außerordentlich verrückt waren. Deshalb würde er es dem Weißen, der sich Remo nannte, vergeben, daß er ihn als Japaner bezeichnet hatte.

Es gab etwas, das der Meister des Sinanju bei diesem Treffen verschwieg. Er hatte bei Remo eine Besonderheit bemerkt, eine Sache, die er bei einem Weißen nicht erwartet hatte. Dennoch gab es keinen Zweifel daran, daß dieser nach Fleisch stinkende Koloß von einem Mann über diese besondere Eigenschaft verfügte: man brauchte ihm nur in die Augen zu sehen. Was Chiuns Neugier geweckt hatte, war der Glanz der Pupillen. Es war eine Erscheinung, die man nur bei sehr wenigen Menschen beobachten konnte, und bei diesen auch nur, wenn sie um ihr Leben kämpften. Es war nicht Wut. Wut war nur maskierte Angst. Es war das Leuchten eines Sterns, der in den Tiefen des Universums seine Bahnen zog. Chiun fragte sich, was ein Weißer wie dieser Remo wohl aus dieser Eigenschaft machen würde. Ob es bei den Weißen noch mehr Menschen gab wie ihn? War es ein Zufall, daß solch ein Mensch in Amerika zur Welt gekommen war, oder war es eine Fügung des Universums?

Das Geheimnis war zu groß, zu wichtig, als daß Chiun es mit irgend jemand hätte teilen können; er würde sein Wissen für sich behalten müssen. Irgendwann würde er Nachforschungen anstellen, wer die Eltern dieses Weißen waren. Vorher aber gab es noch viel zu tun.

4

Es war acht Uhr morgens, als Harold W. Smith wieder am Schaltpult Platz nahm. Er hatte seine Arbeit nur für drei Stunden Schlaf unterbrochen. Der Computer hatte die Namen eines Richters ausgespuckt. Es war der Richter, der die niedrigsten Freiheitsstrafen in ganz Amerika verhängte, und der gleiche Mann verfügte über einen Grundbesitz, der sich schneller vermehrte als der Grundbesitz aller anderen Amerikaner. Der Computer war dafür programmiert, derartige Fälle automatisch auszudrucken. Smith brauchte, wenn er Informationen über solche Zeitgenossen wünschte, gar nicht erst das FBI einzuschalten.

Aber an diesem Vormittag hatte er keine Lust, über korrupte Richter nachzudenken. Nach einer Reihe schwieriger Jahre verfügten sie jetzt über einen starken Arm, über einen Killer, der im Land aufräumen würde, über einen Mann, der noch schneller schoß als die Verbrecher, die Belastungszeugen mit der Maschinenpistole aus dem Weg räumten. Gewalt mußte mit Gewalt beantwortet werden.

Con McCleary betrat das Hauptquartier in der Bank um ein Uhr mittags. Sein Gang war unsicher. Sein Atem roch nach Bier.

»Wie geht's denn so?« erkundigte sich Smith.

»Bestens. Das Bier schmeckt, und die Mädchen sind willig. Ich liebe New York.«

»Sie wissen schon, was ich meine.«

»Ach ja. Remo und der Meister des Sinanju. Alles läuft bestens. Deshalb bin ich auch so fröhlich.«

»Ihre Freude ist etwas verfrüht, finden Sie nicht?«

»Ich feiere die Tatsache, daß Remo ja gesagt hat und daß Chiun ja gesagt hat.«

»Ich habe da meine Zweifel. Ich glaube nicht an solche Dinge wie Karate. Eine Kugel ist schneller als eine Faust, und jede Elektronik ist schneller als eine Kugel.«

»Aber wir dürfen nichts tun, was Spuren hinterläßt. Wir brauchen einen Mann, der mit der bloßen Hand tötet.«

»Ganz recht«, sagte Smith. »Das ist der Grund, warum wir unser Einverständnis gegeben haben.« Er hob die Hände. »Man wird sehen, was dabei herauskommt.«

»Seien Sie doch nicht so pessimistisch«, sagte McCleary. »Der alte Mann kann mit der bloßen Hand Kugeln in ihrem Lauf aufhalten.«

»Das muß ich erst sehen, bevor ich's glaube.«

»Sie werden es sehen«, sagte McCleary. »Diese asiatischen Killer blicken auf eine Tradition von Tausenden von Jahren zurück. Sie haben sogar Referenzen von westlichen Fürstenhöfen. Wußten Sie, daß es asiatische Killer waren, die den Siegeszug Alexanders des Großen stoppten? Und wußten Sie auch, warum? Weil Alexander einen ihrer Kunden, nämlich Darius, den Perserkönig, umgebracht hatte.«

»Das ist Geschichte«, sagte Smith und wandte sich wieder seinem Schaltpult zu.

»Geschichte«, sagte McCleary, »setzt sich aus hunderttausend Stücken Gegenwart zusammen, aus Tagen, die niemand mehr zurückholen kann.«

»Sie gehen jetzt besser noch ein Bier trinken«, sagte Smith. »Wir sind da eine Verpflichtung eingegangen, über die ich nicht glücklich bin.«

»Ich darf Sie daran erinnern, daß Sie nie glücklich sind«, sagte McCleary.

Aber Smith hörte ihm nicht mehr zu. Etwas Merkwürdiges hatte sich in empfindlichen Bereichen der amerikanischen Verteidigung ereignet. Die Computer der Organisation schlugen Alarm. Es gab Schwierigkeiten bei der Informationsbeschaffung. Fakten, die normalerweise leicht zu bekommen waren, wurden der Organisation vorenthalten. Es war, als würde dem guten Geist, der Amerikas Verteidigung mit Methoden am Rand der Legalität überwachte, eine große, böse Hand vor die Augen gehalten. Smith war überzeugt, daß es sich bei dem Ganzen um einen Irrtum des Computers handelte.

»Als erstes möchte ich lernen, wie man einer Kugel ausweicht«, sagte Remo.

Er saß auf dem Parkettfußboden eines hellerleuchteten Raums. Es gab keine Möbel, nur ein paar Bambusmatten, die am Rand des Raumes lagen. Die Matten waren zum Schlafen da, wie Remo in Erfahrung gebracht hatte. Im Raum nebenan standen vierzehn Kabinenkoffer, die soviel bunte Kimonos enthielten, daß man damit Tausende von fernöstlichen Modenschauen hätte ausrüsten können. Chiun hatte einen Kimono für jede Stunde des Tages.

»Einer Kugel auszuweichen, das lernst du später.«

»Womit beginnen wir denn? Hypnose?« fragte Remo.

»Willst du lernen oder willst du reden?«

»Am besten lernt man, wenn man Fragen stellt«, gab Remo zurück.

Es war kalt im Raum. Aber Chiun schien die Kälte nichts auszumachen. Er zeigte auch keine Reaktion, wenn die Heizkörper glühten.

»Woher weißt du, daß man am besten lernt, wenn man Fragen stellt?«

»So hat man es uns in der Schule beigebracht.«

»Was bedeutet, daß du gar nichts weißt. Am besten lernt man, wenn man einem Menschen zuhört, der etwas weiß. Ich weiß etwas, du nicht. Also höre zu.«

»Und was ist, wenn ich etwas nicht verstehe?«

»Es ist normal, daß du es nicht verstehst. Das ist der Grund, warum du lernen mußt. Du wirst besser lernen, wenn ich rede und du schweigst, denn ich weiß etwas, du nicht.«

Remo antwortete mit einem Schulterzucken. Seine Beine taten ihm weh. Er saß verschränkt, was, wie Chiun ihm erklärt hatte, die Position war, die sich für einen Lernenden geziemte.

»Als erstes mußt du lernen, daß ein Revolver nicht die beste Waffe ist.«

»Die Hände«, sagte Remo. »Ihre Hände sind die beste Waffe.«

»Die Hände sind auch nicht die beste Waffe, ebenso wie die Füße oder die Atmung. Die beste Waffe auf der Welt ist der Geist. Der Gepard ist schneller als der Mensch. Der Gorilla ist stärker. Vögel können fliegen, Menschen nicht. Der Mensch herrscht, weil er Geist hat.«

Chiun machte eine Pause. »Von den zehn Ebenen des Geistes benutzt der Mensch nur eine einzige. Diese Wahrheit wurde von Go dem Älteren im Jahre 1200 vor Christus entdeckt.«

»Ich bin nicht religiös«, sagte Remo. »Aber ich habe in den Büchern der modernen Wissenschaft gelesen, daß die Menschen nur acht Prozent ihrer Geisteskräfte gebrauchen, der Rest bleibt ungenutzt. Wußten Sie das?«

Chiun strich sich mit den langen Fingern über seinen grauen Morgenkimono. Er setzte sich und nahm die Position des Schülers ein. Er schwieg.

»Ich dachte, das würde Sie interessieren«, sagte Remo nach einer Weile.

Nachdem ein paar Minuten vergangen waren, ohne daß Chiun ein Wort gesagt hätte, entschuldigte sich Remo.

»Es tut mir leid. Ich werde jetzt zuhören.«

Chiun stand auf. Er hob den Zeigefinger.

»Zu Beginn werde ich dir sagen, daß du einen furchtbaren Fehler begangen hast. Einen Fehler, den du nie wieder machen darfst, weil ich ihn dir nur ein einziges Mal vergebe.«

Die Lotusposition war unangenehmer, als Remo erwartet hatte. Mit schmerzverzerrtem Gesicht wandte er sich dem Meister zu.

»Du hast mich einen Japaner genannt. Ich bin kein Japaner. Ich werde dir erklären, wie es sich mit den Völkern verhält. Die Weißen sind weiß, weil sie sich damit dem Schnee anpassen, der in den kalten Ländern fällt. Das ist die erste Abweichung von der Norm. Die Schwarzen sind schwarz, weil sie von der Sonne verbrannt worden sind, die in ihren Ländern scheint. Das ist die zweite Abweichung. Die Gelben aber haben die richtige, die normale Farbe. Sie stellen keine Abweichung dar.« Er kniff die Augen zusammen. »Allerdings gibt es Unterschiede bei den Gelben. Die Japaner sind bösartig, die Chinesen faul, die Thailänder langsam, die Kambodschaner verrückt, die Burmesen merkwürdig, was durch die Tatsache bewiesen wird, daß sie der Völlerei abgeneigt sind. Fleiß, Sorgfalt, Mut, Intelligenz, Schönheit und Vollendung findet man nur bei den Koreanern. Leider verfügen nicht alle Koreaner über die genannten Eigenschaften. Im Süden des Landes sind die Menschen zu leidenschaftlich, im Norden nistet die Dekadenz. Nur in dem Dorf Sinanju sind die Menschen so, wie sie sein sollten, mit Ausnahme der Fischer, die sich an die Großzügigkeit des Hauses Sinanju gewöhnt haben, so daß sie nicht mehr zum Fischfang hinausfahren. Mit Ausnahme auch des Bäckers, der bei den Gewichten betrügt, und mit Ausnahme einiger Frauen, die sich durch ihre Widerspenstigkeit hervortun.«

»Sie sind Koreaner, habe ich recht?« fragte Remo.

Chiun lächelte. »Siehst du, du hast zugehört, und du hast etwas gelernt.«

»Und Sie kommen aus dem Dorf Sinanju«, fügte Remo hinzu.

»Ich muß dich loben.«

Die zweite Lektion bezog sich auf richtiges Atmen. Remo fand das idiotisch.

»Ich habe immer schon geatmet«, sagte er. »Wer lebt, atmet. Man atmet von der Geburt bis zum Tod.«

»Aber die meisten Menschen atmen falsch. Du auch. Ihr atmet alle so, wie ihr bei der Geburt geatmet habt. Ihr denkt nicht mehr darüber nach. Wenn ihr erschöpft seid, atmet ihr heftiger. Wenn ihr erschreckt, haltet ihr den Atem an. Ihr verzichtet seit vielen Jahren auf die Kraft, die durch den Atem kommt. Du, Remo, wirst jetzt richtiges Atmen lernen.«

Remo spürte, wie Chiuns Finger seine Wirbelsäule und sein Zwerchfell berührten. Als der Druck nachließ, fühlte er die Luft in seine Lungen eindringen. Ein Gefühl der Ruhe kam über ihn. Plötzlich füllte sich sein Mund mit dem Geruch ranzigen Fetts.

»Wo kommt der Geruch her?« fragte Remo. »Es riecht nach faulendem Fleisch.«

»Der Geruch kommt aus deinem Magen, von der letzten Mahlzeit, die du zu dir genommen hast. Das Fleisch verfault in deinem Magen. Du ißt totes Fleisch.«

»Das erinnert mich daran, daß ich Hunger habe. Ich habe seit gestern abend nichts mehr zu mir genommen«, sagte Remo.

»Dann hast du also doch gegessen«, sagte Chiun. »Übrigens bist du zu dick. Du bewegst dich wie eine trächtige Kuh. Du wirst fürs erste von deinem gespeicherten Fett leben.«

»Ich habe Hunger«, sagte Remo, »und ich habe nicht vor, mit dem Essen zu warten, bis ich gelernt habe, wie man ein Brett mit der bloßen Hand zerschlägt. Ich habe die Atemübung gemacht – beginnen wir jetzt mit dem richtigen Training.«

Remo sah den Finger auf sich zukommen. Er sah den langen Nagel an der Spitze des Fingers. Er sah, wie der Nagel seinen Bizeps berührte. Dann hatte er das Gefühl, ein Geldschrank sei auf seinem Arm abgestellt worden. Der Arm war gebrochen. Er war sicher, daß der Arm gebrochen war. Er wälzte sich auf dem Boden und stöhnte vor Schmerzen.

Er hörte Chiun sagen: »Ich weiß, daß du nicht aus eigenem Willen hier bist. Es war auch nicht dein Wille, als Weißer geboren zu werden und die Eigenschaft der Arroganz mit auf den Lebensweg zu bekommen. Laß uns eine Vereinbarung treffen. Ich lehre, du lernst. Danach werden wir uns trennen.«

»O ja, einverstanden! Aber wie kann ich mit einem gebrochenen Arm einen Kampfsport lernen?«

Der Fingernagel kam zurück, tippte an Remos Oberarm, und der Schmerz war fort. Er konnte den Arm bewegen. Er konnte ihn strecken. Er betastete ihn mit der Hand. Auf wunderbare Weise war der Bruch innerhalb einer Sekunde geheilt worden.

»Wie haben Sie den Bruch geheilt?«

»Wenn du mir gut zuhörst«, sagte Chiun, »wirst du lernen, daß Knochen und Muskeln keine Stärke ausmachen. Nerven machen stark. Wissen macht stark. Der Geist, den du nicht benützt, kann dir Stärke verleihen. Dein Arm war nicht gebrochen. Ich habe dafür gesorgt, daß er sich wie ein gebrochener Arm anfühlte; das war das einzige Mittel, dich zum Zuhören zu zwingen. Wer spricht, kann nicht zuhören.«

»Das erinnert mich an die Sprüche, die auf den Zettelchen im chinesischen Gebäck versteckt sind«, sagte Remo.

Er sah den Finger des Meisters nahen. Er versuchte auszuweichen. Vergeblich, der Finger landete in seiner Magengrube. Nachdem er sich eine Weile ächzend am Boden gewälzt hatte, erlöste ihn Chiun mit einer zweiten Berührung.

»Also gut«, schnaufte Remo. »Koreanisches Gebäck.«

Chiun nickte.

»Sie sind ein Hund«, sagte Remo.

»Fluchen bedeutet, daß der Fluchende hilflos ist. Du bist nicht hier, um zu lernen, wie man hilflos ist.«

Richtig atmen zu lernen war schwerer, als Remo gedacht hatte. Chiun führte die Schwierigkeiten auf Remos unmoralisches Leben zurück.

»Du grunzt wie ein Schwein, weil du dich mit Gift vollgestopft hast«, sagte Chiun.

»Mir würde es viel besser gehen, wenn Sie nicht auf meinem Magen herumtrampeln würden«, sagte Remo.

Der Meister hatte ihn angewiesen, ihn mit jedem Atemzug eine Handbreit anzuheben. Remo spürte die Sandalen des Alten auf seinem Bauch.

»Du mußt die Muskeln entspannen. Du sollst mich nicht mit deinen Muskeln heben, sondern mit deiner Lunge.«

»Sie werden einsinken.«

»Hebe mich mit deinen Atemzügen. Spüre den Boden auf deinem Rücken. Spüre die Luft. Spüre dich selbst. Sei du selbst. Atme.«

Remo entspannte seine Bauchmuskeln. Er hatte erwartet, daß Chiun in seine Magengrube einsinken würde, aber das geschah nicht. Remo dachte nur noch ans Atmen, er roch, schmeckte, spürte die Luft, spürte den Staub und das Licht in der Luft, es war, als sei er eins geworden mit dem Mann, der auf ihm stand. Sein Atem ging ruhig und regelmäßig. Chiuns Gewicht fühlte er nicht mehr. Remos Körper hatte verstanden. Sein Atem hatte verstanden. Er sog Licht und Dunkelheit mit seinen Atemzügen ein.

Er brauchte keine Augen mehr, um zu sehen, keine Hände, um zu fühlen, keine Haut, um Wärme oder Kälte wahrzunehmen. Die Atmung ließ ihn mit allem einswerden.

Als Remo die Augen wieder öffnete, war es dunkel geworden. Er sah Chiun an.

»Wie lange habe ich so geatmet?«

»Solange es notwendig war«, antwortete Chiun.

»Acht Stunden? Mir ist es wie eine Minute vorgekommen.«

»Zeit ereignet sich im Geist des Universums«, sagte Chiun.

»Darf ich fragen, was Sie damit sagen wollen?«

»Nein«, sagte Chiun.

»Wann werde ich lernen, Kugeln auszuweichen?«

»Du wirst lernen, soviel du kannst, und nicht mehr, als du kannst«, sagte Chiun. »Und jetzt geh schlafen.«

»Ich habe Hunger«, sagte Remo.

»Verzehre dein eigenes Fett«, sagte Chiun.

»Das ist keine Mahlzeit«, sagte Remo.

»Ich werde es dich wissen lassen, wenn der Tag für eine neue Mahlzeit gekommen ist.«

»Der Tag ist bereits gekommen. Ich bin hungrig.«

»Du hast erst letzten Dienstag gegessen, und nun schweig«, sagte Chiun.

An den folgenden Tagen wurde Remo klar, daß der Alte ihn nicht jene Art von Kampfsport lehren würde, die er erwartet hatte. Chiun zeigte ihm ein Fingerbrett, wie es die Karate-Schüler benutzten. Remo hatte ein paarmal bei solchen Übungen zugesehen. Genaugenommen war es nicht Remo, sondern der Streifenpolizist Sam Makin gewesen, der den Karate-Schülern zusah. Der neue Name machte ihm zu schaffen. Er hatte sich mit »Remo« einverstanden erklärt, weil er geglaubt hatte, das ganze Abenteuer würde nur ein, zwei Tage dauern. Jetzt aber war er Sam Makin, wenn er träumte, und Remo, wenn er aufwachte und dachte.

Manchmal dachte er auch als Streifenpolizist Sam Makin oder er träumte als Remo. Manchmal schien es ihm unmöglich, die beiden auseinanderzuhalten. Aber wenn er von sich sprach, dann sprach er von Remo.

Das Training hatte drei Wochen gedauert, als Chiun ihm das Fingerbrett zeigte.

Remo benutzte das Brett, um seine Fingerspitzen zu härten. Als er mit der Übung fertig war, forderte ihn Chiun auf, das Brett an die Wand zu hängen. Remo fragte, wie er das denn tun sollte. Chiun zeigte ihm, wie man seine Finger mit Hilfe des Bretts härten konnte. Dann bohrte er mit zwei Schlägen seines Zeigefingers ein Loch in das Brett.

»An den Händen bilden sich Schwielen, die Kraft aber entsteht in deinem Geist. Du mußt an dich glauben, darin liegt die Stärke. Der Mensch ist das einzige Tier, das nicht an seine eigenen Kräfte glaubt.«

»Ich glaube. Ich glaube, daß ich Hunger habe. Ich glaube, daß ich der Streifenpolizist Sam Makin bin. Ich glaube, daß ich Remo Williams bin. Ich glaube. Ich glaube.«

»Du glaubst nicht, du bist nur wütend.«

»Ist es nicht gut für einen Killer, wenn er wütend ist?«

Chiun legte ihm die Hand aufs Herz.

»Das ist das Zweite, was du lernen mußt, fast so wichtig wie der Unterschied zwischen Koreanern und den anderen Völkern der gelben Rasse. Ich lehre dich nicht, wie man tötet. Ein Auto tötet. Fleischessen tötet. Ein professioneller Mörder wie ich bringt dem Menschengeschlecht Harmonie und Frieden.«

»Sie sagen das, als würden Sie der Öffentlichkeit einen Dienst erweisen.«

»Ein Sinanju, der die Gesellschaft von Störenfrieden befreit, ist der erste und vornehmste Diener der Öffentlichkeit«, belehrte ihn Chiun. Dann erzählte ihm der Meister von den Greueln der letzten fünfzig Jahre, von der Zeit, als die Staaten ihre eigenen Mörder ausbildeten.

»Jawohl, es ist wahr«, sagte Chiun, »die Staaten wetteiferten miteinander, sie wollten die Sinanju imitieren und eine möglichst große Zahl von Killern ausbilden. Und was ist das

Ergebnis? Massenmorde. Sie haben Killer ausgebildet, keine Sinanju. Wenn die Welt reif ist, die Weisheit der Sinanju aufzunehmen, wird Anmut und Harmonie einkehren.«

»Ich bin reif für ein Frühstück«, sagte Remo. Streifenpolizist Sam Makin hatte die erste Mahlzeit des Tages immer besonders geschätzt. Sam Makin pflegte sich zum Frühstück ein paar Würstchen in der Pfanne zu braten. In die Pfanne kamen dann noch Zwiebeln und Butter und Bratkartoffeln. Sam Makin aß gern Brötchen, knusprige Brötchen, die er mit verschiedenen Konfitüren beschmierte.

Es war eine Angewohnheit, die noch aus dem Waisenhaus stammte. Die Nonnen hatten Sam Makin soviel Brötchen essen lassen, wie er wollte. Er durfte sich auch soviel Konfitüre auf das Brötchen streichen, wie er wollte. Danach aß er Weizenflocken in heißer Milch, ein Gericht, das er als warmen Zement zu bezeichnen pflegte. Warmer Zement war sein Lieblingsessen im Winter.

Remo Williams hätte ein bis zwei Finger geopfert für eine Schüssel Weizenflocken in heißer Milch.

Chiun erklärte ihm, daß er den Begriff Hunger mißverstand. Ein Mensch verhungerte, wenn er nicht bekam, was er brauchte. Remo aber brauchte keine Nahrung. Für ihn war es viel wichtiger, wenn er die Namen der ersten hundert Meister des Sinanju auswendig hersagen konnte. Es war wichtig, daß er die Geschichte des Sinanju lernte, daß er begriff, wie selbstlos die Meister waren. Daß er die Welt verstehen lernte.

»Was interessiert es mich, wie Burgen befestigt werden?« sagte Remo. »Ich habe nicht vor, über eine Burgmauer zu klettern und einen König in seinem Schlafgemacht zu erdolchen.«

»Du glaubst, etwas ist neu, weil du es zum erstenmal siehst. Aber die Dinge waren da, bevor es dich gab. Sie hatten damals nur andere Namen. Die Menschen früher dachten wie du. Auch sie hielten die Dinge für neu. Aber das stimmte schon damals nicht.«

Endlich, nach wochenlangen Atemübungen und umfangreichen Belehrungen über tote Koreaner, entschied Chiun, daß Remo das Haus verlassen durfte. Er mahnte ihn, das Gespenst abzuschütteln, das Sam Makin hieß, sonst würde er den Tag nicht überleben.

Es war vor Morgengrauen, als Remo von seinem Meister ins Freie geführt wurde. Chiun trug einen schwarzen Kimono. Wie er Remo versicherte, war der schwarze Kimono von den Ninja, einem japanischen Kriegerorden, kopiert worden. Die Sinanju hatten die Tracht erfunden.

»Die japanische Nation ist für ihre billigen Imitationen bekannt«, sagte Chiun. Sie gingen an den Häuserblocks entlang. Dann betraten sie ein Gebäude, das einen Aufzug hatte. Chiun deutete auf die Aufzugtür.

»Ich mag diese Dinger«, sagte Chiun. »Gestern bin ich in einem gefahren. Man nennt sie Aufzüge.«

»Ich weiß«, sagte Remo. »Ich bin in diesem Land aufgewachsen.«

»Schließe deine Augen«, befahl Chiun.

Remo gehorchte. Sie betraten die Aufzugkabine. Chiun drückte auf den Knopf. Es war Remos Aufgabe, mit geschlossenen Augen die Stockwerke anzusagen, die sie passierten. Im vierzigsten Stockwerk hielt der Aufzug an. Sie verließen die Kabine. Immer noch hielt Remo die Augen geschlossen. Er folgte Chiun, der eine Treppe hinaufging.

»Du wirst jetzt lernen, daß wir uns nicht mit den Augen bewegen«, sagte Chiun. »Wir werden den Ort wechseln, und du wirst deine Augen geschlossen halten. Ich werde springen, und du wirst mir folgen. Du wirst fühlen, wo ich mit den Füßen aufkomme, und deine Füße werden an der gleichen Stelle den Boden berühren.«

»Okay«, sagte Remo. Er lächelte. Die Sache machte ihm Spaß. Obwohl er nichts sehen konnte, wußte er, wo Chiun sich befand. Er konnte die Entfernung zu ihm in Zentimetern angeben. Er konnte das, weil er das Wissen um den Atem hatte. Er hatte den Rhythmus des Universums begriffen, er paßte seine Bewegungen diesem Rhythmus an.

Der Boden, auf dem sie standen, war weich. Remo hörte, wie Chiun einen halben Meter weit sprang und auf hartem Untergrund aufkam. Remo sprang ihm nach und kam neben ihm zu stehen. Chiun tat noch einen Sprung, diesmal fünf Meter weit. Remo hatte beim Sport in der Schule ein einziges Mal einen Sprung über fünf Meter geschafft. Aber dies war kein Sport. Der Körper tat, was der Geist wollte. Der Körper wußte viel mehr, als der Mensch ahnte. Es war die Kunst des richtigen Atmens, die Remos Gefühl für diese Wahrheit schärfte. Was schon lange zu leben verdiente, begann jetzt zu leben – und es war so einfach.

Trotzdem war es ein merkwürdiges Gefühl, fünf Meter weit zu springen; der Boden dort unten schien seine Schwere verloren zu haben, schien sich in Wolken zu verwandeln. Remo öffnete die Augen, und dann entdeckte er den Grund, warum er den Raum unter sich als schwerelos empfunden hatte. Er erschrak.

»Mein Gott!« schrie er. Er stand auf dem Dach eines vierzigstöckigen Hauses, auf dem Sims aus Beton, der das Dach einfaßte. Mit geschlossenen Augen war er von einem Haus zum anderen gesprungen, über den Abgrund hinweg. Jetzt zitterten ihm die Füße. Er ging in die Knie, um den dunklen Boden mit den Fingerspitzen zu berühren. Dann lag er auf dem Dach und bebte vor Angst.

»Was hast du?« fragte Chiun. »Zu ebener Erde würdest du von einem solchen Sprung nicht soviel Aufhebens machen.«

»Wir sind aber nicht zu ebener Erde, sondern auf dem Dach eines vierzigstöckigen Hauses. Sie haben mich mit geschlossenen Augen von einem Haus zum anderen springen lassen.«

»Warum hast du Angst? Willst du fallen?«

»Das ist eine dumme Frage«, sagte Remo. Der Teerbelag des Daches fühlte sich klebrig an. Das war der weiche Untergrund, den er vor dem Sprung unter seinen Füßen gespürt hatte. Remo stand auf.

»Beantworte die Frage«, sagte Chiun.

»Natürlich will ich nicht fallen.«

»Wer Angst hat, fällt. Angst ist nur ein Gefühl, du solltest es nicht zu wichtig nehmen. Du fühlst Wärme. Du fühlst Hunger. Du fühlst Wut. Du fühlst Angst. Angst kann dich nicht töten. Wovor hast du Angst?«

»Ich habe Angst, vierzig Stockwerke in die Tiefe zu fallen.«

»Wenn du deinen Geist mit Angst füllst, bleibt kein Platz für die Kräfte, die dich beflügeln könnten. Um deinen Geist mit Kraft zu füllen, mußt du einatmen. Laß dich fallen, und du wirst nicht fallen. Und jetzt steh auf!« Chiun bedeutete Remo, ihm zum Rand des Daches zu folgen.

Remo zwang sich, den Vorsprung zu erklettern. Er vermied es, in die Straßenschlucht hinabzusehen.

»Rede dir nicht ein, daß du nicht fallen kannst. Der Körper läßt sich nicht belügen. Dein Körper wird Sinanju durch den Geist. Komm jetzt. Es ist leicht«, sagte Chiun. Rückwärtsgehend trat er an den Rand des Daches. Er sprang, es sah aus, als schwebte er zu dem anderen Gebäude hinüber. »Denke daran, Remo, du sollst nicht springen, du sollst dich nur bewegen. Du sollst glauben. Du bist die Kraft. Deine Kraft und du sind jetzt eins.«

Remo wollte Anlauf zum Sprung nehmen, als er Chiun die Hand erheben sah.

»Ich habe dir gesagt, du sollst nicht springen, du sollst dich nur bewegen. Bewege deinen Körper. Schau auf den Ozean hinaus, wo sich der Horizont rötet. Das ist deine Sonne. Du verwandelst dich jetzt in den Kern der Sonne. Schau in die Sonne. Lauf in die Sonne hinein, ich werde dich nie fallen lassen, ebenso wenig wie die Sonne oder das Universum dich fallen läßt.«

Remo setzte sich in Bewegung. Er spürte, wie seine Füße den harten Untergrund des Simses berührten, dann wurde er eins mit der kühlen Morgendämmerung, er fühlte die Welt in sich, konnte sie schmecken und mit all seinen Sinnen begreifen. Vor ihm stieg die Sonne aus dem Meer, und sein Körper bewegte sich. Als seine Füße wieder festen Halt fanden, stellte er fest, daß er weiter gesprungen war als sein Meister. Er hatte die Schlucht zwischen den Häusern überwunden und seine Angst. Er wagte es nicht, die Entfernung abzuschätzen. Es war sicher ein Rekord, den er da gesprungen hatte.

Er sah Chiun an und lächelte. Er hatte es geschafft.

»Deine Ellenbogen«, sagte Chiun. »Du hast die Ellenbogen abgespreizt.«

»Jeder Punktrichter würde mir zubilligen, daß ich einen Olympiarekord gesprungen habe.«

»Ich bin kein Punktrichter«, sagte Chiun. »Und ich sage dir, du hast es falsch gemacht.«

»Aber ich lebe noch. Ich bin nicht gefallen. Ich habe einen weiten Sprung getan. Haben Sie gesehen, wie ich gesprungen bin?«

»Aber sicher. Du hast deine Ellenbogen abgespreizt. Ich bin der Lehrer. Ich opfere dir Tage meines Lebens, und was bekomme ich von dir? Einen Sprung, bei dem du die Ellenbogen abspreizt. Das Ganze noch einmal.«

Remo sprang auf das andere Dach zurück, mit angelegten Ellenbogen.

»Gut so?«

»Natürlich ist es gut so«, sagte Chiun. »Ich habe dir ja auch gesagt, wie man's macht.«

Remo konnte sich später nicht mehr an den genauen Tag erinnern. Einmal wachte er mitten in der Nacht auf. Er war schweißüberströmt.

»Was ist los?« fragte Chiun. Er trug einen Kimono aus blauem Samt, den er nur zum Schlafen anlegte. Er hatte versucht, Remo ebenfalls zu einem Kimono zu überreden, aber der junge Mann tat sich schwer, das Kleidungsstück auf dem Körper in die richtige Anordnung zu bringen, und so hatte Chiun die Versuche eingestellt. Ein weiterer Grund war, daß das Tragen eines Kimonos den merkwürdigen Erwartungen zuwiderlief, die Con McCleary, der Schwarze, und sein ebenso verrückter Vorgesetzter Harold W. Smith an die Ausbildung des weißen Schülers knüpften.

Ich habe geträumt, ich könnte mich nicht mehr an meinen richtigen Namen erinnern«, sagte Remo. »Ich konnte mich nicht mehr daran erinnern. Mir fiel als Name nur noch Remo ein. Ich heiße Remo, weil Sie mir gesagt haben, daß ich so heiße.«

»Nein«, sagte Chiun. »Du warst es, der mir sagte, daß du

Remo heißt. Wer hat dir übrigens deinen anderen Namen gegeben?«

»Meine Eltern, glaube ich. Ich habe sie nie kennengelernt. Ich bin ein Findelkind. Die Nonnen, die mich aufgezogen haben, erzählten mir, daß mein Name auf einem Zettel stand, der an meine Windeln geheftet war.«

»Aha«, sagte Chiun in die Dunkelheit hinein. »Eine Entdeckung. Ich werde dir sagen, wer deine Mutter und dein Vater sind. Du mußt aber ganz still sein, damit du es auch verstehst.«

Als Chiun die Stille des großen Raums hören konnte, als er sicher war, daß die gleiche Stille in die Seele des jungen Remo eingekehrt war, sprach er.

»Einige Menschen sagen, Mutter und Vater sind die Personen, die uns Wissen vermitteln und uns unsere Liebe schenken. Andere sagen, Mutter und Vater sind die Personen, die uns mit ihren Körpern das Leben geben. Ich aber sage dir, wer in Wirklichkeit deine Mutter und dein Vater sind. Wie bei allen Menschen, so sind Mutter und Vater auch für dich eine einzige Person.«

»Ich selbst?« sagte Remo.

»Ja«, sagte Chiun.

Sein Name war also Remo.

5

Harold W. Smith erledigte seine Arbeit sehr gewissenhaft. Alles, was er tat, tat er gewissenhaft. Er war schon als Kind so gewissenhaft gewesen, daß seine Lehrerin ihn darauf ansprach und ihn fragte, ob er sich nicht einen Tag lang zur Abwechslung wie ein Kind benehmen könnte.

»Was muß ich da denn tun, Fräulein?« fragte der Junge.

»Aber Harold! Ich brauche dir wohl nicht zu sagen, wie sich ein Kind benimmt. Übertritt ein Verbot, irgend etwas in der Art. Oder mach dir dein Hemd schmutzig wie die anderen Jungen.«

»An welcher Stelle möchten Sie, daß ich mir das Hemd schmutzig mache?« fragte Harold.

»Ich geb's auf«, sagte die Lehrerin. »Wenn du das Hemd an der Stelle schmutzig machst, die ich bestimmt habe, dann benimmst du dich schon nicht mehr wie ein Kind. Verstehst du, Harold?«

Harold Smith verstand. Sogar in seiner Heimatstadt in Neuengland, wo es alles andere als locker zuging, galt Harold als steif. Dabei war er keineswegs ein Dummkopf. Harold war schon zwei Jahre bei der Armee, als er den ersten Tropfen Alkohol trank. Er hielt sich an das Gesetz, das Alkoholgenuß erst mit dem einundzwanzigsten Lebensjahr zuläßt. Harold war der Mann, der auch um drei Uhr morgens, wenn weit und breit kein anderes Auto in Sicht war, an einer roten Ampel anhielt. Wie Harold Smith zur CIA. fand, bleibt ein Rätsel. Wahrscheinlich wußten die Leute, die ihn für diese Karriere auswählten, einmal wirklich, was sie taten, denn Harold W. Smith war die Art von Mensch, der auch eine Lawine organisatorisch in den Griff bekam, hätte man ihm diese Aufgabe übertragen. Er sah Ordnung im wildesten Chaos. Seine grundsolide Neuenglandehrlichkeit half ihm, alle Dinge klar und ohne rosa Brille zu sehen. Niemand brauchte geschummelte Zeugnisse dieses Mannes nach oben zu schleusen, um seine Beförderung zu gewährleisten. Es entsprach seiner anständigen Haltung, daß er solchen Täuschungsmanövern nichts abgewinnen konnte, wie er auch der Versuchung, sich selbst zu täuschen, mannhaft widerstand. Als dann ein Präsident erkannte, daß Amerika eine Organisation brauchte, die auf abenteuerliche Weise frei von allen Kontrollen war, kam als Leiter eigentlich nur einer in Frage: Harold W. Smith.

Der einzige, der eine Organisation leiten konnte, die sich außerhalb der Gesetze bewegte, war ein Mann, der den denkbar größten Respekt vor den Gesetzen hatte.

Die Erkenntnis, daß die Organisation einen tödlichen Arm, einen Killer brauchte, war folglich eine der schmerzlichsten Entscheidungen in Smiths Karriere gewesen. Auch jetzt war er sich noch nicht sicher, ob der verläßliche Con McCleary ihm da keine Niete angeschleppt hatte. Smith hatte so viele Male erlebt, wie ein Mensch auf eine Entfernung von einer Meile in die Luft gesprengt oder mit Bomben belegt wurde, daß er an die These vom Faustkampf, die von McCleary vertreten wurde, nicht recht glauben mochte.

Smith warf einen Blick auf den Computer. Es gab Probleme. Er kam nicht an die Informationen heran, die zur Beurteilung der Verteidigungsausgaben notwendig waren. Aber dann kam Smith dem Grund für die Probleme auf die Spur. Bei der Firma Grove Industries hatte ein Computer den Zugang zu den Daten im Bereich Rüstung blockiert. Ein Austausch von Daten mit den Behörden, wie er mit Grove Industries vereinbart wurde, fand nicht mehr statt. Es gab nur eine Möglichkeit, eine solche Blockade, die auf High-Tech-Niveau basierte, zu durchbrechen. Ein Mensch aus Fleisch und Blut mußte sich Zugang zu den Geschäftsräumen von Grove Industries verschaffen, mußte die Computer anzapfen und den Fehler finden. Smith plante, McCleary für diese Aufgabe einzusetzen, sobald der Schwarze einen Termin frei hatte. Vordringlicher war jetzt etwas anderes: Der neue Mann.

McCleary hatte, was den tödlichen Arm anging, wahre Wunder versprochen. Aber Smith glaubte nicht an Wunder. Er glaubte an die Wirklichkeit. Allerdings gab es da eine Unklarheit. Wenn man McCleary glauben konnte, hatte Remo auf seinen Meister drei Schüsse aus kürzester Entfernung abgegeben. Chiun war den Kugeln ausgewichen.

»Ob er Remo das beibringen kann?« hatte Smith gefragt.

»Fragen Sie Chiun selbst«, hatte McCleary geantwortet. Er lächelte, als er das sagte. »Aber eines bitte ich mir aus. Ich möchte dabeisein, wenn Sie sich treffen.«

Und nun war der Tag gekommen, wo sich Smith den Mann ansehen konnte, für den Amerika eine U-Boot-Ladung Gold ausgegeben hatte. Die Stimmung war ein bißchen ähnlich wie bei einer gemischten Konferenz, wo Lehrer und Eltern im Beisein des neuen Junglehrers darüber beraten, ob man den Mann jetzt oder erst in vier Wochen entläßt.

Chiun betrat den Raum in einem gleißenden Goldkimono. Er ignorierte die Computer.

Wie alt er ist, dachte Smith. Hinter Chiun war McCleary eingetreten. Er grinste. Smith hatte für das Treffen insgesamt fünfzehn Minuten angesetzt. Die zehn Minuten, die Cleary zu spät kommen würde, plus fünf Minuten, die der Aufzählung von Remos Fortschritten gewidmet sein würden. Smith warf einen Blick auf seine Armbanduhr. Der Sekundenzeiger war auf der 12 angekommen, die Besprechung konnte beginnen.

Fünf Sekunden verstrichen. Chiuns Finger mit den schmalen, langen Nägeln griffen in die Luft und deuteten eine anmutige Begrüßung an. Eine halbe Stunde später beendete er seine Anrede, nachdem er ausführlich die Herrscherkünste des künftigen Kaisers Smith gelobt, sein gottgegebenes Recht auf die Herrschaft bestätigt, die Loyalität des Hauses Sinanju zu Kaiser Smith und allen seinen Nachfolgern unterstrichen und den großen Einfluß des weisen Amerikaners gebührend herausgestellt hatte. Während Chiun sprach, war McClearys Grinsen immer breiter geworden.

»Er glaubt, Sie haben ihn engagiert, damit er Ihnen auf den Kaiserthron verhilft. Er versteht einfach nicht, was wir hier machen«, sagte McCleary.

Chiun warf dem whiskeyduftenden Diener einen Blick voll Verachtung zu.

»Ein Sinanju muß sowohl die geheimen als auch die offen geäußerten Wünsche eines Kaisers verstehen«, sagte Chiun. »Ein Kaiser und der Mann, der für ihn tötet, sollten nicht in Gegenwart eines Dieners verhandeln.«

»Gewiß, gewiß«, sagte Smith und räusperte sich. Er maß McCleary, der immer noch grinste, mit einem giftigen Blick. »Meister Chiun, ich danke Ihnen für Ihre Dienste. Ich werde ganz sicher von dem Schüler Gebrauch machen, den Sie ausgebildet haben. Wann wird er soweit sein, daß wir ihn einsetzen können?«

»Bald«, sagte Chiun. »Dieser Schüler wird mit seiner Schnelligkeit, mit seiner sicheren Hand und mit seiner grenzenlosen Treue zur ewigen Ehre des Kaisergeschlechtes Smith beitragen.«

»Ich möchte hier eines klarstellen, Meister des Sinanju«, sagte Smith. »Ich bin kein Kaiser und ich will auch keiner werden.«

»Sie sind natürlich ein treuer Untertan des regierenden Kaisers, aber wenn der Unglückliche das Zeitliche segnet, so daß man nach Ihnen ruft, werden Sie Ihrem Land als Kaiser mit der gleichen Selbstlosigkeit dienen, die Sie jetzt gegenüber Ihrem Souverän an den Tag legen.«

Chiun spürte die Ausstrahlung der Computer, und er bemerkte auch, daß McCleary nach Whiskey roch und sich nur mit Mühe das Lachen verkneifen konnte. Aber das kümmerte Chiun nicht. Nur ein Narr nahm es wichtig, wenn ein anderer Narr lachte. Chiun hatte sofort erkannt, daß Smith den Whiskeytrinker von Herzen verachtete. Ein weiser, nüchterner Herrscher. Ein Mann, dem man mit gutem Gewissen dienen konnte. Ein Kaiser, der die richtigen Entscheidungen treffen und ein wohlgeordnetes, reiches Imperium hinterlassen würde. Ein Souverän, dessen Sonne so hell strahlte, daß noch Glanz für die Sinanju übrigblieb, die ihn auf den Thron gebracht und seine Herrschaft gesichert hatten.

»Chiun«, sagte Smith. »Amerika ist eine Demokratie. Wir wählen unsere Führer in einer Abstimmung. Jeder Bürger, der ein gewisses Alter erreicht hat, darf wählen. Die Bürger bestimmen, wer das Land regiert. Bei uns gibt es keine Kaiser.«

»Ich verstehe«, sagte Chiun. »Wie nennen Sie den Mann, der Ihr Land regiert?«

»Präsident.«

Chiun nickte. Das war also das amerikanische Wort für Kaiser. Natürlich glaubte er nicht, daß ein Volk ohne gehörige Anleitung durch die Armee den eigenen Kaiser wählte, aber wenn Harold W. Smith, der in gutem Gold bezahlt hatte, diese Methode gut fand, wenn Smith weder eine kaiserliche Erbfolge noch die vernünftige und bewährte Methode des Kaisermords wünschte, dann war Chiun nicht der Mann, der ihm widersprechen würde.

»Heil Präsident Smith«, sagte Chiun. »Wir werden den Verbrecher, der jetzt noch den Präsidententhron besetzt hält, bald stürzen.«

»Wenn ich darüber nachdenke, dann ist es doch besser, Sie nennen mich Kaiser«, sagte Smith. »Wann glauben Sie, daß wir Remo einsetzen können?«

»Er macht außerordentlich gute Fortschritte. Die Frage ist, wie schnell sein Körper lernt. Der Mann war lange Jahre schlechten Einflüssen ausgesetzt.«

»Wieviel Wochen brauchen Sie noch für seine Ausbildung?«

»Sie wollen die Zeit in Wochen wissen?« vergewisserte sich Chiun.

»Ja, in Wochen.«

»Also gut«, sagte Chiun. »Wenn ich das Training intensiviere und wenn sein Körper sich weiter so entwickelt, wie es jetzt den Anschein hat, kann der Mörder in siebenhundert Wochen einsatzbereit sein.«

»Das sind vierzehn Jahre«, sagte Smith.

»Sie sagten, Sie wollen die Zeit in Wochen«, sagte Chiun. Er sah sich nach dem anderen Barbaren um. McCleary rollte sich auf dem Boden.

»Wie weit haben Sie ihn in einem Monat?«

»In einem Monat?« Chiun dachte nach. »In dieser kurzen

Zeit bekommen Sie keinen Mann, der ihnen hilft, Ihren Namen ins goldene Buch der Geschichte einzutragen.«

»Wäre es nicht möglich, innerhalb eines Monats einen Mann für einen begrenzten Auftrag auszubilden?«

»Wenn ich Sie wäre, ich würde keinen anderen Mann nehmen. Mein Schüler ist sehr vielversprechend. Aber zwischen einem Versprechen und seiner Einlösung liegt Zeit. Mein Schüler lernt schnell. Ich habe seinem Körper das beste Sinanju eingeflößt, das es überhaupt gibt.«

»Wir würden die Menge Gold verdoppeln, wenn Sie die Ausbildung innerhalb eines Jahres abschließen könnten«, sagte McCleary. Smith bedachte ihn mit einem tadelnden Blick.

»In einem Jahr wird mein Schüler den ersten blutigen Kopf auf die Zinnen Ihrer Palastmauer pflanzen. Das Gold kommt wieder mit dem Unterseeboot?«

Smith räusperte sich. »Ja«, sagte er. Er haßte es, Geld auszugeben. »Ich sagte Ihnen schon, wir sind eine Demokratie«, fügte er hinzu. »Unsere Organisation stützt die Demokratie, damit sie gut funktioniert. Wir arbeiten im Geheimen. Deshalb bevorzugen wir die Methode, die Sie den natürlichen Mord nennen. Es ist wichtig, daß Remo diese Methode lernt, damit wir ihn in kritischen Situationen einsetzen können.«

»Natürlich«, sagte Chiun. »Die Demokratie stützen.« Er hatte es von Anfang an gewußt. Künftige Kaiser gaben sich zögernd, wenn es darum ging, ihre Ziele zu enthüllen. Meist hing das damit zusammen, daß ihre Einsetzung ins Amt mit dem Tod des regierenden Vaters oder der Mutter verbunden war.

Ein Sinanju, der auf die Ermordung von Königen und Kaisern spezialisiert war, mußte sich in den Gedanken der Nachfolger auskennen, mußte in der Lage sein, ihre Andeutungen richtig zu interpretieren. So viele Prinzen und Prinzessinnen waren schon durch den natürlichen Mord zu Königen und Königinnen geworden. Wenn Smith es wünschte, dann konnte Chiun sogar für einen geringen Aufpreis die Trauer für den ermordeten Kaiser, der in Amerika Präsident genannt wurde, organisieren.

»Ja«, sagte Smith. »Sie haben mich verstanden.« Er wandte sich an den Schwarzen. »Sehen Sie, McCleary, er hat mich verstanden.«

Chiun verneigte sich. Smith nickte. McCleary wunderte sich.

Smith ging gleich wieder an die Arbeit. Es haperte mit den Informationen. Die üblichen Methoden, an Akten der Regierung heranzukommen, versagten. Smith war nicht nur sicher, daß da etwas nicht stimmte. Er war inzwischen auch sicher, daß der Fehler mit Absicht in das System eingeschleust worden war.

Schütze Anthony D'Amico betätigte den Abzug seines Sturmgewehrs vom Typ AR-60, das den neuesten Beitrag der Grove Industries zur Verteidigung Amerikas darstellte. Das AR-60-Sturmgewehr schoß genauer und schneller als alle anderen Gewehre in der Geschichte der Kriegskunst. Im Unterschied zu den meisten anderen Waffen war es auch unter schwierigsten Bedingungen einzusetzen. Jedenfalls stand es so in der Beschreibung dieses Typs. Es waren die in der Beschreibung ausgelobten Eigenschaften des Gewehrs, die den Preis von 1500 Dollar rechtfertigten, den Grove Industries der Armee für jedes gelieferte Exemplar berechnete. Nachdem es sowieso schon sehr teuer war, einen Mann auszubilden und ihn zu ernähren, fiel der Preis für die Waffe nicht mehr ins Gewicht. Das Angebot schien ganz vernünftig, und deshalb hatte die Armee genügend AR-60-Sturmgewehre geordert, um eine ganze Division auszurüsten.

Niemand konnte bestreiten, daß die Waffe für die Infanterie bestens geeignet war. Das Gewehr war ein wahres Wunderwerk. Der Test, der soeben begonnen hatte, war nur noch eine Formalität. Abgehalten wurde der Test, wie es sich bei der Armee gehört, auf einem Feld, und zwar auf dem Übungsgelände, das zu Fort Baxter, Virginia gehörte. Für den Test waren eine Reihe von Schützen ausgewählt worden, die an einem sonnigen Herbsttag an der Tribüne mit Zuschauern vorbeimarschierten und dann auf das Feld ausschwärmten. Ganz wie im richtigen Leben tauchten in einer Entfernung von tausend Metern die Feinde auf, aber im Unterschied zu den üblichen Feinden waren diese nur aus verstärkter Pappe. Was sie außerdem noch von richtigen Feinden unterschied: sie explodierten, als sie von den Salven aus den AR-60-Sturmgewehren getroffen wurden. Nur ein Pappsoldat blieb stehen. Es war der, auf den Schütze Anthony D'Amico gezielt hatte.

Der Kamerad, der neben dem Schützen stand, mußte den standhaften Pappsoldaten mit einem zusätzlichen Feuerstoß niedermähen. D'Amico wand sich vor Schmerzen. Er hielt die Waffe von sich gestreckt. Der Sergeant kam herbeigerannt.

»D'Amico, was zum Teufel geht hier vor?«

»Das Gewehrschloß hat sich gelockert, Sir. Fassen Sie an den Lauf, er ist ganz heiß«, sagte Schütze D'Amico.

»Zur Hölle mit Ihrem Gewehrschloß«, schnaubte der Sergeant. »Auf der Tribüne sitzen ein paar hohe Tiere. Tätscheln Sie nicht den Lauf des Gewehrs, betätigen Sie den Abzug.«

»Der Abzug klemmt.«

»Dann lösen Sie ihn.«

»Das Gewehr ist vom Typ Grove AR-60, Sir.«

»Das weiß ich. Schlagen Sie mit der Faust gegen das Schloß, dann funktioniert's wieder. Und etwas mehr Tempo, wenn ich bitten darf! Meine Mannschaft wird sich vor den hohen Besuchern nicht blamieren. Nicht die Mannschaft von Sergeant Johnson!«

Sergeant Johnson gab seinen Männern das Zeichen zum Vorrücken. Kaum ein Zuschauer auf der Tribüne hatte den Wortwechsel zwischen dem Sergeant und dem Schützen zur Kenntnis genommen. Die meisten Zuschauer waren hohe Offiziere, die nach der Militärausbildung Wirtschaftswissenschaft studiert hatten. Was ein Sergeant zu einem Schützen sagte, das hatte nach ihrer Meinung einen viel geringeren Stellenwert als die Zahlenkolonnen, mit denen sie die Probleme der modernen Rüstung in den Griff zu bekommen suchten. Wer sich um die Querelen zwischen einem Sergeant und den niedrigen Mannschaftsgraden kümmerte, hatte keine Aussicht, befördert zu werden. Die Kosten pro Einheit, nicht flatternde Banner und Siege, waren der Schlüssel, der die Tür zur Karriere öffnete. Nur wer kostenbewußt dachte, konnte Vier-Sterne-General werden.

Immerhin, es gab einen Menschen auf der Tribüne, dem aufgefallen war, daß es mit D'Amicos Sturmgewehr gewisse Probleme gab. Major Rayner Fleming konzentrierte sich auf den Schützen, während die Männer auf der Tribüne sich auf ihre vollen Brüste und ihre wunderschöne Erscheinung konzentrierten. Sie war es gewohnt, daß man sie anstarrte. Sie sah so gut aus, daß ihr die Laufbahn eines Mannequins oder Fotomodells offengestanden hätte. Aber Major Rayner Fleming hatte eine ganz andere Vorstellung vom Beruf. Sie liebte das Leben in der Armee. Es hatte damit angefangen, daß sie mit ihrem Vater, der auf einem Militärstützpunkt Dienst tat, aufwuchs. Sie hatte dann eine Ausbildung in West Point angefangen und mit Erfolg abgeschlossen. Und so kam es, daß sie den Dingen, die sich zwischen Sergeanten und gemeinen Soldaten entspannen, eine besondere Bedeutung beimaß. Es waren diese Dienstgrade, mit denen eine Armee die Schlachten gewann.

»Was ist denn da vorn los?« fragte sie und deutete auf den Schützen, der sein Gewehr weiter von sich weghielt als die anderen Soldaten.

»Nichts«, sagte ein Oberst.

»Ich habe etwas gesehen. Mir scheint, es gibt ein Problem mit dem AR-60-Sturmgewehr.«

»Ich bin sicher, der Sergeant hat sich der Sache bereits angenommen, Frau Major. Wunderschöne Landschaft, finden Sie nicht?«

»Ja«, sagte sie und war sich dabei bewußt, daß der Oberst, als er die Bemerkung machte, keineswegs auf die Landschaft gestarrt hatte.

»Ich habe zwei davon«, fügte sie hinzu.

»Was?« fragte der Oberst.

»Nichts«, antwortete Major Fleming. »Ich glaube, jetzt kommt der Schnellfeuertest.«

Die Männer hatten sich auf den Bauch geworfen. Sie feuerten aus dieser Position und begleiteten ihre Salven mit lautem Kampfgebrüll. Die Schüsse galten einer Reihe von Pappsoldaten, die jenseits eines Erdwalls aufgestellt waren.

Diesmal funktionierte D'Amicos Gewehr. Bei der Zündung wurde das Schloß in das Auge des Schützen katapultiert. Der Aufprall war so stark, daß D'Amico zu Boden geschleudert wurde. Die Erinnerung, daß er den Abzug betätigt hatte, war sein letzter Gedanke, bevor er in einem schwarzen Universum versank.

Während es dunkel um ihn wurde, vermeinte D'Amico einen fernen Stern zu erkennen, einen Himmelskörper, der in den Tiefen der Ewigkeit dahinraste. Auf einem Weg, der viel besser war, als Worte hätten sein können, wurde ihm bedeutet, daß sein Tod gerächt werden würde. Aber er fand das nicht weiter wichtig. Wie die meisten Menschen, die an der Schwelle zum Tod stehen, wurde er von dem Gefühl übermannt, daß er nicht länger Teil seines Körpers war. Eine wundervolle Stille umgab ihn. Keine Gewehre mehr, keine Schüsse, keine Kriegsspiele, keine Schmerzen. So würde es sein bis in alle Ewigkeit.

Sergeant Johnson stand auf dem lehmverschmierten Feld und fluchte. Er verfluchte das Gewehr. Er verfluchte sich selbst. Er verfluchte den Konstrukteur des Sturmgewehrs Grove AR-60.

»Wir haben aus der Lieferung die besten Gewehre aussortiert, aber die Dinger haben trotzdem versagt«, erklärte er den Offizieren. Aber eine Erklärung war gar nicht notwendig. Die Explosion auf dem freien Feld hatte in den Offizieren einen Impuls ausgelöst, der ihnen im Verlauf ihrer Karriere zur zweiten Natur geworden war. Es war der Impuls, sich von Dingen, die Probleme verursachten, abzusetzen. Sie hatten einfach eine Unterhaltung begonnen, wobei es um Statistiken, um Prozentsätze ging, hatten dem Vorführungsgelände den Rücken zugekehrt und die Tribüne verlassen. Nur Major Rayner Fleming war zurückgeblieben. Sie ging zu der Stelle, wo sich die Explosion ereignet hatte, hob einen Teil des geborstenen Schlosses auf, las die Prägung

›Grove Industries‹ und fand gleich daneben die Seriennummer und den Code für die Fabrik, wo das Gewehr hergestellt worden war.

Sie verlangte nähere Auskunft vom Sergeanten und von den Männern.

»Wir haben die besten Gewehre genommen«, sagte Sergeant Johnson immer wieder, und dann kamen die Sanitäter, um den Leichnam des Schützen abzutransportieren. Sie fühlten D'Amico den Puls, sie prüften seinen Herzschlag, aber sie wußten schon, daß er tot war. Das Gehirn tropfte ihm aus der leeren Augenhöhle.

»Es gibt also Probleme mit dem Sturmgewehr AR-60?«

»Das Gewehr ist verdammt nochmal unbrauchbar, Sir«, sagte Sergeant Johnson. Sein Blick war auf den Mann gerichtet, den er in den Tod geschickt hatte. »Die Dinger taugen nichts.«

»Und warum haben Sie das nicht rechtzeitig nach oben gemeldet?«

»Das habe ich getan, Sir. Ich weiß, daß die Meldung vom Lieutenant und vom Captain weitergegeben worden ist.«

Major Fleming ließ sich zu den Offizieren führen.

»Ich bin Major Rayner Fleming, Waffenanalyse.«

»Warum, Sir, ist die Vorführung überhaupt genehmigt worden, Sir?« fragte der Lieutenant.

»Das werde ich noch klären. Wenn Sie mir jetzt den Bericht zeigen würden, den Sie wegen der Mängel verfaßt hatten...«

Der Bericht war natürlich in der Computersprache gehalten. Major Fleming verfolgte den Weg, den die Meldung genommen hatte, vom Truppenstützpunkt bis zu ihrem Hauptquartier, das ein paar Meilen nördlich von Washington lag. Das Hauptquartier war ein fünfeckiges Gebäude, das auch unter dem Namen Pentagon bekannt war. Als sie den Computer zum Thema AR-60 abfragen wollte, erschien auf dem Bildschirm das Symbol Störung.

»Macht nichts«, sagte Major Fleming. Sie nahm den Bericht und begann, die wichtigsten Daten mit Bleistift auf ein Blatt Papier zu übertragen. Merkwürdig, dachte sie. Das letzte Mal, als ich Bleistift und Papier benutzt habe, war's für den Einkaufszettel.

Sie beendete ihre Aufzeichnungen, faltete das Blatt zusammen und steckte es in die Tasche. Sie kannte sich mit Computern ebenso gut aus wie die anderen Beobachter, die auf der Tribüne gestanden hatten. Sie würde herausbekommen, was es mit dem Sturmgewehr AR-60 auf sich hatte. Zugleich würde sie klären, warum der Einheit in Dexter der Zugang zu den Waffenbeurteilungen, die im Computer gespeichert waren, verwehrt worden war.

Aber am Tag darauf war das Problem immer noch nicht gelöst. Es gab sogar ein neues, und zwar einen Programmierungsfehler in HARP, dem neuen Anti-Raketen-System. Die Daten überschnitten sich. Die einprogrammierten Sperren, die für die Geheimhaltung von HARP sorgen sollten, blokkierten zugleich alle Informationen, die über das mangelhafte Sturmgewehr AR-60 gespeichert waren. Es gelang Major Fleming nicht, zu den Daten durchzudringen, die sie brauchte.

Nur Generäle hatten Zugang zu HARP, und unter den Generälen auch nur die wichtigsten.

Major Fleming strich sich den Uniformrock glatt, bevor sie das Büro von General Watson betrat. General Watsons Gesicht spiegelte den Zustand höchster Konzentration wider. Seine Hand spielte mit dem Griff eines Tennisschlägers.

General Watson war sonnengebräunt, und sein weißes Haar war makellos gekämmt. Seine Augen waren von einem leuchtenden Blau, wie man es sonst nur in den Fluten der Karibik oder bei besonders schönen Edelsteinen findet. Der General wurde von denen, die ihn kannten, ›ein Soldat vom alten Schrot und Korn‹ genannt. Gemeint war, daß Watson sich, was Fragen der Beförderung anbetraf, auf seine guten Kontakte mit Washington verließ.

»Sir«, sagte Major Fleming. »Es gibt ein Problem mit der Qualitätskontrolle für unsere Waffen, Sir. Der Computer blockiert die Daten, Sir.«

»Sie wissen, was ich von Computern halte.«

»Wenn es um Zahlen geht, Sir, haben sich Computer als leistungsfähiger erwiesen als der Abakus.«

»Was ist das, eine neue Waffe? Sie sollten nicht versuchen, mich mit Ihren Waffenkenntnissen zu beeindrucken, Major Fleming.«

»Ein Abakus, Sir, ist ein chinesisches Rechenbrett, das auf der Basis von Schnüren und Perlen funktioniert.«

»Ich bin nicht auf dem laufenden mit der chinesischen Technologie«, sagte General Watson. Er preßte die Umwickelung an den Griff des Tennisschlägers. Gute Arbeit, dachte er.

»Der Abakus ist dreitausend Jahre alt«, sagte Major Fleming.

»Kein Wunder, daß das Ding nicht mehr funktioniert«, sagte General Watson.

Major Fleming haßte diese Zusammenkünfte. Als ihr Gesprächspartner sich zu dem chinesischen Rechenbrett äußerte, war ihr die Bemerkung eines Bekannten eingefallen, der gesagt hatte, daß jeder Mensch, der mit General Watson zu tun hatte, sich notgedrungen auf die Hoffnung konzentrierte, die Feinde Amerikas möchten die Oberhand gewinnen.

»Sir, mir wird der Zugang zu Informationen verwehrt, auf die ich einen Anspruch habe. Wir haben gestern infolge von Konstruktionsmängeln beim Sturmgewehr AR-60 einen Mann verloren, und ich habe Grund zu der Annahme, daß sich hinter dem Ganzen ein wichtiger Lapsus verbirgt.«

»Feuern Sie diesen Lapsus«, sagte General Watson. »Worauf zum Teufel warten Sie?«

Sie verzichtete darauf, dem General zu erklären, daß mit dem Lapsus die grundlegenden Mängel am Sturmgewehr Grove AR-60 gemeint waren. Sie war nicht zu dieser Besprechung gekommen, um bei Watson nachzuholen, was in der Schule bei der Wissensvermittlung versäumt worden war.

Sie deutete auf den Computer, der neben dem Schreibtisch stand. »Ich brauche Ihre Hilfe, Herr General, wenn ich Zugang zu den HARP-Daten bekommen will. Es gibt eine Überlappung bei den Sperren, wenn Sie wissen, was ich meine.«

General Watson legte den Tennisschläger aus der Hand und murmelte eine Bemerkung, die in der Erkenntnis gipfelte, daß Krieg und alles, was damit zu tun hatte, ein verfluchter Mist war. Er sorgte dann höchstpersönlich dafür, daß Major Fleming HARP anzapfen konnte. Voll Ungeduld stand er hinter ihr, während sie ihre Fragen zum Sturmgewehr AR-60 in den Computer eingab. Wenig später erschienen die Übersichten mit den Qualitätsmerkmalen der getesteten Waffen auf dem Sichtschirm. Jetzt war klar, daß das Modell AR-60 eine Fehlkonstruktion war, ein Gewehr, das immer wieder versagt hatte. Der Grund war die Verwendung minderwertigen Materials bei der Herstellung. Die Armee wurde mit diesem Gewehr nach Strich und Faden betrogen. Der Sachverhalt war so offensichtlich, daß selbst General Watson ihn begriff.

»Ich finde, wir müssen die Firma wegen Fahrlässigkeit belangen, Sir«, sagte Major Fleming. Daraufhin bewies General Watson, wie er zu seinen vier Sternen gekommen war. Er verstand vielleicht nicht viel vom Krieg. Dafür verstand er sehr gut, wie man in Friedenszeiten seine Schäflein ins Trockene brachte.

»Fahrlässigkeit, Major Fleming? Wissen Sie, wie viele Fabriken Grove Industries hat? Wie viele Zulieferanten und Vertragsfirmen in die Produktion der Waffen einbezogen sind? Der Fehler, um den es hier geht, kann von irgendeiner kleinen Firma verursacht worden sein. Wir können Grove Industries in keinem Fall Fahrlässigkeit nachweisen, auch wenn wir es versuchen.«

»Haben Sie es schon einmal versucht, Sir?« fragte Major Fleming.

»Sie haben mir gesagt, was Sie auf dem Herzen hatten, Major Fleming. Ich werde dafür sorgen, daß Ihre Angaben in den vollständigen Bericht Eingang finden, den ich anfertige. Wenn Sie jetzt bitte von meinem Computer zurücktreten würden, ich möchte den Datenfluß blockieren. Was Sie da sehen, ist nämlich nicht für Sie bestimmt. Es handelt sich um HARP.«

Sie sah, wie der Schirm grün wurde. Die Daten, das Wissen um Amerikas hochentwickelte, neue Technologie namens HARP, all die streng geheimen Zahlen und Symbole, sanken in die Tiefen des Computers zurück.

»Ich würde die Infanteriewaffen gern aus dem Computerprogramm ausgliedern, damit ich jederzeit Zugang zu den gespeicherten Informationen bekomme.«

»Gute Idee«, sagte General Watson. Er grüßte militärisch, dann wandte er sich von ihr ab, um seine Vorhand zu üben.

Major Fleming verfaßte einen Bericht, in dem es um die Schwierigkeiten ging, die sie bei der Informationsbeschaffung hatte. Die Daten über die technischen Mängel des Sturmgewehrs Grove AR-60, so vermerkte sie, wurden durch den gleichen Code blockiert, der das geheime Waffensystem HARP schützte. Der Computer, in den die Sperren eingespeichert waren, stammte ebenfalls aus der Produktion von Grove Industries. Warum, so fragte sich Major Fleming, hatte Grove ein eigenes Computersystem, und warum hatten nur so wenig Personen Zugang zu den Daten, die in dieses System gespeichert waren? Wenn ihre Annahme zutraf, dann blockte der Computer genau diejenigen Personen ab, die damit beauftragt waren, das ganze System zu kontrollieren.

6

Remo war in den Schutz des Hauses zurückgekehrt, wo das Training stattfand. Er hatte einen geheimen Plan geschmiedet. Nachdem Chiun in Begleitung von McCleary das Haus verlassen hatte, schlüpfte auch Remo hinaus. Er war selbst erstaunt, wie schnell seine Bewegungen im Verlauf der Übungen geworden waren. Allerdings hatte er seine Zweifel, ob er die gewonnenen Kenntnisse im Fall eines Kampfes in Vorteile ummünzen konnte. Vielleicht waren das alles nur orientalische Tricks. Auf jeden Fall hatte er einen Plan, an dem er wochenlang in aller Heimlichkeit gearbeitet hatte. Es war von entscheidender Bedeutung, daß jetzt alles so lief, wie er es sich vorstellte.

Draußen mischte er sich unter die Fußgänger. Er achtete darauf, daß er nicht schneller als die anderen ging. Er durfte sich nicht verraten. Einmal blieb er stehen, um sich zu vergewissern, daß er nicht verfolgt wurde. Von Chiun war nichts zu sehen. Der Meister war verschwunden. Remo überquerte die Straße. Als er fast die andere Straßenseite erreicht hatte, packte es ihn. Er rannte los und hätte beinahe eine Gruppe junger Männer angerempelt, die ihm im Weg standen. Er wich einem Polizisten aus, der an einen Lichtmast gelehnt stand. Es fehlte nur ein Zentimeter, und er hätte den Polizisten umgerannt. Remo war das egal. Der Mann sollte nur versuchen, ihm Handschellen anzulegen! Er war jetzt seinem Ziel so nahe, daß er sich durch nichts und niemanden mehr aufhalten ließ. Ein wohlbekannter Duft stieg ihm in die Nase. Er drängte sich durch die Menschen, die vor dem Eingang standen, und stürmte an der Warteschlange vorbei. »Zwei große Hamburger«, stammelte er. »Mit reichlich Zwiebeln.«

Remo Williams war am Ziel seiner Wünsche, an der Theke eines Schnellrestaurants, angekommen.

Danach ging er in einen Drugstore. Der Inhaber des Drugstore wußte nicht recht, was er von den Wünschen des Kunden halten sollte.

»Haben Sie ein Mittel, damit mein Atem nicht mehr nach Hamburgern riecht?«

Ein Kunde gab ihm den Tip, gegen den Geruch einen Whiskey zu trinken. Sie machten sich über ihn lustig, Remo aber blieb ernst. Er suchte den halben Nachmittag, bis er ein geeignetes Mittel gefunden hatte. Blieb zu hoffen, daß es wirklich half. Bitter genug schmeckte es.

Als er in das Haus zurückgekehrt war und durch den Flur zum großen Trainingsraum ging, vernahm er ein merkwürdiges Geräusch. Unverkennbar, das war Chiun. Der alte Mann stöhnte vor Ergriffenheit.

»Nein«, sagte Chiun.

Und dann hörte Remo eine fremde Stimme. Ein Mann.

»Tut mir leid, Jim, aber das Bein muß ab.«

Wer war Jim? Um was für ein Bein ging es?

»Nein. Ich wollte doch Nationalspieler werden.« Es war ein junger Mann, der das sagte. Remo betrat den Trainingsraum und entdeckte Chiun, der in einem flammendroten Kimono vor dem Fernsehgerät kauerte. Noch nie hatte Remo den Meister so entrückt gesehen. Dabei war Chiun es doch, der ihm, dem Amerikaner, immer eingeprägt hatte, daß man sich durch nichts beeindrukken lassen durfte, auch nicht durch eine Fernsehsendung. Der Mensch mußte innerlich ausgeglichen sein, damit er sich bei einem plötzlichen Angriff verteidigen konnte. Chiun hingegen war in einem Zustand, daß er wohl nicht einmal auf einen Faustschlag reagiert hätte. Remo zögerte allerdings, sich in diesem Punkt Gewißheit zu verschaffen. Zwar würde Chiun in seiner Trance verweilen, aber er würde den Angreifer töten. Er würde nicht zur Kenntnis nehmen, daß es sich bei dem Störer um seinen Schüler handelte.

Auf dem Fernsehschirm erschien ein Mann im weißen Kittel. Er neigte sich über den jungen Mann.

»Du wirst ein nationales Vorbild für Mut werden«, sagte der Schauspieler, der den Chirurgen mimte.

»Weiß Mutter es schon?« fragte der Junge.

Remo fiel es wie Schuppen von den Augen. Chiun, der

Amerika für ein kulturloses Land hielt, war der Faszination einer simplen Seifenoper erlegen.

»Das«, sagte Remo, »ist eine Seifenoper.«

»Pst!« machte Chiun. Es war das erste Mal, daß Remo so etwas wie Zorn in den Augen des Meisters glimmen sah.

»Jims Mutter weiß es noch nicht«, sagte Chiun.

Als die Werbespots eingeblendet wurden, schaltete Chiun den Apparat ab.

»Sie haben sich eine Seifenoper angesehen, Meister des Sinanju«, sagte Remo.

»Amerika hat unzweifelhaft etwas zur Kultur der Welt beigetragen. In dieser Serie geht es um die Werte der Familie, um Liebe, Ehre und Mut, um die edlen Seiten des Menschen.«

»Es ist eine Seifenoper«, wiederholte Remo.

»Du hast mir nie gesagt, daß diese Sendungen in täglicher Folge kommen«, sagte Chiun. Sein Ausdruck wurde hart. »Raus damit!«

»Raus mit was?« fragte Remo.

»Mit dem Fleisch. Du hast Fleisch gegessen. Du hast das Haus verlassen. Du hast deinen Organismus mit Fleisch vergiftet.«

»Das ist schon eine Stunde her. Das Fleisch ist bereits verdaut.«

»Noch lange nicht. Du hast Rindfleisch gegessen. Du bist in deine alten Sünden zurückgefallen. Es gelingt dir nicht, dich über die Dummheit zu erheben, aus der ich dich herausholen möchte. Du füllst den Körper, den ich trainiert habe, mit dem Fleisch toter Tiere.«

»Ich war hungrig.«

»Du hattest noch einen Zentimeter Fett auf den Schenkeln. Ich habe im Fernsehen beobachten können, wieviel Probleme es in diesem Land gibt, weil die Menschen zu dick werden. Würden die Menschen das Fett verbrauchen, das in ihnen steckt, gäbe es diese Probleme nicht. Du hattest noch Fett in deinem Körper – warum hast du das nicht verzehrt, statt dir ein totes Tier einzuverleiben? Denk drüber nach, während ich mich umziehe.«

Chiun beim Umziehen zuzusehen, schloß das Nachdenken über die Probleme des Körperfetts aus. Der Meister des Sinanju war prüde wie eine Nonne. Er zog sich den alten Kimono erst aus, wenn er den neuen übergestreift hatte. Wie er das schaffte, blieb Remo ein Rätsel. Der neue Kimono war taubenblau. In Amerika, so ging es dem Schüler des Sinanju durch den Kopf, trugen nur Zuhälter so auffällige Farben.

»Kannst du mir jetzt die Frage beantworten, warum du deinen Körper mit überflüssigem Fett vergiftet hast?« fragte Chiun.

»Weil ich Hunger hatte«, sagte Remo.

»Weil du Hunger hattest! Ich vertraue dir die größten Geheimnisse der Welt an, und du hast...«

»Hunger«, sagte Remo. Er hatte ein Recht auf Essen. Er war bereit, sich vieles gefallen zu lassen, aber er war nicht bereit, auf das Essen zu verzichten. »Jawohl, ich hatte Hunger. Haben Sie etwas dagegen einzuwenden?«

»Natürlich habe ich etwas dagegen einzuwenden«, sagte Chiun. »Ich gab dir Sinanju, ich gab dir das Wissen, das du brauchst, und du dankst mir, indem du dir tote Kühe in den Mund stopfst. Und warum tust du das? Weil deine Mutter und dein Vater dich so zu essen gelehrt haben.« Die weißen Haarbüschel zitterten.

»Ich habe keine Eltern.«

»Und wer hat dich erschaffen? Eine dieser Maschinen in Detroit?«

»Ich will damit sagen, ich weiß nicht, wer meine Eltern sind. Ich bin ein Findelkind. Ich bin in einem Waisenhaus von den Nonnen aufgezogen worden.«

»Und die Nonnen haben dir beigebracht, dich mit solchem Dreck zu ernähren?«

»Im Waisenhaus gab es nur sehr selten Fleisch.«

»Eure Nonnen sind sehr tugendhaft, nicht wahr? Ich weiß Bescheid über Nonnen. Ich weiß auch Bescheid über die Sitten der Weißen. Zuerst gab es die Vestalinnen, die jungfräulich zu bleiben hatten, und dann kamen die Nonnen.«

»Ich habe es nie mit einer Vestalin getrieben. Ich weiß gar nicht, was das ist.«

»Die Römer«, sagte Chiun. »Die Römer hatten Vestalinnen, das ist jetzt siebzehnhundert Jahre her. Die Römer. Weiße.«

»Ich bin kein Italiener«, sagte Remo.

»Das kannst du doch gar nicht wissen«, sagte Chiun. »Du hast gesagt, du bist ein Findelkind. Wie auch immer, du bist in früher Jugend gründlich verdorben worden. Du hast dir angewöhnt, deine Sinne zu töten, indem du dir den Bauch mit totem Fleisch füllst.«

»Sie haben mir Fleisch zu essen gegeben, aber sie wollten mich damit nicht verderben. Wir sind eben Fleischesser. Ich wenigstens. Ich mag dann und wann ein Glas Bier und einen Hamburger dazu«, sagte Remo. »Ich liebe es, mich auszuruhen. Ich mag nicht immer über richtiges Atmen nachdenken. Ich will leben.«

»Die Nonnen, die dich erzogen haben, sollte man lebendig begraben. Sie haben dich verweichlicht.«

»Die Nonnen waren sehr streng mit mir.«

»Weiße Nonnen?«

»Die meisten waren weiß.«

»Aha«, sagte Chiun. »Ich versuche die Sonne meines Wissens über dich leuchten zu lassen und dich zu einem guten Attentäter zu erziehen, und wie dankst du es mir?«

»Ich habe überhaupt kein schlechtes Gewissen, wenn ich Fleisch esse«, sagte Remo. Er stampfte mit dem Fuß auf dem Holzboden auf.

»Ich habe nicht von dir verlangt, daß du ein schlechtes Gewissen hast«, sagte Chiun rechthaberisch. Er faltete seinen Kimono zusammen.

»Auch wenn Sie es von mir verlangen, in diesem Punkt beuge ich mich nicht. Ich glaube einfach nicht, daß die Fähigkeiten eines Attentäters durch ein paar Happen Fleisch beeinträchtigt werden.«

»Ich habe es nicht besser verdient«, sagte Chiun. »Ich habe versagt.«

»Sie haben nicht versagt. Meister des Sinanju.«

»Darüber steht dir kein Urteil zu, Unwürdiger«, sagte Chiun. »Ich werde dir jetzt erklären, warum ich versagt habe und warum Sinanju in der Vergangenheit versagt hat.«

»Ich dachte, der Orden kann auf große Erfolge zurückblicken«, entgegnete Remo. »Wie oft haben Sie mir von Kaisern und Prinzen und Generälen erzählt, die Sie mit eigenen Händen getötet haben! Wenn Sie mir nicht gerade das richtige Atmen beibringen oder mich von einem Wolkenkratzer zum anderen springen lassen, lehren Sie mich, wie man sich an einen Herrscher heranschleicht, der von Leibwächtern und Mauern und allen möglichen anderen Dingen geschützt wird. Und jetzt behaupten Sie, Sie haben versagt.«

Chiun ging nicht ein auf diese Worte. »Unser Problem ist Sinanju«, sagte er, »ist unsere Herzensgüte. Wir sind immer zu freundlich zu den Menschen.«

»Sie sind die gefährlichsten Attentäter aller Zeiten.«

»Der Himmel straft mich durch dich«, sagte Chiun. Er faltete die Hände unter seinem Kimono.

»Sind die Sinanju Killer, ja oder nein?« bohrte Remo.

»Wir sind keine Killer«, sagte Chiun.

»Was sind Sie dann?«

»Wir sind Attentäter mit edlen Motiven«, sagte Chiun. »Wir sind, was du nie sein wirst.«

»Ein Attentäter ist ein Killer.«

»Ein Schwan ist ein Vogel. Ein Sonnenuntergang ist ein roter Fleck am Himmel. Das Meer ist Wasser.«

»Gibt es wirklich Geheimnisse der Sinanju, die ich noch nicht kenne?« fragte Remo. »Sollte ich bei den Lektionen nicht richtig aufgepaßt haben?« Chiun sah ihm in die Augen. Remo hatte richtig atmen gelernt. Er hatte alles überflüssige Fett verloren. Er hatte seinem Meister in vielen Lektionen aufmerksam zugehört. Aber dann war er aus dem Haus gegangen, um Fleisch zu essen.

Chiun ging zu einem Kabinenkoffer. Er entnahm dem Koffer einen Gegenstand, der seinem weißen Schüler wohl vertraut sein mußte. Er hatte diesen Gegenstand, bevor er Remo wurde, oft benutzt.

Es war ein Revolver, der mit sechs Kugeln geladen war. Chiun mochte keine Revolver. Die Macht dieser Waffen schmälerte die Macht des Geistes. Aber für die Bestrafung eines Fleischessers war ein Revolver genau das Richtige.

Chiun hielt die Mündung auf Remos Brust und drückte zweimal ab.

Major Rayner Fleming hätte an der Trauerfeier für den Schützen Anthony D'Amico nicht teilzunehmen brauchen; sie gehörte zu einer anderen Division. Sie hatte den Mann nie persönlich kennengelernt. Major Fleming ging zu der Trauerfeier, um zu weinen. Die Erinnerung an diesen Mann würde ihr neuen Mut einflößen, wenn ihre Kräfte im Kampf gegen die Bürokratie in Washington zu erlahmen drohten. Das Andenken an das Opfer des Schützen D'Amico würde sie vor der Versuchung schützen, General Watsons Ratschlägen für die Förderung ihrer Karriere zu folgen.

Die Trauerfeier fand in Wilton, Pennsylvania, statt. Der Großvater des Toten, der kaum ein Wort Englisch sprach, schüttelte Major Fleming die Hand. Er hatte im Ersten Weltkrieg in der italienischen Armee gedient.

»Ich spreche mit Ihnen, obwohl Sie eine Frau sind«, sagte der alte Mann. »Ich hoffe, das beleidigt Sie nicht. Tony war mein Lieblingsenkel. Ich liebe ihn immer noch. Ich werde ihn immer lieben. Und eines will ich Ihnen sagen, weil Sie Major sind. Das ist ein gutes Land, und das ist eine gute Armee. Es ist eine Armee, die für gute Ziele kämpft. Wir haben zwar keinen Krieg, aber trotzdem ist mein Tony gestorben. Er ist für dieses Land gestorben. Verstehen Sie?«

Major Fleming nickte.

»Er hat sich geopfert, damit die Amerikaner, wenn es einen Krieg gibt, mit guten Waffen in den Kampf ziehen. In Amerika bekommen die Soldaten die besten Waffen, die es gibt. Für die Armee ist das Beste gerade gut genug.«

»Sir?« sagte Major Fleming.

Der alte Mann hob den Blick.

»Jawohl, Sir«, sagte Major Fleming. Wenn sie einen Anstoß gebraucht hatte, um den Kampf gegen General Watson zu beginnen, dann hatte sie diesen Anstoß bei den letzten Worten des alten Mannes bekommen. Sie war jetzt bereit, gegen den Verfasser eines durch und durch verlogenen Berichtes zu Felde zu ziehen, gegen die graue Eminenz der Regierung, gegen den Mann, der die Presse mit Desinformationen versorgte, gegen das boshafte Genie, das hinter den Kulissen des Kongresses seine Fäden zog.

Der General konnte vielleicht keine Kanone von einem Kochtopf unterscheiden, dafür kannte er sich bestens in der politischen Zusammensetzung der Wahlbezirke aus. Er verstand es, seinen Einfluß geltend zu machen, damit die verschiedenen Teile der Waffen in ganz bestimmten Wahlbezirken hergestellt wurden. Major Fleming würde dem General in der Höhle des Löwen den Fehdehandschuh hinwerfen – im Pentagon.

Die erste Breitseite, die Major Fleming abschoß, wurde von General Watson mit einem 400 Seiten starken Weißbuch voller technischer Ausdrücke abgefangen. In dem Weißbuch war alles enthalten. Kam es zu tödlichen Unfällen, so konnte der General auf die Warnungen verweisen, die er in das Dokument eingearbeitet hatte. Allerdings waren die Warnungen in dicke Lobsprüche für das Sturmgewehr AR-60 eingewickelt. General Watson hatte die erste Runde gewonnen. Es war schier aussichtslos, gegen die Armee anzurennen, die große Stückzahlen des Grove AR-60 bestellte.

Was Major Fleming in dieser Situation noch tun konnte? Sie konnte darauf hinwirken, daß Grove Sturmgewehre lieferte, die den technischen Anforderungen entsprachen und den Soldaten nicht in der Hand explodierten. Grove mußte zur Vertragserfüllung gezwungen werden. Also wandte sie sich an die Medien. Mit dem Sturmgewehr Grove AR-60, so ließ sie einen Informanten sagen, würde Amerika bei einem kriegerischen Konflikt einen bösen Reinfall erleben.

Zu ihrer Überraschung war es dann General Watson, der in einer Fernsehsendung interviewt wurde und verkündete, daß das AR-60 Sturmgewehr ›das Gewehr der Zukunft für den Soldaten der Zukunft‹ sei.

»Aber Herr General, wie man hört, sind diese Gewehre von schlechter Qualität.« Es war ein Fernsehreporter, der diesen Einwand wagte.

»Die Armee ist bereit, jedem Hinweis auf Qualitätsmängel nachzugehen. Wenn es etwas gibt, wofür wir stehen, dann ist es Qualität. Es erstaunt mich, daß Sie von Mängeln bei diesen Gewehren sprechen. Könnten Sie mir verraten, welche Gewehre nicht funktioniert haben?«

»Es hat einen Unfall bei einer Vorführung der Gewehre gegeben. Ein Soldat wurde getötet.«

Daraufhin schaute General Watson mit seinen strahlend blauen Augen in die Kamera; es war ein Blick, der auch dem letzten Zuschauer klarmachte, wie unbestechlich dieser Mann war.

»Einer in einer Million. Das ist ein Wert, auf den wir stolz sein können.«

General Watson hatte die zweite Runde gewonnen.

Aber er sollte sich nicht lange seines Sieges freuen.

»Wir treffen uns im Tennisclub«, sagte die Stimme.

»Ich habe eine wichtige Besprechung mit meinem Stab.«

»Die Besprechung mit mir ist wichtiger.«

»Es geht nicht«, sagte General Watson.

»Ich mag diesen Satz gar nicht. Ich habe diesen Satz nicht gehört. Scott, wenn Sie wirklich sagen würden, es geht nicht, erst dann würde ich Ihnen glauben. Ich würde dann allerdings in Dingen, die für Sie wichtig sind, ebenfalls sagen: Es geht nicht. Haben wir uns verstanden?«

Schon eine halbe Stunde nach diesem Telefongespräch befand sich General Scott Watson im Tennisklub. Er zog sich um. Neben ihm stand George S. Grove, der Vorstandsvorsitzende von Grove Industries. Grove zog sich ebenfalls um.

Die Spinde der beiden Männer befanden sich nebeneinander.

»Ich habe Sie gestern im Fernsehen gesehen, Scott. Sie haben eine gute Figur gemacht.«

»Was wollen Sie, George?«

»Ich will Sie nicht mehr im Fernsehen sehen. Ich mag keine Fernsehdiskussionen, wo über angebliche Schwachstellen von Grove-Produkten gesprochen wird. Ich bin im Begriff, den größten Auftrag in der Geschichte der Vereinigten Staaten zu bekommen, und ich wünsche nicht, daß dieser Auftrag durch ein kleines Sturmgewehr gefährdet wird.«

»George, beim Hantieren mit einem Ihrer Gewehre ist ein Soldat ums Leben gekommen.«

»Na und?«

»Der Mann ist getötet worden, George!«

»Das ist ja richtig rührend, Scott. Soldaten sind dazu da, daß sie getötet werden. Wozu gibt es denn Orden? Verleihen Sie dem Toten einen Orden. Lassen Sie eine Parade zu seinen Ehren abhalten, Scott, aber halten Sie keine Fernsehkonferenzen über meine Waffen ab.«

George Grove war ein Mann mittleren Alters. Der Blick aus den dunklen Augen war hart, wurde aber durch die weichen Gesichtszüge und durch das graue Haar abgemildert. Insgesamt wirkte Grove wie die Güte in Person, weshalb sein Foto auch für Spendenaufrufe verwendet wurde. Für die Sicherheit des Landes zu spenden, sagte Grove im begleitenden Text, sei »das Beste, was man tun kann, wenn man in dem besten und stärksten Land der Welt lebt.« Im engeren Kreis bezeichnete Grove solche Spendenaufrufe als die Spitze des Eisbergs. Spenden waren wichtig, besonders die geheimen Spenden, die an gewisse Staatsbeamte gingen. Es waren solche Zuwendungen, die einem die Freundschaft der Volksvertreter sicherten.

Einer von Groves Freunden war Scott Watson, inzwischen General Watson. Als die beiden sich kennenlernten, war Watson erst Captain gewesen.

»Sie verstehen nicht, wie die Armee organisiert ist, George«, sagte General Watson.

»Mag sein. Aber eines weiß ich: Es ist schlecht für meine Firma, wenn in der Öffentlichkeit schlecht über meine Produkte gesprochen wird.«

»Man kann einen solchen Bericht nicht einfach totschweigen. Ich bin in der Sache mit großem Geschick zu Werke gegangen.«

»Finden Sie es geschickt, daß Sie in einer Fernsehsendung aufgetreten sind, wo die Sache an die große Glocke gehängt wurde?«

»Ich mußte zu den Vorwürfen Stellung nehmen, nachdem die Sache an die Öffentlichkeit durchgesickert ist.«

»Und was unternehmen Sie gegen solche Indiskretionen?«

General Watson schnürte seine Tennisschuhe zu.

»Scott«, sagte George Grove. »Uncle Sam gab Ihnen die Uniform. Der ganze Rest stammt von mir. Ich wünsche, daß Sie den Dingen auf den Grund gehen.«

»Tennis, George?« fragte General Watson.

»Nein«, sagte George Grove. Er hatte zu arbeiten. »Sie müssen herausfinden, wo das Leck in Ihrer Organisation ist.«

Die Hauptverwaltung von Grove Industries befand sich in Washington im Stadtteil Georgetown. Sie war in einem ehemaligen Herrenhaus untergebracht, das von einem wunderschönen Park umgeben war. Viele Menschen hielten den Park für den elegantesten der Bundeshauptstadt. Im Gebäude gab es geschmackvoll ausgestattete Konferenzräume. Der Blick aus diesen Räumen ging auf den Rasen, auf große, alte Bäume und auf blühende Büsche.

Wer durch das Innere des Hauses ging, dem blieb die Macht, über die Grove Industries verfügte, nicht verborgen. Es gab Vitrinen, in denen ganz besondere Geschosse ausgestellt waren, Projektile, von denen jedes eine Kompanie Soldaten außer Gefecht setzen konnte. Es gab die Modelle von Sensoren, die eine Maus auf fünf Meilen Entfernung entdecken konnten. Es gab automatische Waffen und Computerwaffen. Es gab sie als Zeichnung, als Gemälde, als Skulptur.

Der Eindruck, den ein Besucher von Grove Industries gewann, war, daß der Mensch ohne Grove völlig schutzlos war. Hier triumphierte das Werkzeug über den Menschen, der es benutzte. Soldaten waren austauschbar, Waffen nicht. Die Modelle waren unter Anleitung von George Grove geschaffen worden. Er wußte, wie man Menschen für sich arbeiten ließ. Er wußte auch, wie die Waffen beschaffen sein mußten, die dafür sorgten, daß der gleiche Mensch nicht ewig arbeitete. Was seinen eigenen Arbeitseifer betraf, so wurde George Grove vor allem von dem Gebäude in Georgetown inspiriert. Es war eine Freude, hier zu wirken, und es war eine Genugtuung, von hier aus die Menschen im Pentagon und im Rest der Welt zu manipulieren.

George Grove passierte sieben elektronische Schranken, die hinter Bildern und Wandornamenten verborgen waren, ehe er sein Büro erreichte.

»Wilson soll kommen«, sagte er. Der Raum war leer. George Grove ließ sich in den weichen Ledersessel hinter seinem Mahagonischreibtisch sinken. In einer Vitrine gab es Modelle der neuesten Waffen, aber Grove sah durch die Waffen hindurch. Das war etwas für die Besucher, nicht für ihn.

»Wo bleiben Sie, Wilson?« sagte er in den Tischlautsprecher. Wilson brauchte sonst nicht so lange, um in die heiligen Hallen vorzudringen. Wenig später betrat ein eleganter Mittvierziger, bekleidet mit einem Nadelstreifenanzug für 2000 Dollar, den Raum. Der Anzug sah aus, als sei er ursprünglich für einen britischen Premierminister bestimmt gewesen. Der Mann hieß Jim Wilson. Zu Beginn hatte George Grove den Mann, der immer so tadellos gekleidet war, für homosexuell gehalten. Aber die Recherchen, die von den erschreckend zuverlässigen Detektiven der Grove Industries durchgeführt wurden, entkräfteten diesen Verdacht. Wilson hatte zu keinem Zeitpunkt eine Liason mit einem Mann gehabt.

Er hatte auch keine Liaison mit einer Frau gehabt, was Grove einigermaßen neugierig machte. Er fragte Wilson, ob es denn nichts gebe, was ihm Spaß machte.

»Dinge kaufen«, gab Wilson zur Antwort. »Teure Dinge kaufen.«

Damit hatte George Grove einen Mann gefunden, der käuflich war. Einen Mann, dem er trauen konnte.

»Diese Generäle! Kaum heftet man ihnen ein paar Sterne auf die Schulter, schon schlagen sie über die Stränge.«

»Gibt es Probleme, Mr. Grove?«

»Nein. Ich habe Sie zu mir kommen lassen, weil ich mir Ihren Maßanzug zu Gemüte führen wollte. Wilson, wir sind dabei, den größten Auftrag in der Geschichte dieses Landes durch den Kongreß zu bringen. Wir haben, um die Maschinerie zu schmieren, erhebliche Aufwendungen gemacht. Wir haben fünfzehnmal mehr Geld gespendet, als die Hungrigen in diesem Land fürs Essen brauchen. Wir haben Medikamente gegen Krankheiten entwickeln lassen, die noch gar nicht erfunden sind. Wir haben so viele Pfadfindergruppen finanziert, daß man aus ihnen eine richtige Armee zusammenstellen könnte...«

»Mr. Grove, das Problem.«

»Es gibt eine undichte Stelle im Stab von General Scott Watson. Er selbst weiß nicht, wie er das Problem handhaben soll. Ich nehme an, Sie wissen es.«

Wilson nickte.

»Das Leck ist nicht das einzige Problem, das mir Sorgen macht«, fuhr Grove fort. »Wer ist das?«

Er warf ein paar großformatige Hochglanzfotos auf den Schreibtisch. Wilson hob die Fotos auf. Sie zeigten einen Schwarzen, der einen Kaschmir-Sakko und eine gestreifte Krawatte trug.

»Ich erinnere mich an den Mann. Er war gestern hier. Er hat sich als Beamter der Nationalen Steuerbehörde ausgewiesen.«

»Ach ja? Warum habe ich dann heute morgen diese Fotos auf meinem Schreibtisch vorgefunden?«

»Weil die Fingerabdrücke nicht mit den gespeicherten Fingerabdrücken der wichtigsten Regierungsbeamten übereinstimmen.«

»Das ist doch unmöglich«, sagte Grove.

»Es ist unmöglich, aber manchmal passiert das Unmögliche.«

»Ich würde eher sagen, daß ein Täuschungsmanöver dahintersteckt.«

»In den Computern ist nichts, was eine solche Annahme stützt. Und wenn unsere Computer keinen Rat mehr wissen, dann gibt es niemanden sonst, den wir um Rat fragen könnten. Ich habe vielleicht einen Fehler gemacht, daß ich Sie in der letzten Zeit mit Problemen konfrontiere, die überhaupt nicht zusammengehören.«

»Nein. Es passieren in der letzten Zeit zu viele Zufälle,

und irgendwie arbeiten alle diese Zufälle der Regierung zu. Ich kann damit leben, daß ein Kongreßabgeordneter, den wir gekauft haben, gegen eine unserer Waffen stimmt. Ich kann damit leben, daß der eine oder andere Staatsanwalt sein Amt ernstnimmt. Aber es gibt da einen Trend. Die Unregelmäßigkeiten sind nicht nur zum Nachteil von Grove Industries, auch andere Firmen und Personen sind betroffen. Sie selbst waren es, Wilson, der einmal von einem Gespenst gesprochen hat, das Zugang zu allen Geheimnissen der Regierung hat, von einem Gespenst, das sein auf mysteriöse Weise beschafftes Wissen gegen uns verwendet.«

»Gespenst war der Begriff, mit dem ich eine Reihe von Computerphänomenen anschaulich machen wollte«, sagte Wilson.

Grove überhörte die Erklärung. Er deutete auf die Fotos des Schwarzen.

»Wilson, ich will wissen, wer er ist und für wen er arbeitet.«

»Mr. Grove, früher oder später erweisen sich unsere Quellen als überlegen. Niemand verfügt über so gute Informationen wie wir. Wir werden den Mann identifizieren.«

»Daß er überhaupt in dieses Gebäude eindringen konnte, paßt mir nicht. Ich mag nichts, was ich nicht kontrollieren kann. Es ist der Anfang vom Ende, wenn man Einflüssen ausgesetzt ist, die man nicht mehr in die gewünschte Richtung lenken kann. Warum grinst der Schwarze eigentlich?«

»Er grinst, weil er die Kamera an der Decke entdeckt hat, Mr. Grove. Wir haben es mit einem intelligenten Gegner zu tun«, sagte Wilson. Er konnte nicht wissen, daß Con McCleary solche kleinen Späße liebte. Sie durchbrachen die Monotonie, die mit einem Leben in Angst verbunden war.

7

Das Schöne an Grove Industries war die Tatsache, daß die Firma ein Recht darauf hatte, von der Regierung gefördert und geschützt zu werden. Wilson wußte über die Verflechtungen fast so gut Bescheid wie Mr. Grove, der mit seinem Geld bestimmte politische Gruppierungen und bestimmte Militärs unterstützte. Von jedem Dollar, den Grove für die Verteidigung Amerikas ausgab, wurden siebenunddreißig Cent verwendet, um sicherzustellen, daß sich Amerika auch in Zukunft von Grove Industries verteidigen ließ.

Wilsons Tätigkeitsbereich für Grove Industries umfaßten zwei Gebiete. Da war zum einen die Protektion durch die Regierung und zum anderen das, was in den Gesprächen zwischen Mr. Grove und Mr. Wilson als ›andere Maßnahmen‹ umschrieben wurde. Mr. Grove sagte nie deutlich, was damit gemeint war. Nachdem die Protektion durch die Regierung ohnehin ein weites Feld abdeckte, das von Dienstleistungen der Geheimdienste bis zu Einsätzen von Kampfhubschraubern reichte, hatte Wilson auch nur selten auf die ›anderen Maßnahmen‹ zurückgreifen müssen.

Wilson war ganz froh, daß er mit den Personen, die andere Maßnahmen durchführten, nur in Ausnahmefällen zu tun bekam. Bei den Kontakten, die sich ergaben, hatte sich ihm jedesmal der Magen umgedreht. Wilson war ein Mann, der Gewalt verabscheute. Er arbeitete für Grove Industries, weil das Geld in der Rüstungsindustrie in Strömen floß und nicht genug davon bekommen konnte.

Demnach waren Grove Industries die Mutter und der Vater, die seine Bedürfnisse nährten.

Er verlor keine Zeit. Er brachte die Fotos des schwarzhäutigen Eindringlings zu seinem Kontaktmann beim FBI, einem Agenten namens Harmon.

Noch bevor Harmon einen Blick auf das Foto warf, fragte er Wilson: »Hat der Mann sich Zugang zu HARP verschafft?«

»Nein«, sagte Wilson.

»Hat er's versucht? Wenn ja, müssen wir es sofort erfahren. Die Air Force muß dann informiert werden. Wahrscheinlich auch der Verteidigungsminister und der Sicherheitsberater des Präsidenten.«

»Er hat das HARP-Programm nicht anzapfen können«, sagte Wilson. Harmon war ein gutausssehender Mann in einem grauen Anzug. Wilson fiel auf, daß der Anzug an den Schultern nicht richtig saß. Die Nähte an den Aufschlägen waren mit der Maschine genäht. Ein typischer Anzug von der Stange. Wilson fragte sich, ob Menschen wie Harmon oder die anderen Agenten, die für den amerikanischen Geheimdienst arbeiteten, überhaupt wußten, daß die Nähte an ihren Aufschlägen mit der Maschine genäht waren. Wahrscheinlich nicht. Alles, was der FBI von seinen Leuten verlangte, war eine Krawatte und eine adrette Erscheinung.

»Ist denn das HARP-System überhaupt mit den Computern verbunden, die der Mann angezapft hat?« fragte Harmon.

»Ja.«

»Verdammter Mist«, sagte Harmon. Er hatte ein kleines Büro, das mit einem einzigen Fenster ausgestattet war. Der Blick ging auf ein Nebengebäude. Nicht das, was Wilson ein Chefbüro zu nennen pflegte. Der Metallschreibtisch mit der grauen Platte hätte kaum häßlicher sein können. Der Teppich lag im Preis bei 10 Dollar pro qm, die Qualität war, wie sie einem Beamten des niedrigen Dienstes zustand. Aber der Agent Harmon war ein Mann, der die Einsinktiefe des Teppichs wohl nie abgemessen hatte. Allerdings war er ein verläßlicher Mitarbeiter und Informant. Wäre es anders gewesen, hätte Wilson George Grove gebeten, beim Justizministerium eine andere Kontaktperson durchzusetzen.

»Wie Sie wissen, sind die Vorkehrungen zur Geheimhaltung von HARP strenger als bei jedem anderen Rüstungsprojekt in der amerikanischen Geschichte. Den größten Teil unseres laufenden Budgets geben wir für die Geheimhaltung aus.«

»Ich will Ihnen etwas gestehen, Wilson, was ich nicht einmal meiner Frau verraten würde. Mir macht das Ausmaß

Angst, in dem wir in den nächsten Jahren von HARP abhängig sein werden.«

»Niemand kann das HARP-System knacken«, entgegnete Wilson. »Die Sicherheitssysteme, die wir zu seinem Schutz erdacht haben, lassen Fort Knox wie eine unbewachte Scheune erscheinen.«

»Freut mich zu hören«, sagte Harmon. »Aber es läuft mir trotzdem kalt über den Rücken, wenn ich sehen muß, daß ein Mann von der Straße in Ihre Hauptverwaltung eindringen und die Computer anzapfen kann.«

»Das einzige, was er aus dem Computer herausbekommen hat, waren Kosteninformationen über das neue Sturmgewehr AR-60. Er konnte nicht weiter vordringen, weil dann die HARP-Sperren wirksam wurden. Die Computer-Experten haben mir erklärt, daß es da eine Überlappung gibt, die auf einer Doppelprogrammierung beruht. Jedenfalls wurden sofort automatisch die Bildschirme ausgeschaltet, und die automatischen Kameras hielten den Eindringling auf dem Film fest. Offensichtlich handelte es sich um einen Profi. Er hat nämlich sofort das Gebäude verlassen.«

»Die Russen?« fragte Harmon.

»Seiner Stimme und seinem Auftreten nach war es ein Amerikaner.«

»Die Russen setzen Amerikaner für ihre Zwecke ein, so wie sie Bulgaren und Tschechen einsetzen«, sagte Harmon.

»Ich habe keine Ahnung, für wen dieser Mann arbeitet«, sagte Wilson.

»Wenn er Amerikaner ist und außerdem ein Profi, dann ist es vielleicht einer von unseren Leuten«, sagte der FBI-Mann.

Daß ein Computer angezapft werden konnte, der Geheimnisse der nationalen Verteidigung in seinen Chips barg, war der Alptraum für alle Beamten der Spionageabwehr. Im Zeitalter der technologischen Kriegsführung waren die Spione keine Männer, die durch dunkle Straßen staksten, sondern Wissenschaftler, die sich im Labyrinth der Computerwissenschaft auskannten. Der Schlachtplan war nicht im Kopf eines Generals, sondern in einen Computer eingespeichert. Die Computer waren Amerikas Achillesferse.

Daß ein Unbefugter sich Zugang zu den Informationssystemen der Nationalen Verteidigung verschaffen konnte, zu den Computern von Grove Industries, die HARP, das Waffensystem der Zukunft entwickelten, das war gleichbedeutend mit einem Hurrikan, der in Sekundenschnelle die schützenden Dächer von allen Häusern heruntergerissen hatte. Wenn ein Haus ohne Dach ist, würden die Bewohner das so recht erst zu spüren bekommen, wenn es zu regnen begann. Es würde ein nuklearer Regen sein.

Harmon haßte die Schwarzen auf dem Foto. Welche Arroganz in diesem Lächeln steckte! Der Mann wußte genau, daß er fotografiert wurde, aber er lächelte. Für Inspektor Ralph Harmon war der Schwarze ein Maulwurf, der die nationale Sicherheit untergrub.

»Seine Fingerabdrücke passen zu keiner der von uns gespeicherten Personen«, sagte Wilson. »Und Sie wissen ja, unser Archiv mit Fingerabdrücken ist fast so groß wie Ihres.«

»Haben Sie seine Fingerabdrücke dabei?«

»Nur die rechte Hand«, sagte Wilson. »Sie finden die Abdrücke auf der Rückseite der Fotos. Sie können Kopien haben, wenn Sie welche möchten. Im Prinzip finde ich, ein Stück Papier ist besser als zwei. Ich mißtraue dem Papier.«

»Könnte es sein, daß dieser Mann etwas mit dem Leck in der AR-60-Affäre zu tun hat?« fragte Harmon.

Wunderschön, dachte Wilson. »Ich weiß es nicht«, sagte er.

»Daß es Menschen gibt, die ihr Wissen einer Zeitung mitteilen, ist eine Angelegenheit, die uns beim FBI nichts angeht«, sagte Harmon. »Und daß die gute oder nicht so gute Technologie eines Infanteriegewehrs an die Öffentlichkeit kommt, beunruhigt uns hier in keiner Weise. Unsere Gegner werden schon bei der ersten Kampfhandlung Hunderte von diesen Gewehren erbeuten. Oder sie lassen die Gewehre aus Waffenlagern der Armee stehlen. Ich habe die Frage nach dem AR-60-Gewehr nur gestellt, weil durch das Leck auch das HARP-System gefährdet sein könnte.«

»Ich weiß nicht, ob es da einen Zusammenhang gibt.«

»Wir werden uns um die Sache kümmern. Allerdings haben Sie, was den Kontakt zu den Medien angeht, die besseren Trümpfe.«

»Wir werden nachfragen«, sagte Wilson.

»Ich kann mir vorstellen, daß Sie das tun«, sagte Harmon. Er wußte, daß der Einfluß von Grove Industries weit reichte.

»Vielleicht werden wir sogar Erfolg haben«, fügte Wilson voll Bescheidenheit hinzu.

»Ich habe vorige Woche eine Fernsehsendung zum Thema AR-60 verfolgt. Da ist ein General aufgetreten, der die Waffe verteidigt hat. Ich hoffe nur, das Gewehr ist so gut, wie er sagt.«

»Es ist das beste Gewehr, das wir je gebaut haben«, sagte Wilson. »Aber es geht gar nicht so sehr um mögliche Mängel bei dieser Waffe. Wenn in der Öffentlichkeit in Frage gestellt wird, daß ein Gewehr gut funktioniert, fällt ein Schatten auf das ganze Waffenprogramm. Ein Gewehr ist schlecht, also sind alle Gewehre, alle Waffen schlecht. So betrachtet, ist die Kritik ein Angriff auf die Moral der Armee.«

Wilson fand, daß Harmon ein Mann war, dem er unbedingt trauen konnte. Grove Industries bediente sich der Patrioten im Land. Sie waren besser, als die Menschen, die man kaufen mußte. Bei einem Patrioten konnte man sich darauf verlassen, daß er seinen Job hat.

Inspektor Harmon hatte Kopien von den Fotos des lächelnden Schwarzen angefertigt. Das Foto wurde an alle Dienststellen der Geheimdienste verteilt. Harmon konnte nicht wissen, daß das Foto auch in den Computerraum einer Bank gesendet wurde, wo nur ein einziger Mann Dienst tat. Der Mann stammte aus Neuengland. Er war ein Mensch, der beim Betreten des Fahrstuhls den Hut absetzte. Niemand, der in dem Wolkenkratzer arbeitete, hatte je erlebt, daß der Mann ein Gespräch anfing. Die meisten hielten Mr. Smith, der seine Mittagsmahlzeit in einer braunen Papiertüte mitzubringen pflegte, für einen Versicherungsmathematiker.

Smith hatte vor dem Bedienungspult des Computers Platz genommen. Er hatte eine Weile gearbeitet, als auf dem Bildschirm ein rotes Fähnchen aufleuchtete. Ein rotes Fähnchen war ein Alarmsignal. Sobald das Signal in der oberen Ecke des Sichtschirms erschien, wurden die anderen Programme, an denen Smith arbeitete, weggeschaltet. Meist leuchtete dann ein Text auf. Aber diesmal war es anders. Der Bildschirm zeigte ein Foto von McCleary und daneben seine Fingerabdrücke.

Der FBI fahndete nach McCleary. Man hatte seine Fingerabdrücke, man hatte sein Foto. Smith betrachtete den Bildschirm, wo zu erkennen war, wie das Suchbild zu den verschiedenen Dienststellen des Regierungsapparats durchgeschaltet wurde. Sogar der CIA wurde informiert; offenbar argwöhnte das FBI, daß der Gesuchte ein ehemaliger Agent der Konkurrenz war. Damit lagen die Jungens, wie Smith wußte, gar nicht so falsch. Allerdings kamen sie ein paar Jahre zu spät. Smith hatte McCleary rechtzeitig von der CIA abgezogen, weil er ihn in seiner Organisation brauchte. Er hatte diesen Mann trotz gewisser persönlicher Schwächen, Alkohol und Frauen, ausgewählt. Con McCleary war ein wertvoller Mann, weil er die Dinge in Bewegung hielt, weil er seine Aufträge zügig hinter sich brachte. Und er war ein loyaler Amerikaner.

Es war McCleary gewesen, der die AR-60-Programme im Computer von Grove Industries geplündert hatte. Dabei hatte der Schwarze die Bestätigung erhalten, daß der Geheimhaltungscode für HARP dazu diente, alle Informationen über die Rüstungsprojekte von Grove vor den kontrollierenden Behörden abzuschirmen.

Smith betrachtete den Schirm, wo jetzt eine Warnung erschien. Mutmaßungen, was der Eindringling gesucht haben könnte und für wen er arbeitete, folgten. Das alles verfolgen und beeinflussen zu können und selbst vor Entdeckung sicher zu sein, ließ Smith ein paar Sekunden lang an den lieben Gott denken. Aber sobald ihm der Vergleich bewußt war, verwarf er den Gedanken.

Der liebe Gott wußte immer genau, was er tat und was dabei herauskommen würde. Smith mußte sich mit Prognosen begnügen, von denen er hoffte, daß sie sich bewahrheiten würden. Was die Fahndung nach McCleary betraf, so verzichtete er darauf, in den Informationsfluß einzugreifen. Der Versuch, eine solche Fahndung zu stoppen, wäre ebenso sinnlos gewesen, wie eine Mauer in einen Fluß zu stellen. Das Wasser bildete einen Stau, schoß über die Mauer hinweg, unterhöhlte die Steine oder suchte sich einen Umweg, um weiter bergab zu fließen.

Informationen blockierte man nicht, man leitete sie um. Smith gab McClearys Paßbild und Fingerabdrücke in den Computer ein und taufte den so geschaffenen Menschen Mel Bergman, von Beruf Computer-Ingenieur, angestellt bei Grove Industries, Grove, Idaho, derzeit auf Montage in Taiwan.

Als nächstes schuf er ein Gehaltskonto für Mr. Bergman samt einiger Mahnungen, die dieser wegen verzögerter Überweisungen an seine Firma geschickt hatte. Grove Industries und das FBI würden eine Weile nach Mr. Bergman fahnden und ihn schließlich für verschollen erklären.

Nachdem die Arbeit beendet war, rief Smith den Schwarzen an.

»Ich würde Sie gern bei mir sehen«, sagte er. Er hatte McClearys Wohnung angewählt.

»Muß es gleich sein?« fragte McCleary.

»Ja«, sagte Smith.

Und dann vernahm Smith das wollüstige Stöhnen einer Frau im Hörer.

»Muß es wirklich sofort sein?« kam McClearys Stimme. »Ich habe soeben die Frau meines Lebens kennengelernt. Ich bin noch nie so verliebt gewesen. Ich habe noch nie eine Frau gehabt, die so intelligent, so gütig, so mutig ist wie diese. Sie ist schwach, wenn sie schwach sein soll, und stark, wenn sie stark sein soll.«

»Dauert das denn noch lange?«

»So lange, wie ich kann.«

»Beeilen Sie sich«, sagte Smith. »Meinen Sie, daß Sie in einer halben Stunde bei mir sein können?«

»Etwas Wichtiges?«

»Etwas Bedrohliches. Ich weiß allerdings noch nichts Genaues. Ich muß mit Ihnen reden.«

»Ich bin gleich bei Ihnen.«

»Und was machen Sie mit der Frau?«

»Die lade ich wieder in der Bar ab, wo ich sie vor zwanzig Minuten kennengelernt habe«, sagte McCleary.

Der wütende Schrei einer Frau war zu hören. Zwanzig Minuten später traf McCleary bei Smith ein.

»Was ist los?«

»Grove Industries«, sagte Smith.

»Was Sie über Grove Industries wissen wollten, habe ich Ihnen auf den hübschen Disketten geliefert, die Sie für das Anzapfen von Computern erfunden haben.«

»Nicht ich habe die Disketten erfunden, sondern der CIA. Con, wieviel Computer haben Sie in Ihrem Leben vergewaltigt?«

»Frauen?«

»Computer.« In Smith festigte sich die Erkenntnis, daß er McCleary nicht aus der Beschäftigung mit seiner Besucherin hätte herausreißen dürfen. Er hätte dem Schwarzen Zeit lassen müssen, die Begegnung zu einem befriedigenden Ende zu führen. Wie es jetzt aussah, würde McCleary den ganzen Tag nur noch an Frauen denken.

»An die hundert. Hundertzwanzig. Es ist nicht besonders schwer, einen Computer zu knacken, wenn man mit so guten Ausweisen ausgerüstet ist, wie die Organisation sie einem mitgibt.«

»Wievielmal haben Sie flüchten müssen, weil Sie auf frischer Tat ertappt wurden?«

»Zweimal«, sagte McCleary.

»In wievielen Fällen war das Unternehmen, dessen Computer Sie knackten, in der Lage, eine Fahndung nach Ihnen zu starten, in die sogar die Bundesregierung eingeschaltet ist?«

»Null.«

»Eins«, sagte Smith.

»Grove?«

»Ja.«

»Das beweist doch nur, daß sie wirksame Vorkehrungen gegen Spione getroffen haben. Wir sollten zufrieden sein, daß die Geheimnisse der Nationalen Verteidigung so gut bewacht werden.«

»In diesem Fall sind es die privaten Geheimnisse von Grove, die abgeschottet werden. Grove Industries hat den CIA angefunkt und angefragt, ob Sie da bekannt sind.«

»Und? Hat sich dort jemand an mein Gesicht erinnert?«

»Nein. Sie waren damals der Leiter einer kleinen Dienststelle des CIA im Fernen Osten. Ich habe dafür gesorgt, daß alle, die Ihr Gesicht kennen, im Fernen Osten geblieben sind.«

»Das waren die einzigen Freunde, die ich je hatte.«

»Das waren Ihre Saufkumpane«, sagte Smith. »Sie hatten im Fernen Osten keine Freunde.«

»Das weiß ich«, sagte McCleary. »Aber in diesen Dingen sollten Sie mir das Recht zubilligen, mich selbst zu belügen.«

Smith verstand gut, wie einsam sich ein Mann wie McCleary manchmal fühlen mußte. Der Schwarze war der Typ, der sich an einer Theke, wo er ein Bier trinken konnte, am wohlsten fühlte. Statt dessen hatte er sich dafür entschieden, seinem Land zu dienen. Im Unterschied zu Smith war McCleary ein Mensch, der Freunde brauchte.

»Ich mache mir Sorgen«, sagte Smith.

Steif wie ein Stock saß er vor dem Bedienungspult des Computers. Er trug wie immer einen dreiteiligen Anzug, Hose, Jacke, Weste. McCleary trug leichte graue Jeans und ein offenes Hemd. An seiner behaarten Brust baumelte ein goldenes Kettchen.

»Glauben Sie, daß die uns Feuer unter dem Hintern machen?« fragte McCleary.

»Ich glaube, daß wir den neuen Mann früher als vorgesehen einsetzen müssen. Im Fall Grove haben wir erfolglos die Rechnungsprüfer der Regierung angesetzt. Wir haben ihnen die Kontrolleure der Armee auf den Hals geschickt. Wir haben sogar einem Major aus dem Pentagon, einem Major weiblichen Geschlechts, Informationen zugespielt, um das Pentagon zu einer Aktion gegen Grove zu motivieren. Alles umsonst. Nur Grove Industries hat Zugang zu den Geheimnissen von Grove Industries. Es ist das erste Mal in meiner Laufbahn, daß ich so etwas erlebe.«

»Sie vergessen meinen Besuch bei der Firma. Ich habe es immerhin bis zum Computer geschafft.«

»Sie waren unsere letzte Waffe. Aber jetzt sind sie uns auf den Fersen. Wie weit ist Chiun mit der Ausbildung von Remo?«

»Ich weiß es nicht. Ich vermute, da gibt's Ärger.«

»Was ist denn los?«

»Nichts ist los, das macht mich ja so mißtrauisch. Zu Anfang hat sich Chiun einmal pro Tag über Remo beklagt. Aber seit einiger Zeit herrscht Funkstille.«

»Und was bedeutet das?«

»Keine Ahnung. Vielleicht war das Training zu hart. Remo bekommt kein Karate beigebracht, sondern Sinanju. Der Koreaner läßt ihn von einem Wolkenkratzer zum anderen springen. Die Meister des Sinanju machen das seit dreitausend Jahren. Sie sind so erfolgreich, weil sie so unnachsichtig mit ihren Schülern sind.«

»Was wollen Sie damit sagen?«

»Ich will damit sagen, daß der Meister des Sinanju von brennendem Ehrgeiz erfüllt ist. Wenn er versagt, muß das Dorf, aus dem er kommt, verhungern. Das Training ist demnach nicht darauf abgestellt, einem sportlichen jungen Mann zu einem schwarzen Gürtel zu verhelfen. Wenn alles gutgeht, kriegen wir einen neuen Meister des Sinanju, diesmal einen Amerikaner. Wenn es schiefgeht, beginnt die Ausbildung eines neuen Kandidaten. Sinanju ist eine Angelegenheit von Leben und Tod.«

»Glauben Sie, daß Remo tot ist?«

»Ich habe seit zwei Tagen keine Nachricht mehr von ihm.«

»Stellen Sie fest, was los ist.«

»Gut«, sagte McCleary. »Aber da gibt's ein Hindernis. Ich kann nicht einfach den Meister des Sinanju anrufen und ihn fragen, ob er seinen Schüler umgebracht hat.«

»Sondern?«

»Ich muß warten, bis der Koreaner mich anruft, um sich über seinen Schüler zu beklagen.«

»Nein«, sagte Smith. »Sie fahren hin.«

Für seinen Besuch beim Meister des Sinanju hatte McCleary, ohne es zu wissen, einen denkbar ungünstigen Zeitpunkt ausgewählt. Jim, der Sohn des Ehepaars Lawson, hatte die Operation überlebt und eine aufregende Feststellung gemacht. Zwar konnte er jetzt nicht mehr Nationalspieler in der Football-Mannschaft werden, dafür war aber sein außerordentliches Talent in Dingen der Innenarchitektur aufgeblüht. Die Karriere als Innenarchitekt wurde allerdings von Jims Liebesaffäre mit Jill Anderson überschattet, und das in einer Situation, wo das Mädchen besondere Zuwendung brauchte – hatte sie sich doch mit knapper Not den Verfolgern der Mafia entziehen können. Der Mangel an Liebe war dann auch der Grund, warum Jill sich als einziger Mensch auf der ganzen Welt einer merkwürdigen Droge zuwandte, nämlich einem Medikament, das ursprünglich zur Leukämie-Therapie ihres Großvaters entwickelt worden war.

Seifenopern dieser Art, fand der Meister des Sinanju, waren zweifellos die großartigste Kunstform des Westens. Sie im Fernsehen zu betrachten, war das einzige Vergnügen, das er sich während seines Aufenthalts in New York gönnte.

Der Anruf kam, noch bevor der Werbespot für das Waschmittel eingeblendet wurde.

Natürlich nahm Chiun nicht ab. Er ließ den Apparat klingeln, bis der Anrufer die Lust verlor. Er fand es erstaunlich, daß die Amerikaner ihre Telefone nicht abschalteten, wenn künstlerische Darbietungen dieser Qualität über den Bildschirm gingen. Mit den Seifenopern war es ähnlich wie mit den mörderischen Künsten der Sinanju. Sie wurden nicht von allen Menschen so geschätzt, wie sie es verdienten.

Con McCleary hielt den Hörer in der Hand. Niemand nahm ab.

Er fluchte. Er mußte wohl wirklich hinfahren. Ob er seinen Revolver mitnehmen sollte? Es würde ihm nicht besser ergehen als Remo, dessen Waffe sich bei der ersten Begegnung mit Chiun als nutzlos erwiesen hatte.

In Asien ging die Legende, daß die Meister des Sinanju unfehlbar waren. McCleary interpretierte das so, daß sie die Zeugen ihrer Niederlagen umbrachten. Ob Chiun mit seinen Bemühungen, Remo zum Attentäter zu erziehen, gescheitert war? Wenn das Experiment mißglückte, war das Leben des Schülers in Gefahr.

Es gab noch ein anderes Risiko. Remo war vorlaut. Vielleicht hatte er eine Bemerkung gemacht, die den Geduldsfaden des Meisters zum Zerreißen brachte.

Das waren die Gedanken McClearys, als er zur Trainingsstätte an der West Side fuhr. Das Haus mit der Sandsteinfassade war früher als Lagerhaus genutzt worden. Es war eine einsame Gegend. McCleary fand sofort einen Parkplatz. Schade. Er wäre gern noch eine Stunde auf der Suche nach einer Parklücke um den Block gefahren. Das hätte ihm eine Galgenfrist eingeräumt.

»Es wird Zeit, daß jemand hinter die Kulissen schaut«, sagte McCleary und zog den Zündschlüssel ab. Es klang, als spreche er mit dem Beifahrer, aber es gab keinen Beifahrer. Drei Worte, die ihm auf den Lippen lagen, ließ McCleary unausgesprochen: »Zeit zu sterben.«

Es würde ein schneller Tod sein. Die Meister des Sinanju hielten sich nicht damit auf, ihre Opfer zu quälen. Über so etwas waren sie erhaben. Zwar sorgten sie dafür, daß ihnen der Ruf der Grausamkeit vorausging, aber das taten sie nur, um ihr Ansehen in den Gedanken der Menschen zu verankern.

Es war ein Meister des Sinanju gewesen, der Iwan den Schrecklichen, einen besonders blutrünstigen Zaren, diese Lektion gelernt hatte. So war die Legende entstanden, die Smitty in seinem Entschluß, die Segnungen des Sinanju nach Amerika zu holen, bestärkt hatte.

Es war zu Beginn der Regierungszeit Iwans des Schrecklichen, als ein französischer Adeliger seinem Tagebuch eine interessante Neuigkeit anvertraute. Der Zar, so schrieb er, habe ihm von einem Mörderorden erzählt, dessen Mitglieder zur Ausführung der schlimmsten Verbrechen bereit waren. Sinanju, der Name des Ordens, wurde in der französischen Schreibweise alsbald zu Seinajuif abgewandelt. Es war klar, daß damit das Dorf in Korea gemeint war. McCleary hatte den Text des französischen Adeligen, wo das Gespräch mit Iwan dem Schrecklichen wiedergegeben war, aufmerksam studiert. Der Zar hatte die Künste des Mörderordens mit den folgenden Worten beschrieben:

»Die Meister können Dinge tun, die wir nie lernen werden. Aufgaben, an denen wir scheitern, meistern sie mit tänzerischer Leichtigkeit. Sie sehen einen Sinn in grausamen Taten, den wir nicht sehen. Sie sagen zum Beispiel, daß es unnütz ist, das Opfer durch die Anwendung von Grausamkeit zu beeindrucken. Der Ermordete kann seine Eindrücke an niemanden weitergeben, also war die Folter umsonst. Wichtig hingegen ist es, die Angst vor der Folter in die Seelen der Lebenden einsickern zu lassen. Grausamkeit, so lehren die Sinanju, ist unnütz.«

McCleary rief sich diese Weisheiten in Erinnerung, während er auf das Haus mit der Sandsteinfassade zuging. In die westlichen Begriffe übertragen, hieß das wohl, daß er, wenn er denn schon sterben mußte, einen gnädigen, schnellen Tod sterben würde.

Er betrat das Haus und ging die Treppe hoch.

Die Tür des Gymnastikraums öffnete sich, als sei sie von einem Geist berührt worden. Chiun stand in der Mitte des Raums, umflutet vom hellen Licht des Tages. Er trug einen grünen Kimono mit Blumenmuster.

»Guten Tag«, sagte McCleary.

Chiun ließ seine Begrüßung unerwidert.

»Ich habe versucht, mich telefonisch anzumelden.«

Chiun antwortete nicht.

»Ich habe Ihnen Grüße von Smith auszurichten – von Kaiser Smith.«

Chiun quittierte das mit einem Nicken.

»Darf ich hereinkommen?«

»Gibt es sonst noch etwas, das Sie mir mitzuteilen hätten?«

»Ja. Eine Menge.«

»Und was Sie mir zu sagen haben, ist wirklich so wichtig, daß Sie mich vorher mit einem Anruf, der zu denkbar ungelegener Zeit kam, belästigen mußten?« Chiuns brüchige Stimme zitterte vor Zorn.

McCleary hielt nach Remo Ausschau, aber von dem war keine Spur zu entdecken. Oder doch? War das Blut, der Fleck auf dem Fußboden? McCleary war unschlüssig, wie er dieses Indiz zu beurteilen hatte.

Chiun trat ein paar Schritte zurück und bat McCleary, ihm zu folgen. Der Besucher überquerte die Schwelle. Er ließ die Tür offenstehen. Chiun deutete auf den Trümmerhaufen aus Plastik und Drähten, der einst ein Telefon gewesen war.

»Bringen Sie das wieder in Ordnung«, sagte Chiun.

»Sie bekommen ein neues Telefon«, sagte McCleary. Wo war Remo? Die Tür fiel ins Schloß. McCleary wirbelte herum. Niemand. Konnte Chiun durch die Kraft seines Willens eine Tür schließen? McCleary ließ seinen Blick über die Dekkenbalken wandern. Wo war Remo? Er schnupperte die merkwürdig duftende Luft. Staub. Der Geruch des Todes fehlte. Es roch nicht einmal nach Schweiß. Wenn der Meister und sein Schüler trainierten, schwitzen sie dann nicht? McCleary kam zu dem Schluß, daß in diesem Raum in den letzten Tagen kein Training stattgefunden hatte.

Dann fiel ihm auf, daß Chiun ihn unverwandt anstarrte. Der Meister war ein Meer des Schweigens.

»Ich sagte schon, Sie bekommen ein neues Telefon.«

»Ich will kein neues Telefon«, sagte Chiun. »Ich will, daß Sie dieses wieder in Ordnung bringen. Und zwar so, daß es nicht klingelt, wenn ich Ihre Fernsehdramen betrachte.«

»Er meint die Seifenopern«, sagte Remo. Die Stimme kam von irgendeiner Stelle hinter McCleary.

McCleary drehte sich um. Aber da war kein Remo.

»Remo?«

McCleary konnte ihn lachen hören, aber er konnte ihn nicht sehen.

»Haben Sie ihm beigebracht, wie man sich unsichtbar macht?« fragte er Chiun.

»Ich habe Sie gefragt, ob Sie das Telefon in Ordnung bringen können«, sagte Chiun. »Und zwar so, daß es nicht zu ungelegener Zeit klingelt.«

»Sicher kann ich das. Ich kümmere mich darum. Ich werde mir die Fernsehprogramme besorgen und die Sendezeiten mit dem Telefon koppeln. Kein Problem. Ich mache das sehr gern für Sie. Ich erledige das für Sie. Wo ist Remo?«

»Er spielt«, sagte Chiun.

McCleary empfing einen leichten Schlag auf den Hinterkopf. Er fuhr herum, um Remo einen Schwinger zu verpassen. Aber hinter ihm war niemand. Dann kam der nächste Schlag, wieder aus dem Nichts. McCleary drosch drauflos, und wieder traf er ins Leere. Nach einigen Sekunden Schattenboxen gewahrte er am Rand seines Gesichtsfeldes Remos graue Hosen.

»Schlecht«, sagte Chiun. »Du bewegst dich wie eine trächtige Kuh. Du bist gestolpert. Er hat dich gesehen. Du hast dich nicht richtig konzentriert.«

»Er hat mich nicht gesehen«, sagte Remo. Er stand jetzt so, daß McCleary ihn in seiner ganzen Größe erkennen konnte.

»Sie waren die ganze Zeit im Raum, Remo«, sagte McCleary. »Sie haben sich immer so gestellt, daß ich Sie nicht sehen konnte. Stimmt's?«

»Nein«, sagte Remo. »Ich war draußen, als Sie mit dem Wagen vorfuhren. Ich habe gewartet, bis Sie einparkten, und dann bin ich Ihnen die Treppe hinaufgefolgt. Sie erweckten den Eindruck, daß Sie Angst hatten. Hatten Sie Angst? Manchmal gelingt es mir zu beurteilen, ob jemand Angst hat, manchmal auch nicht. Chiun sagt, so etwas kann man spüren. Ich weiß es nicht.«

»Ich hatte Angst«, sagte McCleary. »Aber nur ein bißchen.« Er räusperte sich. »Wie läuft's mit Ihrem Training? Gut?«

»Gut?« echote Chiun. Er ließ ein sarkastisches Lachen folgen. Er trat vor die beiden Amerikaner und maß sie mit einem traurigen Blick. Dann ging er in den Nebenraum. McCleary konnte sehen, wie er einen der zahlreichen Schrankkoffer öffnete.

»Sie haben das großartig gemacht, Remo. Ich wußte gar nicht, daß Sie im Raum waren. Ich hatte keine Ahnung«, sagte McCleary.

»Ich war nicht gut.«

»Was sagen Sie da? Ich verstehe etwas von der Sache. Ich bin ein alter CIA-Profi, der lange Jahre in Südostasien stationiert war. Ich habe einen Blick dafür, ob jemand im Nahkampf ein Ass ist oder eine Niete.«

Remo schüttelte den Kopf. »Sie haben Angst gehabt, als Sie ins Haus kamen. Wenn man Angst hat, sieht man nicht mehr scharf, hört nicht mehr gut. Die Angst lähmt die Sinne. Sag jemandem, er soll auf einer fünf Zentimeter breiten Linie entlanggehen, die auf den Fußboden aufgemalt ist. Kein Problem, das bringt er spielend. Dann läßt du ihn auf einer fünf Zentimeter breiten Linie entlanggehen, die auf dem Dach eines fünfzigstöckigen Hauses verläuft. Der Mann kriegt die Füße überhaupt nicht mehr vom Boden. Angst.«

»Angst wirkt wie ein Treibsatz«, sagte McCleary. »Adrenalin.«

»Das hilft vielleicht beim Laufen oder es verleiht einem Kraft, wenn man einen Felsbrocken möglichst weit schleudern soll, aber für alle anderen Zwecke ist Angst schädlich.«

»Ich verstehe überhaupt nicht, wovon Sie reden«, sagte McCleary.

»Es ist schwer zu erklären. Was ich hier lerne, hat nichts mit Muskeln zu tun, aber viel mit richtigem Atmen. Der Geist wird trainiert, nicht der Körper.«

»Ich verstehe immer noch nicht.«

»Ich werd's Ihnen vorführen«, sagte Remo. Chiun war aus dem Nebenraum zurückgekehrt.

Er hielt einen Revolver in der Hand. Er nahm in einer Entfernung von eineinhalb Metern vor Remo Aufstellung, richtete die Waffe auf dessen Brust und gab zwei Schüsse ab. McCleary sah zwei bläulich-gelbe Pulverblitze.

Die Schüsse waren so laut, daß McClearys Trommelfelle schmerzten. Er starrte Remo an und kniff die Augen zusammen. Remo war unverletzt.

»Scheiße«, sagte Remo.

»Exkremente«, sagte Chiun.

»Platzpatronen«, sagte McCleary.

Remo schüttelte den Kopf. »Platzpatronen sind Mist. Platzpatronen sind allenfalls gut fürs Training. Um Flaschen zu trainieren. Sehen Sie sich die Wand an.«

Aus der Wand hinter Remo rieselte feiner Gipsstaub. Chiun hatte richtige Kugeln benützt, und er hatte aus einer Entfernung von eineinhalb Metern geschossen. Es war undenkbar, daß er sein Ziel aus dieser Entfernung verfehlt hatte. Remo war den Kugeln ausgewichen. Er hatte gelernt, Kugeln auszuweichen.

»Das ist unglaublich«, sagte McCleary.

»Zwei«, sagte Remo. »Ich bin bei zwei.«

»Ja«, sagte Chiun. »Er ist bei zwei. Er kann zwei Kugeln ausweichen, und das ist alles, was er kann.« Remo hatte noch nicht gelernt, der dritten Kugel auszuweichen, und das war der Grund, warum Chiun beim Training auf den dritten Schuß verzichtete. Die dritte Kugel hätte seinen Schüler getötet. Warum Remo beim Training nicht schneller vorankam, war für den Meister des Sinanju sonnenklar. »Remo zieht es vor, auf dem Fleisch toter Tiere herumzukauen, statt der zu werden, der er sein sollte. Er soll ich sein. Ich weiß, daß er nie ich sein wird, aber er sollte das zumindst anstreben.«

»Ich habe mir einen Hamburger genehmigt«, erklärte Remo.

»Sinanju bietet ihm die Weisheiten der größten Attentäter aller Zeiten auf dem Silbertablett an, und was tut er? Er ißt Fleisch.« Er wandte sich zu seinem Schüler. »Bist du ein Wolf? Ein Hund? Eine Katze? Ein Nagetier?«

»Ich mag Hamburger«, sagte Remo.

»Chiun will sagen, seine Methoden sind so verfeinert, daß der Genuß eines einzigen Hamburgers die geistige Harmonie des Schülers zerstören kann«, sagte McCleary.

»Sie können nicht wissen, was ich sagen will«, fuhr ihm Chiun über den Mund. »Fragen Sie ihn, warum er den Hamburger gegessen hat, dann werden Sie die Boshaftigkeit erkennen, die sich dahinter verbirgt. Fragen Sie ihn – los!«

»Bitte nicht«, sagte Remo.

»Fragen Sie ihn«, beharrte Chiun.

»Also gut«, sagte Remo. Er wandte sich von Chiun ab, seine Schultern sackten nach vorn. McCleary hatte plötzlich einen schuldbewußten Schuljungen vor sich.

»Fragen Sie ihn doch, warum er Fleisch ißt«, wiederholte Chiun. Er verschränkte die Arme. Gleich würde sich die Perfidie enthüllen, die Remo zum Verzehr toter Tiere verführte.

McCleary war so verlegen, daß er von einem Bein aufs andere trat. Besonders unangenehm war ihm die Erkenntnis, daß sowohl Chiun als auch Remo ihn töten konnten. Er war den beiden hilflos ausgeliefert. Wenn er in den Streit der beiden eingriff, würde er das erste Opfer sein.

Er räusperte sich. »Remo, ich frage Sie wirklich nur, weil der Meister des Sinanju mich dazu auffordert. Warum haben Sie einen Hamburger gegessen?«

Chiun nickte. Auf seinem faltigen Gesicht zeichnete sich tiefe Befriedigung ab.

»Weil ich hungrig war«, sagte Remo. »Und weil der Hamburger ganz fantastisch schmeckte.«

»Aha«, sagte Chiun. »Sie haben es gehört – aus seinem eigenen Mund. Da haben wir's. Und einen solchen Mann soll ich zum Attentäter machen! Erwarten Sie wirklich von mir, McCleary, daß ich mich mit einem derartigen Tölpel abgebe?«

»Entschuldigen Sie, Meister des Sinanju, aber ich kann dem Flug Ihrer Gedanken nicht ganz folgen. Der Mann hatte Hunger. Ist das nicht der übliche Grund, warum jeder Mensch ißt?«

»Es handelt sich nicht um jeden Menschen, sondern um eine bestimmte Sorte«, sagte Chiun. »Sie inbegriffen.«

»Ich glaube, Sie sollten nicht weiter darauf eingehen, McCleary«, warf Remo ein.

»Natürlich hat er Angst davor, daß Sie darauf eingehen«, sagte Chiun. »Er hat Angst vor der Antwort, die ich Ihnen geben werde.« Er warf seinem Schüler einen Blick voller Mitleid zu. »Hunger, das ist, wenn der Mensch den Magen sprechen läßt. Aber dein Magen kennt deinen Körper nicht so gut, wie ich ihn kenne, Remo. Dein Körper ist das Ergebnis einer sexuellen Begegnung, die vor dreißig Jahren stattfand. Seit deiner Geburt mißhandelst du deine leibliche Hülle, indem du dir giftige Speisen einverleibst. Das ist wahrlich nicht die Weisheit, die ich dir mit den Lehren des Sinanju eröffnen will.«

»Ich kann mich nicht daran gewöhnen, mich von meinem eigenen Fett zu ernähren«, sagte Remo.

»Das überflüssige Fett, das sich noch in deinem Körper verbirgt, wird bald verschwunden sein, wenn du den Prozeß nicht wieder unterbrichst. Dein Bewegungsmuster ist noch nicht so vollkommen, daß du dir nutzloses Körpergewicht leisten kannst.«

McCleary schwieg. Remo stand da wie versteinert.

Chiun fuhr in seiner Belehrung fort. »Nicht nur, daß er Angst vor der Wahrheit hat – er ißt, weil die Speise gut schmeckt. Wird er sich, bevor er zu essen beginnt, vielleicht die wichtigste aller Fragen stellen? Fragt er sich: Hilft diese Speise meinem Nervensystem, die großartigen Lehren des Sinanju aufzunehmen? Nein. Statt dessen fragt er sich: Wie wird meine Zunge auf die Speise reagieren? Seine Zunge! Ich bin hier, um ihn auf den Weg der Wahrheit zu geleiten, und er fragt seine Zunge nach ihrer Meinung. Er fragt seinen Magen. Ich möchte nicht wissen, welches Organ er fragt, wenn er eine Frau auswählt. Ich vermute, er hat bei der Wahl einer Frau alles andere als die Qualität der Nachkommen im Auge.«

»Ihre Vermutung ist verdammt richtig«, sagte Remo.

»Er ist auch noch stolz auf seine Blindheit«, sagte Chiun.

»Ich finde das alles gar nicht so schlimm«, sagte McCleary. »Er hat es immerhin gelernt, einer Kugel auszuweichen. Was sage ich – er ist zwei Kugeln ausgewichen!«

»So ist es. Ich bin gut«, sagte Remo. »Ich bin großartig. He, McCleary, ich bin einsame Spitze!«

McCleary sah den Schlag nicht, den Chiun seinem Schüler versetzte. Daß Remo bestraft worden war, wurde ihm erst bewußt, als dieser, wie von einer herabstürzenden Wand getroffen, zusammenbrach. Remo lag da und rührte sich nicht mehr. Er zuckte mit keinem Muskel. Er war starr wie eine Leiche.

»Ist er...«

»Tot? Nein«, sagte Chiun. »Er schläft. Kommen Sie jetzt mir mir in die Ecke des Raums, wo sein Unterbewußtsein uns nicht mehr belauschen kann.«

Chiun schlurfte zur Wand, McCleary folgte ihm. Der Koreaner hob den Kopf. Eine erwartungsvolle Pause folgte. Chiun machte sie, um McClearys Aufmerksamkeit zu schärfen.

»Sie wollen diesen Mann als Killer benutzen. Er soll willig Ihre Aufträge ausführen.«

»So ist es«, bestätigte McCleary.

»Sie haben hier Dinge gesehen, die Ihnen Bewunderung abverlangen.«

»Ich bin überwältigt. Sie haben mit der Ausbildung dieses Mannes alle unsere Erwartungen übertroffen.«

Chiun schüttelte den Kopf. »Sie haben diesen Mann Dinge tun sehen, zu denen Sie selbst nicht fähig sind; deshalb sind Sie beeindruckt. Aber was Ihnen wie ein Wunder erscheint, ist kein Wunder. Was Remo gezeigt hat, ist nicht die Kunst des Sinanju. Es sind nicht seine eigenen Fähigkeiten, die er Ihnen da vorgeführt hat.«

»Das verstehe ich nicht«, sagte McCleary.

»Wenn Sie hören, wie jemand eine Fertigkeit beschreibt, bedeutet das, daß Sie diese Fertigkeit auch besitzen?«

»Natürlich nicht«, sagte McCleary.

»Wenn Sie einen Gegenstand beschreiben können, bedeutet das, daß der Gegenstand in Ihr Eigentum übergeht?«

»Nein.«

»Sie hören, wie jemand eine Fertigkeit oder einen Gegenstand beschreibt, aber Sie erhalten nichts. Und doch ist Zuhören der erste Schritt, um sich in den Besitz einer Fertigkeit oder einer Sache zu versetzen. Was Sie in einem solchen

Augenblick zu sehen bekommen, ist sprießender Bambus, kein Baum. Ihnen mag es wie ein Baum erscheinen, aber Sie können mit einem solchen Stamm kein Haus bauen. Remo kann gewisse Leistungen erbringen, wenn ich bei ihm bin, wenn ich ihm die Kraft zur Ausführung übertrage. Ist er auf sich allein gestellt, so begibt sich sein Geist auf Wanderschaft. Die Leistungen, die er dann vollbringt, sind nicht mehr seine eigenen Leistungen. Er ist mit der Weisheit des Sinanju noch nicht einsgeworden.«

»Wenn ich Sie richtig verstehe, wollen Sie, daß wir Ihren Vertrag verlängern«, sagte McCleary. Er hatte Erfahrung mit Asiaten, und er wußte, wie gern die Menschen dort feilschen.

»Nein«, sagte Chiun. »Ich will Sie nur davor warnen, Remo zu früh für Ihre Aufträge einzusetzen. Ich spüre, daß Sie sich mit solchen Plänen tragen. Ich spüre die Hast, von der Sie erfüllt sind. Ich sage Ihnen, daß Sie mit einem verfrühten Einsatz dieses Mannes nichts erreichen werden.«

»Wie meinen Sie das?«

»Sie würden ihn umbringen«, sagte Chiun und kehrte McCleary den Rücken zu.

8

George Grove hatte eine interessante Methode, um anderen Menschen seinen Willen aufzuzwingen. Er schrie sie an. Es war immer dasselbe. Ob er jemanden anfeuerte, einen Bonus versprach, einen Untergebenen mit Drohungen überhäufte oder beförderte – er tat nichts unter neunzig Dezibel.

Unternehmensberater, die zur Durchleuchtung von Grove Industries angeheuert wurden, bezeichneten George Groves Führungsstil in ihren Berichten als ›archaische und den Unternehmenszielen zuwiderlaufende Personalpolitik‹. Daraufhin feuerte Grove die Unternehmensberater. Wenn er schrie, spuckte er den Menschen, den er anschrie, auch gern an. Mrs. Marker, die in seinem Vorzimmer saß, sah sich jeden, der das Büro ihres Chefs verließ, genau an, ob sich Speichelspuren auf seiner Stirn befanden. Allgemein nannte man das, was sich in Mr. Groves Büro abspielte, ›eine widersprüchliche Unternehmenspolitik‹.

Grove kümmerte das nicht. Dem einen oder anderen versetzte er auch eine Ohrfeige. Mrs. Marker allerdings gehörte zu den Personen, die nie von Mr. Grove geschlagen wurden. Sie war sechzig Jahre alt, eine tüchtige Sekretärin der alten Garde, und sie war verheiratet. Wenn Mr. Grove mit erhobener Stimme zu ihr sprach, verließ sie den Raum. Mr. Grove schonte sie, weil er sie brauchte.

Sie wußte, Mr. Grove schlug die Menschen nicht, weil er ihnen Schmerzen zufügen wollte. Er war kein Mensch, der an derartigen Dingen Gefallen fand. Seine Absicht bestand vielmehr darin, herauszufinden, wie tief er die Leute demütigen konnte, ohne daß sie den Dienst bei ihm quittierten. In einem Gespräch mit Mrs. Marker hatte er seine Methode mit einer dünnen Angelschnur verglichen. Der Angler versucht, einen möglichst großen Fisch mit einer möglichst dünnen Angelschnur an Land zu ziehen. Ebenso setzte sich Mr. Grove zum Ziel, Mitarbeiter so schlecht wie möglich zu behandeln. Das Ziel war erreicht, wenn ein Untergebener, nachdem er ihm eine Ohrfeige versetzt hatte, sich bei ihm entschuldigte. Erst dann war George Grove sicher, daß der Mensch ihm wirklich ergeben war. Die Unterredungen, bei denen dieser Idealzustand erreicht wurde, hatte er ›Trophäen‹ getauft.

Mrs. Marker sagte ihm, daß sie ›Trophäen‹ widerlich fand.

»Ich möchte in keinem Fall im gleichen Raum sein, wenn Sie einem Menschen so etwas antun.«

»Ich experimentiere mit der menschlichen Natur, Mrs. Marker. Das ist notwendig, um Amerikas Verteidigung zu sichern. Wenn Sie den Anforderungen unserer Verteidigung seelisch nicht gewachsen sind, sollte ich Sie vielleicht durch eine bessere Kraft ersetzen.«

»Mr. Grove, das haben wir doch schon einmal durchgespielt. Sie können mich gar nicht durch eine andere Kraft ersetzen. Ich bin eine der wenigen Sekretärinnen, die sich in der englischen Sprache wirklich auskennen. Der Nachwuchs ist in diesem Punkt hoffnungslos überfordert.«

George Grove pflegte solche Hinweise seiner Sekretärin mit einem gutgelaunten Lachen abzutun. Aber sie hatte recht. Er brauchte sie. Da gab es zum Beispiel das eine oder andere Problem in der Firma, das unbedingt vom Tisch mußte. Wenn Probleme gelöst werden mußten, verzichtete George Grove auf die Spielchen, die ihm bei anderer Gelegenheit soviel Vergnügen bereiteten. Dann benahm er sich rationell wie eine Maschine. In solchen Phasen war Mrs. Marker unentbehrlich – und Mr. Grove war jetzt in einer derartigen Phase.

Eine ganze Woche war verstrichen, ohne daß Grove einen Mitarbeiter gedemütigt hatte. Er hatte einfach keine Zeit dazu. Fünfmal am Tag telefonierte er mit Wilson; er benutzte dazu ein Telefon, das mit einem Zerhacker ausgestattet war. Wilson war der höchstbezahlte Angestellte im Imperium der Grove Industries. Er war der einzige, der Zugang zu den großen Summen Bargeld hatte, die in den Panzerschränken der Firma lagerten. Nur Wilson durfte das abhörsichere Telefon anwählen, das auf Mr. Groves Schreibtisch stand. Wilson war auch der einzige Mitarbeiter, bei dessen Eintreten

Mrs. Marker eine Gänsehaut bekam. Sie fand Wilsons Mangel an Gefühlen erschreckend. Im Vergleich zu ihm konnte man Mr. Grove geradezu als gütig bezeichnen.

Auf Anordnung von Mr. Grove hatte Wilson der Demütigung von Untergebenen beigewohnt. Daß der Chef dabei nicht zimperlich verfahren war, wurde für Mrs. Marker offenbar, als die Prokuristen mit aschfarbenen Gesichtern aus Mr. Groves Büro gestützt kamen. Einer sagte: »Bei dieser Inflation kann man mit seinem Gehalt bald nur noch einen Dauerlutscher kaufen.« Ein anderer trug den Abdruck von fünf Fingern auf der Backe.

Wilson verließ Mr. Groves Büro mit einem Stück Schmalzgebäck in der Hand. Er kaute.

»Was war?« fragte Mrs. Marker.

»Was soll gewesen sein?«

»Wen hat er gedemütigt?«

Wilson schnippte sich einen Krümel von seinem dunkelblauen Maßanzug.

»Ich habe nicht drauf geachtet. George war wieder ganz in seinem Element. Es ist sein Hobby, die Leute zu schockieren. Ich wünschte, ich könnte mich drüber aufregen, denn damit würde ich ihm eine große Freude bereiten. Aber mich lassen diese Vorführungen kalt.« Er legte seine Stirn in Falten. »Tragen Sie da etwa ein Modell von Bonwit Teller?«

»Das ist in der Tat ein Modellkleid von Bonwit Teller«, hatte Mrs. Marker geantwortet.

»Das dachte ich mir. Guter Schnitt.«

»Ich bin Ihnen dankbar, Mr. Wilson, daß Sie mir die Schilderung der Demütigungen in Mr. Groves Büro ersparen.«

»Ich sagte Ihnen schon, ich habe gar nicht aufgepaßt. Diese Prokuristen tragen schlechtsitzende Anzüge, die nicht passen. Verstehen Sie, was ich meine? Sie tragen Anzüge, die wie von der Stange aussehen!«

Eine ganze Woche war vergangen, und Mr. Wilson hatte kein einziges Mal auf Mrs. Markers Modellkleid und dessen Schnitt Bezug genommen. Er schien verändert. Einmal vermeinte sie, an seinem Hemd einen abgerissenen Knopf wahrzunehmen, aber das war wohl nur eine Sinnestäuschung.

Das Telefon läutete, Mrs. Marker nahm ab. Es war Wilson. Diesmal wollte er nicht den Chef. Er hatte nur eine Frage.

»Hat sich Mr. Grove den Bericht angesehen?«

»Er liest schon die ganze Woche daran«, sagte Mrs. Marker. »Er macht nichts anderes.«

»Und was meint er dazu?«

»Würde er Ihnen das nicht selber sagen, wenn er Sie wirklich einweihen will?«

»Dazu hat er gar keine Zeit. Ich arbeite übrigens an dem gleichen Problem wie Mr. Grove, gehe allerdings die Sache von der entgegengesetzten Seite an. Sagen Sie ihm, ich bin zuversichtlich, daß ich morgen die Lösung habe.«

»Sehr gut«, sagte Mrs. Marker. Sie legte auf und drückte auf die Taste der Gegensprechanlage.

»Mr. Grove«, sagte sie. »Wilson ist zuversichtlich, daß ihm bis morgen die Lösung für Ihr Problem einfällt.«

»Ich habe die Lösung schon heute«, antwortete Grove.

»Soll ich ihm das sagen?«

»Nein. Ich werd's ihm selber sagen.«

»Sehr gut, Mr. Grove«, sagte Mrs. Marker.

Das Problem war, wer die Medien informiert hatte. Wo war die undichte Stelle im System? Wer hatte der Presse Nachrichten über die AR-60-Affäre zugespielt? Wilson verstand ein bißchen von Waffentechnik und sehr viel von Finanzen. Es würde vielleicht eine Viertelmillion Dollar kosten, das Leck zu dichten. Die Produktion einer Waffenfabrik neu einzurichten, würde demgegenüber zehn Millionen Dollar verschlingen. Warum eine Viertelmillion für neue Maschinen und Werkzeuge ausgeben, wenn man das Problem mit zehn Millionen lösen konnte?

Ein Soldat war gestorben. Nun, irgendwann starben die Soldaten immer. Wären tausend Soldaten gestorben, wäre das natürlich ein Anlaß gewesen, in der Fabrik etwas zu ändern. Solange dieser Fall aber nicht eintrat, war es absurd, die Unternehmenspolitik zu ändern. Wilson fand, es war viel einfacher, wenn er den Grove Jet nach Boston nahm, wo er mit einem befreundeten Journalisten zusammentreffen würde. Sinnigerweise handelte es sich um einen Mann, der gegen alles schrieb, was mit Verteidigung zu tun hatte. Dieser Journalist war gegen die Verstärkung des amerikanischen Einflusses, und die meisten Artikel, die gegen Amerikas Verbündete geschrieben wurden, stammten aus seiner Feder.

Was den Mann für Wilson so interessant machte, war die Tatsache, daß er für die New Yorker Zeitung arbeitete, die als erste über die Probleme mit dem AR-60-Sturmgewehr berichtet hatte. Wilson würde ihn fragen, von wem die Information gekommen war. Um ihm die Zunge zu lösen, brauchte er ihm kein Bündel Dollarnoten in die Hand zu drücken. Er brauchte ihm auch kein zinsfreies Darlehen anzubieten oder ihm Unterstützung im beruflichen Fortkommen zusichern. Er brauchte diesen Mann weder zu erpressen noch ihm eine besonders hübsche Frau ins Bett zu legen.

Robert Tarbush war niemand, der sich für solche Dinge verkaufen würde. Für seine Dienste verlangte er eine ganz andere Art von Belohnung.

Robert Tarbush war ein Journalist von internationalem Ruf, der in einem eleganten Haus in Boston wohnte und für seine Zeitung jede Woche drei geharnischte Artikel verfaßte. Seine Spezialität war es, den Lesern unangenehme Wahrheiten um die Ohren zu schlagen. Er sagte den Leuten, was faul war im Staat Amerika.

Robert Tarbush war der Mann, der moralische Kampagnen gegen die Ungerechtigkeiten in der Welt anzettelte. Seiner Überzeugung nach gab es solche Ungerechtigkeiten nur bei den Verbündeten der Vereinigten Staaten. Er war es, der die Unterdrückung eines Volkes anprangerte, bis dieses Volk schließlich von kommunistischen Truppen ›befreit‹ wurde. Danach wandte sich Tarbush einer anderen ›unterdrückten‹ Nation zu, vorausgesetzt, daß sie zum Kreis der amerikanischen Verbündeten zählte.

Wilsons Belohnung für die Auskünfte dieses Journalisten war eine kleine, aber wichtige Information. Er würde ihm die technischen Einzelheiten und Eigenschaften einer wirklich guten Geheimwaffe verraten, die Grove Industries entwickelt hatte. Tarbush konnte dann seinen Lesern enthüllen, daß es wieder einmal Amerika war, wo die neueste furchtbare Waffe erdacht und produziert worden war. Wie er glaubte, war Wilson, der Angestellte der Waffenfabrik, insgeheim der gleichen Überzeugung wie er. Wilson verstand es, diese Illusion zu nähren, indem er bei der Unterhaltung mit Tarbush pro Minute einmal nickte und hin und wieder ein überzeugendes »Wie furchtbar – es ist schlimmer, als sich mit Worten ausdrücken läßt« einwarf.

Es war ohne Belang, daß Tarbush in seinen Artikeln gegen eine Waffe wettern würde, die von Grove produziert wurde. Die Artikel wurden ohnehin nur von Leuten gelesen, die der gleichen Meinung waren wie der Verfasser. Und das waren sehr wenig. Aber das wußte Robert Tarbush nicht. Er sprach mit niemandem, der anderer Meinung war als er, und er hatte es sich zur Regel gemacht, sein Haus in Boston nicht zu verlassen.

Es war folglich kein Zufall, daß Wilson den Journalisten zu Hause antraf. Tarbush betrachtete gerade ein Fernsehprogramm, als der Besucher den Raum betrat.

Bei dem Fernsehprogramm handelte es sich um die Filmfassung eines Romans über Indien. Es war ein gutes Fernsehspiel. Der Autor hatte die Ereignisse im Zweiten Weltkrieg, soweit sie auf indischem Boden stattfanden, romanhaft aufgearbeitet, und der Verfasser des Drehbuchs hatte dieser Vorlage noch seinen künstlerischen Stempel aufgedrückt. Während der Dreharbeiten hatte zudem der Regisseur eine Reihe eigener Vorstellungen eingebracht. Der Film, der dann auf der Mattscheibe erschien, hatte mit der indischen Wirklichkeit soviel zu tun wie ein Comic-Band über Elefanten. Der Unterschied war bloß, daß ein Comic-Band über Elefanten keinen Wahrheitsanspruch aufstellte.

»Der Film ist gut«, sagte Tarbush zu Wilson, »ich werde in meinem Artikel schreiben, daß sich die Leute diesen Film ansehen sollten. Dann wissen sie auch gleich, worauf die Dinge in Nicaragua zusteuern.«

»Gute Idee, Robert!«

»Die Leute werden verstehen, daß Amerika im Unrecht ist. Daß wir seit dem Ende des Zweiten Weltkriegs im Unrecht sind.«

»Wie wahr, Robert!«

»Soweit sich das Fernsehen überhaupt für die Verbreitung der Wahrheit eignet, hat dieser Film ein Beispiel gesetzt.« Tarbush deutete auf die Mattscheibe, wo eine andere Sendung begann. »Aus den Nachrichtensendungen kann der Zuschauer jedenfalls nicht erfahren, was in der Welt los ist. Ich bin immer wieder überrascht, was die Redakteure in dieser Sparte an die Öffentlichkeit durchlassen.«

»Entsetzlich. Wirklich entsetzlich. Leider ist das, was ich mit dir besprechen möchte, auch nicht gerade erfreulich.«

»Was hat Amerika wieder angestellt?«

»Nun, Robert«, begann Wilson, und der Journalist machte es sich in seinem Sessel bequem, »es gibt da ein Problem. Jemand mit einer verqueren Weltanschauung hat eine Meldung in deine Zeitung geschmuggelt. Eine Meldung, die nicht hineingehört.«

»Es ist nicht das erste Mal, daß so etwas passiert; du kannst dir gar nicht vorstellen, wie ich mich über solche Dinge ärgere.«

»Ich vermute, es gibt einen Informanten bei den Militärs oder in unserer Fabrik, der mit dem Journalisten zusammenarbeitet.«

»Meine Besucher sagen mir, daß es bei den Streitkräften und in der Industrie von solchen Informationen wimmelt. Wer die Übeltäter im einzelnen sind, weiß ich allerdings nicht. Ich bin immer wieder schockiert, wenn Abgeordnete, die für mehr Menschlichkeit kämpfen, eine Abstimmungsniederlage erleiden. Kennst du vielleicht jemanden, der gegen diese Sorte Abgeordnete votiert?« Er wartete Wilsons Antwort gar nicht erst ab. »Ich auch nicht.«

»Ich brauche den Namen des Reporters, der die Meldung verbrochen hat«, sagte Wilson. »Außerdem brauche ich den

Namen des Informanten. Leider hat euer Reporter seine Meldung nicht mit seinem Namen gezeichnet. Wie auch immer, die Sache ist dann von den Nachrichtenagenturen aufgenommen und verbreitet worden. Ganz Amerika kennt den Inhalt der Meldung.«

»So werden Lügen in die Welt gesetzt. Und die Zuschauer, die sich diese Dinge ins Wohnzimmer senden lassen, glauben dran. Sie kennen eben nicht die Fakten, die wir kennen, und natürlich kennen sie auch nicht die Leute, die wir kennen.«

»Jetzt weißt du, warum ich hier bin. Ich brauche deine Hilfe«, sagte Wilson.

»Ganz klar. Du willst herausfinden, wer diese Lügen verbreitet. Das werden wir gleich haben.«

Schon nach einer Viertelstunde hatte Wilson die Antwort. Der Reporter, der die Meldung ins Blatt gebracht hatte, war ein junger Mann, der sich mit einer Story aus der Welt der Waffen hervortun wollte.

Bevor sich Wilson von seinem Freund verabschiedete, hatte er eine Frage zu beantworten.

»Warum trägst du einen Mantel?«

»Es ist Winter, Robert«, sagte Wilson.

»Schon? War es letzten Monat nicht erst Frühling?«

Der Reporter war eine Nuß, die nicht so leicht zu knacken war wie Robert Tarbush. Nicht nur, daß er seine Quelle nicht preisgeben wollte. Er fragte Wilson auch, warum er sich so sehr für den Namen des Informanten interessierte. Was lief falsch bei Grove Industries, daß sich die Firma wegen einer solchen Veröffentlichung so große Sorgen machte?

Nichts laufe falsch bei Grove Industries, sagte Wilson. Aber eine Firma, die für Amerikas Verteidigung von so großer Bedeutung war, mußte jeder Indiskretion nachgehen, auch wenn die Information harmlos oder haltlos war. Danach versuchte es Wilson bei dem Vorgesetzten des Reporters. Der aber war nicht zu erreichen.

Es war dann George Grove höchstpersönlich, der die Suche abblies. Wilson protestierte. Er war zuversichtlich, daß er über irgendeinen Journalisten an die Informationen herankommen konnte. Wenn alles nichts half, konnte er immer noch auf die »anderen Maßnahmen« zurückgreifen. Aber Mr. Grove hatte keine Lust, das Thema noch länger zu diskutieren. Dabei waren Wilsons Argumente recht einleuchtend:

»HARP ist in der heißen Phase. Im Kongreß ist eine Anhörung geplant, bei der die weitere Entwicklung festgelegt werden soll. Wenn der AR-60-Skandal ausufert, könnte HARP in Mitleidenschaft gezogen werden. Wir können doch nicht zulassen, daß HARP unter die Lupe genommen wird!«

»Einen Journalisten umzulegen, würde unnötiges Aufsehen erregen«, entgegnete Grove. »Wilson, ich bin Menschenkenner. Vor allem kenne ich die Amerikaner. Ich habe sie getestet. Ich habe sie bis an die Grenzen ihrer Belastbarkeit getestet. Ich habe mir eine Liste anfertigen lassen mit allen Personen, die je mit dem AR-60-Projekt zu tun hatten. Auf dieser Liste habe ich fünf Namen angekreuzt, die mir verdächtig erschienen. Eine der fünf Personen hat die Zeitung angerufen. Er ist dabei übrigens sehr geschickt vorgegangen. Er hat sich mit der Anzeigenabteilung verbinden lassen, mit der Stelle für Kleinanzeigen. Dann hat er aufgelegt.«

»Das verstehe ich nicht.«

»In gewisser Weise hat er seine Botschaft übermittelt, indem er auflegte. Der Mann arbeitet bei uns in der Buchhaltung. Sein Name ist Nathan Archer.«

»Soll ich für Sie in Erfahrung bringen, auf welche Weise Archer die Meldung übermittelte? Wir könnten uns der Methode vielleicht bei anderer Gelegenheit bedienen.«

»Natürlich«, sagte Grove. Der Tag, so fand er, fing gut an. Es würde sich als unmöglich herausstellen, die Details bei Mr. Archer abzufragen. Jedenfalls würde das viel länger dauern, als Wilson ahnen konnte. Der Mann im Maßanzug würde sich veranlaßt sehen, »andere Maßnahmen« zu ergreifen.

Nathan Archer saß in der Cafeteria der Grove Hauptverwaltung. Er hatte gerade eine Tasse Kaffee getrunken und fühlte sich benommen.

»Ob ich etwas gegessen habe, was mir nicht bekommen ist?« fragte er sich und stand auf. Er blieb einige Minuten stehen, dann kam er ins Schwanken, so daß er wieder Platz nehmen mußte. Wäre Nathan Archer bei einem anderen Unternehmen beschäftigt gewesen, hätte sich aus der kleinen Unpäßlichkeit ein regelrechtes Problem entwickeln können. Bei Grove Industries aber bestand diese Gefahr nicht. Die Firma beschäftigte Betriebsärzte sowohl in den Fertigungsstätten als auch in der Hauptverwaltung. Den Fertigungsstätten waren kleine Kliniken angegliedert. Die ärztliche Versorgung in der Hauptverwaltung geschah in einem betriebseigenen Krankenhaus.

Nathan Archer bekam ein Einzelzimmer. Am Abend ging es ihm schon wieder gut.

»Sie fühlen sich wohl?« sagte der Arzt. »Sie werden bald noch ganz andere Gefühle bekommen.«

Was meinte er bloß damit? Archer verzichtete darauf, die Frage zu stellen, die ihm auf dem Herzen lag. Das würde die Sache nur noch in die Länge ziehen.

»Ich möchte nach Hause«, sagte Archer. »Meine Frau macht sich sicher schon Sorgen.«

»Wir entscheiden, wann Sie das Krankenhaus verlassen, Mr. Archer.«

»Sie können mich nicht gegen meinen Willen hierbehalten«, sagte Archer.

»Dann gestatten Sie aber, daß wir vorher noch einen Test machen«, sagte der Arzt. Er hatte sagenhaft blaue Augen, und sein blondes Haar war so hell, daß es fast weiß schien. Einer seiner Schneidezähne war mit einem Diamanten verziert. Nathan Archer erinnerte sich nicht, je einen Arzt mit einem diamantverzierten Schneidezahn kennengelernt zu haben.

»Das ist dann aber der letzte Test – versprochen?«

»Versprochen«, sagte der Arzt mit den sagenhaft blauen Augen.

Er half Nathan, sich auf einer Liege festzubinden. Dann befestigte er einige kleine Elektroden an Nathans Skrotum. Als das erledigt war, schaltete er den Strom ein.

»Tut das weh?«

Nathan konnte die Frage nicht beantworten. Er schrie. Zu hören war nichts, weil der Arzt ihm einen Knebel in den Mund gedrückt hatte.

»Tut das weh?«

Nathan Archers Augen traten aus den Augenhöhlen. Bei dem Versuch aufzuspringen, hätte er sich beinahe die Arme ausgerenkt.

»Es gibt zwei Möglichkeiten. Entweder frage ich Sie weiter: Tut das weh? Oder ich stelle Ihnen die andere Frage.«

Nathan versuchte, mit den Augenwimpern zu antworten. Der Knebel saß sehr fest. »Nein.«

»Gut«, sagte der Arzt. »Kehren wir zu Frage Nummer eins zurück. Tut das weh?«

Nathan Archer hatte sich in wilden Zuckungen gewunden, als der Strom abgestellt wurde. Der Arzt nahm ihm den Knebel aus dem Mund.

»Warum haben Sie die Zeitung in New York angerufen?«

»Weil ich eine Verkaufsanzeige für mein Haus aufgeben wollte. Ich besitze ein Haus in Westchester.«

»Sehr schön. Als Sie die Anzeige aufgegeben hatten, mit wem sprachen Sie dann? Und was noch wichtiger ist: was haben Sie diesem zweiten Gesprächspartner erzählt?«

»Ich habe nur mit der Anzeigenannahme gesprochen.«

Der Strom wurde wieder eingeschaltet. Nathan Archer verstand die Fragen nicht, die der Arzt ihm dann stellte. Der Mann im weißen Kittel wollte wissen, wie er seine Botschaft hatte übermitteln können, nachdem er doch schon aufgelegt hatte. Er wollte wissen, welchen technischen Trick er benutzt hatte. Nathan Archer verbrachte die Nacht im Krankenhaus der Firma. Am Morgen war er tot.

Wilson überbrachte George Grove die schlechte Nachricht zum Frühstück.

»Archer ist heute früh gestorben«, sagte Wilson.

»Und jetzt bitte die schlechte Nachricht«, sagte Grove.

»Er war nicht der Informant.«

»Sind Sie sicher?«

»Die Befragung ist durch Stone durchgeführt worden«, sagte Wilson. »In einem unserer Krankenhäuser. Die Befragung hat die ganze Nacht gedauert.«

»Wir müssen den Informanten finden«, sagte Grove. Er dachte nach. »Könnte es nicht der merkwürdige Besucher von der Nationalen Steuerbehörde gewesen sein? Der Schwarze, der unser Computersystem angezapft hat?«

»Heute früh ist der Bericht vom FBI gekommen«, sagte Wilson. »Der Mann, auf den das Foto und die Fingerabdrücke passen, ist ein gewisser Mel Bergman, einer unserer Angestellten.«

»Dann ist Mel Bergman also die undichte Stelle.«

»Nein. Der Bericht beruht auf einer Finte. Die Typen, die uns den AR-60-Skandal angehängt haben, konnten sich Zugang zu den FBI-Computern verschaffen. Sie haben einen falschen Namen programmiert, um uns in die Irre zu führen. Es gibt zwar einen Mel Bergman aus Fleisch und Blut, aber das war nicht der Mann, der sich bei seinem Besuch in unserer Hauptverwaltung als Steuerbeamter ausgegeben hat.«

Wilson machte eine Pause. Wie es aussah, hatte George Grove mit seinen Andeutungen recht behalten, und das ärgerte ihn. Er haßte es, Entscheidungen aus dem Instinkt heraus zu fällen, und noch schlimmer war es, wenn sich solche Mutmaßungen dann auch als richtig herausstellten. Die Probleme, die sich in der letzten Zeit so auffällig gehäuft hatten, waren vielleicht doch keine Zufälle.

»Die Gegenseite hat versucht, uns auf die Fährte eines Gespenstes zu setzen, auf die Spur eines Mannes, den wir bis in alle Ewigkeit gesucht hätten«, sagte Wilson. »Damit haben sie sich verraten.«

»Ich wußte es immer schon, Wilson. Es gibt in dieser Welt keine Zufälle«, sagte Grove.

»Ich vermute, die Gegenseite arbeitet mit den gleichen Tricks wie wir. Ich meine, warum versucht sie uns irrezuführen? Weil sie selbst etwas zu verbergen hat. Aber was?«

»Ihre Identität«, sagte Grove.

»Sehr richtig«, sagte Wilson.

»Es ist immer unangenehm, festzustellen, daß man einen neuen Feind hat. Aber die Sache hat auch ihre guten Seiten. Sobald der Feind identifiziert ist, kann man ihn vernichten.«

»So ist es. Nun zum Leck. Der Verräter könnte die Person sein, die sich die falsche Spur Mel Bergman hat einfallen lassen. Oder aber es handelt sich um jemanden aus General Watsons Stab.«

»Das Problem mit General Watson ist, daß der Mann eine furchtbare Angst hat, irgend etwas ohne die Zustimmung einer verdammten Kommission zu unternehmen«, sagte Grove. »Er tut keinen Schritt, wenn ich ihn nicht trete.«

»Was Nathan Archer betrifft, haben Sie sich geirrt«, sagte Wilson.

»Ich habe nur gesagt, daß er unter den Verdächtigen die Nummer eins war. Ich habe nicht gesagt, daß er der Informant ist. Nachdem wir nun wissen, daß er's nicht getan hat, können wir uns bei der Suche auf den Rest konzentrieren.«

»Ganz recht, Mister Grove.«

»Finden Sie die Schweinehunde.«

»Jawohl, Mr. Grove.«

»Ich mag es nicht, wenn Sie zu allem, was ich sage, Ja sagen.«

»Nein, Mr. Grove.«

»Das war jetzt wieder ein Ja«, sagte Grove.

»Jawohl, Mr. Grove.«

George Grove nickte. Es befriedigte ihn, daß man ihm rechtgab, wenn er recht hatte. Als Wilson das Büro verlassen hatte, machte Grove eine Eintragung in seinen Kalender. Heute war der Tag, an dem er von der Verteidigung zum Angriff übergehen würde. Wilson würde die neuen Feinde entlarven und vom Antlitz der Erde tilgen. Wilson war unfehlbar.

9

Chiun beobachtete Remos Bewegungen. Er betrachtete Remos Beine und seinen Körper. Er betrachtete den Kopf. Aus Remos Blick sprach die Entschlossenheit zum Durchbruch, der Drang nach vorn. Heute war der Tag, an dem der Meister des Sinanju eine große Entscheidung zu treffen hatte.

In dem großen Gymnastikraum war ein Hinderniskurs aufgebaut worden. Remo hatte sich unter Stühlen durchzuwinden, über Besenstiele zu balancieren, deren Enden auf zwei Hocker lagen, über Tische hinwegzuhüpfen. Er bewältigte die Aufgabe mit der Einfühlung, die Chiun ihn gelehrt hatte. Wenn er die Balance verlor, so gewann er sie durch richtiges Atmen wieder.

Es war diese Harmonie, die den Kern der Sinanju-Philosophie ausmachte. Es gab Schüler, die den Zustand völliger Versenkung nie erreichten, unter ihnen sogar Söhne von Meistern. Man vermied es, die Sippe zu bestrafen, aus der solche schwarzen Schafe hervorgegangen waren. Der Tod des erfolglosen Schülers war Sühne genug. Wer beim Wandeln über den Abgrund die Balance verlor, bezahlte mit dem Leben.

»Auf den Stuhl«, sagte Chiun. Er sah, wie Remo scheinbar ohne Anstrengung auf den Stuhl sprang, so leicht sah alles aus. Wieder vermeinte der Meister in den Augen seines Schülers den unendlich fernen Stern zu erkennen, der ihn fasziniert hatte. War der Glanz jenes Gestirns auf den Körper übergeflossen?

Es gab viele Stufen auf der Lebensleiter eines Menschen. Der Unterschied zwischen einem Meister des Sinanju und einem Durchschnittsmenschen war, daß der letztere nie wußte, wo die eine Stufe aufhörte und die nächste begann. Nur in der Erinnerung war der zurückgelegte Weg zu erkennen; der Blick in die Zukunft und die Erkenntnis der Gegenwart waren dem Unkundigen verwehrt.

Dieser junge Weiße mit dem weißen Namen stand an der Schwelle zu einem neuen Leben. Wenn das Training fortgesetzt wurde, konnte der Amerikaner ohne Vater und Mutter ein Sinanju werden. Natürlich konnte die Verwandlung sich nicht innerhalb weniger Jahre vollziehen. Dies war kein alberner Schnellkurs, wie er in den westlichen Ländern als normal galt. Im Westen galt ja auch ein Mann Ende Zwanzig als Mensch, der in der Blüte seines Lebens stand. Dabei war es doch in Wirklichkeit so, daß die Fähigkeiten jedes Menschen sich erst nach dem dreißigsten Lebensjahr herausbildeten. Mit vierzig kam der Schüler zu der Erkenntnis, daß er noch viel zu lernen hatte. Erst jenseits des fünfzigsten Lebensjahres zeigte sich, welche Fähigkeiten in einem Menschen steckten.

Was Remo betraf, so hatte die Ausbildung sehr spät begonnen. Schwer zu sagen, wie lang die Lehre dauern würde. Dieser Schüler hatte zum Beispiel noch immer Höhenangst, die ihm zum Verhängnis werden konnte. Wenn Remo starb, war Chiuns Arbeit vergeblich gewesen.

Dann war da noch das Problem mit den Verrückten. Verrückte, das war der Sammelname, den Chiun den Amerikanern gegeben hatte. Die ganze Nation war verrückt, besonders aber dieser Smith. Gewiß, Smith hatte die Tributlieferung Gold pünktlich nach Korea schaffen lassen, er verfügte also über Spuren von Intelligenz. Aber sein unverrückbarer Glaube, Amerika könnte unter einer Regierungsform glücklich werden, die von den alten Griechen gestohlen war, zeigte ganz klar, wie unbedeutend, wie winzig diese Spuren waren. Daß Smith keinen persönlichen Ehrgeiz hatte, bestätigte Chiun in seinem Urteil. Dieser Mann war nicht ernst zu nehmen.

Was waren Smiths Pläne? Warum ließ er einen Amerikaner zum Killer ausbilden? Vielleicht versuchte Smith, was der kluge Pharao der Vierten Dynastie versucht hatte. Dessen Absicht war es gewesen, die Meister Toksa und Sinanju zu betrügen. Der Neffe des Pharao sollte Sinanju werden. Sobald die Priester von Karnak entmachtet waren, sollte der Meister des Sinanju ermordet werden. Das Recht auf Tribut wäre dann auf das Herrschergeschlecht der Pharaonen übergegangen.

Jener Plan wurde vereitelt, indem die beiden Meister ihren Schüler lehrten, wie er seinen Onkel eliminieren konnte. Als der junge Mann den Thron bestieg, überraschte er seine Lehrmeister mit der Ankündigung, daß er ihnen keinen Tribut zahlen würde. Wie er sagte, sei er nicht aller Lehren des Sinanju teilhaftig geworden.

Meister Toksa erklärte dem jungen Pharao daraufhin, daß niemand außerhalb des Dorfes Sinanju ein Sinanju werden konnte. Wohl aber könnte der ägyptische Herrscher über die Dienste der Sinanju verfügen.

»Ihr habt mir versprochen, daß Ihr mir Eure Geheimnisse verratet. Ihr habt sie mir nicht verraten.«

»Euch ist Lehre gegeben worden, Herr des Oberen und des Unteren Nils, Herrscher über Theben, Sohn des Ra. Niemand hat euch die ganze Weisheit der Sinanju versprochen. Wir haben euch den Thron geschenkt. Das ist das Höchste, was ein Sinanju einem Herrscher schenken kann.«

Meister Toksa ließ natürlich unerwähnt, daß es viele Könige auf der Welt gab, aber in jeder Generation immer nur einen Meister des Sinanju. Das Geheimnis im Umgang mit Herrschern bestand darin, daß man ihnen den Glauben an die eigene Bedeutung beließ. Bezogen auf das Land, wo die Herrscher regierten, hatten sie ja auch eine große Bedeutung.

Der Pharao allerdings, der mit seinen Lehrmeistern in Streit geriet, war erst elf Jahre alt. Er hatte wenig Erfahrung.

»Hier bin ich der Herrscher. Ich bestimme, wieviel ihr für eure Dienste bekommt. Ich werde euch erst bezahlen, wenn ihr mich so weise macht, wie ihr seid.«

»O großer Pharao, Herr des Oberen und des Unteren Nils, Herrscher über Theben, Sohn des Ra, die Gnade des Lebens sei mit euch. Wir Sinanju kommen aus einem armen Dorf. Wir leben davon, daß wir unsere Dienste zu ihrem gerechten Preis verkaufen. Wenn der Pharao uns gering bezahlt, werden die weniger bedeutenden Herrscher anderer Dynastien und Länder sich diesem Beispiel anschließen. Das können wir uns nicht erlauben.«

»Ist das eine Drohung, was ich da höre, gelbhäutiger Alter mit den geschlitzten Augen?«

Viele Mitglieder des Hofstaats lachten, als der junge Pharao das sagte. Wie Meister Toska später bekundete, muß es sehr merkwürdig geklungen haben, denn die Höflinge und Konkubinen drückten, während sie lachten, ihre Köpfe auf den polierten Boden.

»Die Sinanju drohen niemandem, o Herr des Oberen und des Unteren Nils, Sohn des Ra, von dem die Gnade des Lebens ausgeht.«

»Manche verkennen mich, weil ich erst zwölf Jahre alt bin«, sagte der Pharao. »Ich weiß um eure Künste, aber sie werden euch nichts nutzen. Der einzige Grund, warum man einen Pharao tötet, ist der Wunsch, einen anderen Pharao an seine Stelle zu setzen. Aber ihr habt keinen anderen Pharao. Und natürlich kann ein Gelbhäutiger wie ihr nie Pharao werden. Die Herrscher in Ägypten müssen die Farbe des Lehms am Rand des Nils haben.«

Der Pharao freute sich, und der Hofstaat lachte.

»Gebt es zu, ihr merkwürdigen Greise mit den geschlitzten Augen, ich bin klüger als ihr.«

Master Toksa hatte die vom Zeremoniell vorgeschriebene Verbeugung vollzogen. Er erhob sich.

»Ihr werdet nicht älter als dreizehn Jahre werden«, sagte der Meister.

»Vorhin habt ihr gesagt, die Meister des Sinanju drohen niemandem.«

»Was ich gesagt habe, ist keine Drohung«, sagte Meister Toksa, begab sich zum Thron, zertrümmerte den beiden Leibwächtern, die sich ihm entgegenstellen wollten, das Brustbein, und tötete den jungen Pharao mit einem einzigen Schlag.

Dann lachte der Meister des Sinanju, und der Hofstaat schwieg. Jetzt gab es keinen Pharao mehr in Ägypten, weder einen Herrn des Unteren noch des Oberen Nils.

Aber das ging Meister Toksa nichts an.

Natürlich durfte es nicht im Land bekannt werden, daß der Pharao von einem Fremden mit spielerischer Leichtigkeit getötet worden war. Aber es war nicht schwierig, das vor dem Volk zu verheimlichen. Es geschah recht häufig, daß Pharaonen oder Priester ermordet wurden, und die Untertanen hatten sich daran gewöhnt, daß sie darüber nicht aufgeklärt wurden.

Natürlich wurde auch rasch ein neuer Pharao auf den Thron gehoben, ein Herrscher, der ebenso göttlich war wie der alte. Es gibt viele, die zum Herrschen über das Volk berufen sind, aber es gibt nur einen Meister des Sinanju.

Es war in der großen und schmutzigen Stadt, die von den Barbaren New York genannt wird, wo Chiun sich an den Streit zwischen dem Pharao und den Meistern erinnerte. Chiun erinnerte sich als nächstes an Smith und dessen merkwürdige Weisungen. Während er die Gedanken aus seinem Gedächtnis abrief, verfolgte er voll Aufmerksamkeit Remos Übungen.

Mit einer Bewegung, in der tiefe Harmonie mitschwang, war Remo von einem Stuhl auf einen umgestülpten Pappkarton und von dort auf den Besenstiel, der als Stange für den Balancierakt diente, gesprungen. Er kam mit den Übungen weit schneller voran, als Chiun erwartet hatte. Wenn er auf diesem Weg weiterging, würde er der Weisheit teilhaftig werden, die Meister Toksa dem Pharao verweigert hatte. Er würde zu einem richtigen Sinanju werden.

Remo sprang vom Besenstiel.

»Ich habe das Gefühl, ich habe es richtig gemacht«, sagte Remo.

»Hm«, sagte Chiun.

»Woran denken Sie? Ich spüre, daß Sie mit Ihren Gedanken irgendwo anders sind.«

»Du läßt dich von dem Lob der Narren täuschen. Es gefällt mir nicht, daß du ihren Schmeicheleien dein Ohr leihst.«

»Sie meinen McCleary. Es hat ihn eben beeindruckt, was ich gemacht habe.«

Chiun kraulte sich den weißen Bart mit der Spitze seines unglaublich langen Fingernagels.

»Während du etwas ißt, möchte ich, daß du mir Dinge aus deinem Leben erzählst.«

»Ich darf etwas essen?«

»Dein Fett ist verschwunden«, sagte Chiun.

Remo betastete seinen Körper. Die Haut war straff. »Sie haben recht.«

»Du hast eine neue Ebene erklommen.«

»Das wußte ich nicht.«

»Deshalb sage ich's dir; die Ebene liegt hinter dir.«

Remo verstand nicht, was Chiun mit dem letzten Satz meinte. Es war ihm auch nicht so wichtig. Er dachte jetzt nur noch ans Essen. Nicht einmal die Tatsache, daß Chiun ihn nur Reis essen lassen würde, konnte seine Vorfreude schmälern.

»Ich hole das Essen«, sagte Remo. »Ich bin zurück, ehe Sie ›Jack Robinson‹ sagen können.«

Chiun fand die Bemerkung rätselhaft. Warum sollte er ›Jack Robinson‹ sagen? Diese zwei Worte auszusprechen, das konnte ihm bei der Lösung seines Problems in keiner Weise helfen. Die Frage war: Plante Remo, die Nachfolge des Kaisers anzutreten? Und die zweite Frage war: Konnte Chiun seinem Schüler klarmachen, daß er als Killer viel glücklicher sein würde denn als Herrscher? Remo wußte es noch nicht. Er hatte das Zeug, ein Meister des Sinanju zu werden.

Remo war in ein Lebensmittelgeschäft gegangen, aber das Geschäft führte den Reis nicht, den Chiun aufgeschrieben hatte. Remo wurde an ein Reformkostgeschäft in der Lower East Side verwiesen. Es war dunkel geworden. Die New Yorker waren von den Straßen verschwunden. Sie überließen das Feld den Verbrechern.

Es lag vielleicht an der Müdigkeit, die dem Training folgte, vielleicht aber auch an Remos wachsendem Appetit, daß er die drei Schwarzen erst bemerkte, als sie schon vor ihm standen.

Sie waren ihm einige Häuserblocks lang gefolgt. Jetzt stießen sie ihn in eine dunkle Seitenstraße. Sie rochen, als hätten sie noch nie in ihrem Leben ein Bad genommen. Aber Remo achtete nicht auf den schlechten Geruch.

Seine Gedanken konzentrierten sich auf das Messer, das einer der drei ihm an die Kehle gesetzt hatte.

»Okay«, sagte einer der beiden anderen, »hol deine Brieftasche raus!«

Der Mann mit dem Messer gab sich eine Nuance freundlicher als sein Gefährte.

»Ich möchte dir nicht wehtun, weißer Junge«, sagte er.

Remos Hemd wurde aufgeschlitzt. Eine Hand spielte an seinem Hals herum. Sie suchten nach einem Kettchen.

Keine Panik, dachte Remo. Wenn ich in Panik verfalle, ist alles zu Ende. Er war jetzt zu leicht, um so zu kämpfen, wie er es als Polizist gelernt hatte. Er spürte, wie seine Uhr abgestreift wurde, die Uhr, von deren Kauf ihm Chiun abgeraten hatte, weil er es nicht richtig fand, wenn ein Mensch sich auf die Zeit verließ.

»Billige Uhr«, sagte einer der Männer.

»Du bist in dieser Straße, um Stoff zu kaufen, stimmt's?«

Remo antwortete nicht. Der dritte Schwarze ließ seine Fahrradkette kreisen, ein bösartig schneidendes Geräusch.

»Gib uns das Geld.«

Remo griff in seine Hosentasche und zog den Dollar hervor, mit dem er den Reis hatte kaufen wollen.

Einer der Schwarzen nahm ihm die Münze ab und betrachtete sie im trüben Schein der Straßenlaterne.

»He, Mann, ich finde das nicht lustig. Was wolltest du denn mit dem Dollar kaufen?«

»Reis.«

»Seine Mama hat ihn Reis kaufen geschickt«, sagte der eine.

»Und dann hat er sich verlaufen«, sagte der andere.

Remo hätte niemandem beschreiben können, was dann geschah. Die Furcht wich von ihm. Vielleicht war es, weil er an Chiun gedacht hatte. Vielleicht hatte er einen ganz bestimmten Stern am Himmel anvisiert. Plötzlich wurde ihm bewußt, daß er atmete. Mehr als das, der Atem war ein Ereignis. Remo war in jenem Augenblick der, der er sein sollte.

Die drei Schwarzen hatten nicht bemerkt, wie seine Muskeln sich entspannten.

»Eigentlich hat mich nicht meine Mutter, sondern ein alter Mann Reis kaufen geschickt. Sitzt mir den ganzen Tag im Nacken, ich soll meine Finger trainieren.«

Remo ergriff den Deckel der Mülltonne, der auf dem Pflaster lag, und durchlöcherte ihn mit dem Zeigefinger. In rascher Folge brachte er drei weitere Löcher an. Es klang wie eine Serie von Pistolenschüssen. Remo spürte, wie die Männer ihre Hände von ihm zurückzogen.

»Und dann läßt er mich Wände hochklettern. Ich muß von einem Hausdach auf die Straße springen. Na, ihr kennt das ja.«

Remo entriß dem Schwarzen die Kette. Er ergriff sie an beiden Enden und zertrennte sie mit einem Ruck.

Einer der drei Schwarzen entleerte unwillkürlich seine Blase. Remo sah, wie sich die Hosenbeine dunkel färbten.

»Soll ich euch sagen, was das Geheimnis ist? Richtig atmen. Die meisten Menschen atmen falsch«, sagte Remo.

Dem Schwarzen, der sich den Deckel der Mülltonne bereitgelegt hatte, um Remo damit den Schädel einzuschlagen, war eingefallen, daß er eine dringende Verabredung in Harlem hatte. Nachdem die Taxifahrer zu dieser Tageszeit sehr zurückhaltend reagierten, wenn es um die Aufnahme schwarzer Fahrgäste ging, beschloß er, den Weg zu Fuß und zwar im Laufschritt zurückzulegen. Den Deckel der Mülltonne, der mit den vier Löchern ganz hübsch aussah, ließ er zurück, weil er ihn beim Laufen behindert hätte.

Ebenfalls eine dringende Verabredung hatte der Mann, dessen Blase sich den Beanspruchungen nicht mehr gewachsen gezeigt hatte. Er setzte sich mit den Worten »Beine, lauft!« in Bewegung.

Jetzt war nur noch der Mann mit dem Messer übrig. Er verspürte einen plötzlichen Drang, seine Waffe aus Remos Reichweite zu bringen. Als er das geschafft hatte, machte er sich daran, die bereits begonnene Freundschaft zum weißen Mann weiter zu festigen. Dabei wurde klar, daß ihm an der Verständigung über die gegenseitigen Absichten gelegen war.

»Ich schließe das Messer jetzt, siehst du. Jetzt stecke ich es weg.«

Er ließ das Messer in die Hosentasche gleiten, strahlte Remo an und hob die Hände in einer Geste der Freundschaft und des Friedens. Rückwärtsgehend drängte er sich durch die Gasse. Remo folgte ihm. Der Schwarze lachte und der gutmütige Weiße lachte; beide freuten sich, daß die Menschlichkeit über die Raublust triumphiert hatte. Wenn man es richtig betrachtete, waren sie immer schon Freunde gewesen. Erst als der Schwarze die Straße erreicht hatte, von der sie abgebogen waren, begann er zu laufen.

»Bis dann«, sagte Remo.

Es hatte funktioniert. Es hatte unter Streßbedingungen funktioniert. Remo kaufte den Reis. So schnell er konnte, kehrte er heim. Er brannte darauf, Chiun alles zu erzählen.

»Sie haben mir doch beigebracht, wie man Löcher in das Fingerbrett schlägt. Ich habe Löcher in den Deckel einer Mülltonne geschlagen. Unter Streßbedingungen.«

Aber Chiun schien nicht sehr beindruckt. Er brachte den Reis zurück zu seinem Holzöfchen in der Ecke.

Er stellte Wasser auf.

»Remo, kennst du diesen Smith?«

»Ich habe ihn einmal gesprochen«, sagte Remo.

»Erzähl mir über seine Pläne. Er will Kaiser werden, nicht wahr? Welchen Platz hat er dir zugedacht? Sollst du später einmal seine Nachfolge als Kaiser antreten?«

»Was ?« fragte Remo.

»Will er dich zum Herrscher machen?«

»Zum Herrscher über was?«

»Über Amerika.«

»Nein. Wie kommen Sie denn darauf?«

»Smith gibt sich wie ein Idiot, aber er ist ein schlauer Fuchs.«

»Ich finde, er ist ein Arschloch. Ich habe ihn ein einziges Mal getroffen, und ich habe kein Bedürfnis, ihn je wiederzusehen. Ich glaube auch nicht, daß er ein schlauer Fuchs ist. Allerdings glaube ich, daß er herzlos ist. Ein Mann ohne Gefühle. Der kälteste Typ, dem ich je begegnet bin.«

»Warum tut er alles, was er tut, heimlich? Ist das nicht der Beweis, daß er Kaiser werden will?«

»Sehen Sie, das ist so: Wir sind eine Demokratie. Es gibt Gesetze zu beachten. Aber mit diesen Gesetzen läßt sich das Land nicht regieren.«

»Ich habe dir die Weisheiten des Sinanju geschenkt, und du dankst mir, indem du mich belügst.«

»Ich sage die Wahrheit.«

»Noch schlimmer«, sagte Chiun. »Du glaubst Menschen wie Smith.«

Der Reis war noch nicht gar. Auch wenn er gar gewesen wäre, sie hätten noch nicht essen können, weil Chiun seinem Schüler erst beibringen mußte, wie man richtig aß. Die Zähne waren zum Zermahlen der Reiskörner da, nicht zum Reden. Der Reis mußte mit sanften Bewegungen im Mund zermahlen werden, ohne Flüssigkeit hinzuzufügen. Gegessen wurde er in kleinen Schlucken, nicht in großen Ballen.

»Ich könnte nicht sagen, daß mir das Spaß macht«, bemerkte Remo. »Ich habe das Gefühl, ich esse nur, weil es notwendig ist, um am Leben zu bleiben.«

»Für einen Weißen lernst du recht schnell«, sagte Chiun.

»Ich nehme an, diese Art, Reis zu essen, hält Sie jung. Wie alt sind Sie, Chiun?«

Chiun aß den Reis, wie es sich gehörte. Später, wenn sein Schüler mehr wußte, würde er ihm den Verzehr von Entenfleisch gestatten. Honig, wenn sein geistiges Ich eine harmonische Verbindung mit dem Körper eingegangen war. Auf der jetzigen Ebene war Reis das Richtige.

»Aus der Sicht einer Aprikose«, sagte Chiun, »bin ich alt. Aus der Sicht einer Salatstaude bin ich sogar noch älter. Aus der Sicht eines Berges habe ich soeben begonnen zu leben. Für einen Menschen habe ich genau das richtige Alter.«

»Jetzt weiß ich Bescheid«, sagte Remo. »Waren Sie je verheiratet?«

»Ja. Sie hat mir einen Sohn geboren.«

»Wer ist sie?«

»Er ist nicht mehr«, sagte Chiun. Es gab Schüler, die das Training der Sinanju überlebten. Es gab andere, die auf dem Weg zum Gipfel der Weisheit starben. Chiun sagte Remo nicht, daß sein Sohn beim Training in eine tiefe Schlucht gestürzt war. Er verschwieg ihm auch, daß er seinen Sohn, entgegen der Lehre des Sinanju, sehr geliebt hatte und immer noch liebte.

»Es ist besser, die Lehren zu befolgen, statt selbst Erfahrungen zu machen«, sagte Chiun. »Weniger Schmerzen.«

Remo wußte nicht, warum, aber plötzlich tat der alte Mann ihm leid.

»Ich möchte Sex haben«, sagte Remo.

»Wenn du soweit bist, daß du ein Kind haben willst, kannst du mit einer Frau schlafen.«

»Ich bin soweit. Ich bin seit vielen Tagen soweit. Ich habe das Gefühl, ich explodiere.«

»Also muß ich dir recht bald erklären, wie es geht. Du mußt viele Stufen hochsteigen, bis es zu der Explosion kommt, von der du sprichst. Sechsunddreißig Stufen, um genau zu sein. Dann sind es noch einmal zwanzig Stufen, die du erklimmen mußt, um der Frau sexuelle Glückseligkeit zu schenken. Bei den meisten Frauen genügen schon sieben. Die Frauen lieben es, wenn man ihnen sexuelle Glückseligkeit bereitet.«

»Weiter. Ich höre«, sagte Remo.

»Du nimmst die linke Hand, um der Frau den Puls zu fühlen. Im Takt ihres Pulses...« Chiun hielt inne. Nur noch das Mahlen seiner Kiefer war zu hören.

»Wie geht es weiter?« fragte Remo.

»Wir müssen den Reis länger kochen«, sagte Chiun.

»Ich meine, wie geht es weiter mit dem Sex?«

»Später«, sagte Chiun.

»Wissen Sie, manchmal könnte ich Sie umbringen, Chiun.«

»Gut. Wir werden das gleich nach dem Essen trainieren. Du hast immer noch Höhenangst. Du mußt es lernen, deine Höhenangst zu überwinden.«

»Ich denke jetzt nicht ans Training. Ich denke an ganz etwas anderes, um die Wahrheit zu sagen.«

»Es wäre mir angenehm, wenn du diese Wahrheit für dich behältst«, sagte Chiun. Sein Entschluß stand fest. Sie würden den Weg gemeinsam gehen, möglichst bis zum Ende. Der Unsicherheitsfaktor hieß Smith. Chiun verschwieg Remo die Pläne, die Smith mit ihm hatte. Er fand die Pläne nicht gut, zumal Remo noch immer Höhenangst hatte.

Am Morgen darauf gingen sie ans Meer. Remo brauchte Training im Freien. Der Platz am Meer, wo sie trainierten, hatte wenig Ähnlichkeit mit römischen Arenen. Hier wurden keine Menschen getötet. Es war kein Park, obwohl der Platz so hieß. Es war kein Park, weil es hier keine Bäume gab und auch keine Büsche, wie sie in den englischen und französischen Parks zu finden waren. Es war ein Vergnügungspark und eine Insel zugleich. Coney Island. Wie alles in Amerika war auch diese Insel schmutzig.

Remo und Chiun fuhren mit dem Riesenrad. Es war das größte Riesenrad der Welt, höher als ein zehnstöckiges Haus.

»Das ist gut gegen deine Höhenangst«, sagte Chiun, während sie zum Kassenhäuschen gingen.

»Wieso ist es gut gegen meine Höhenangst, wenn ich in einer geschlossenen Kabine sitze und mich im Kreis bewegen lasse?«

»Wer sagt denn, daß du in der Kabine sitzen darfst?« entgegnete Chiun. »Ich bin in der Kabine, du bist draußen.«

Und so geschah es. Das Riesenrad begann sich zu drehen, Chiun saß in der Kabine, und Remo war draußen, er klammerte sich an das Gitter, um nicht von den Verstrebungen des Aufbaus zerdrückt zu werden. »Du mußt atmen«, sagte Chiun. »Stoße deinen Atem nicht aus, sondern gebrauche ihn.«

Remo wäre beinahe von einer Strebe am Kopf getroffen worden. Er kroch auf die Seite, wo Chiun saß.

»Mein Gott, hilf mir«, schrie er.

»Keine Gebete«, sagte Chiun. »Konzentriere dich!« Er wußte natürlich, welcher Gott gemeint war. Beim Training weißer Schüler war es hilfreich, wenn sich der Lehrer mit der weißen Religion auskannte.

Das Rad drehte sich weiter, und Remo kletterte auf dem Gitterwerk herum, das die Kabine umgab. Es war zu Beginn des Winters, und der Vergnügungspark war menschenleer.

Von hoch oben waren die Abfallhaufen zu erkennen, die Wege und Nischen verunzierten. Remo weinte, es wäre schön, wenn er jetzt einen warmen Mantel hätte. Chiun sagte ihm, er brauche keinen Mantel.

Remo sagte, er brauche sehr wohl einen Mantel. Chiun sagte, er solle sich besser konzentrieren. Remo sagte, die Konzentrationsübungen interessierten ihn jetzt nicht. Chiun warnte ihn, er würde abstürzen, wenn er sich nicht konzentrierte. Remo antwortete ihm, daß es ihn nicht interessierte, ob er abstürzte oder nicht.

Gut, dachte Chiun. Er verliert seine Angst.

Dann hielt das Riesenrad. Remo erwartete Lob wie alle Weißen, die eine Phase des Trainings überleben.

»Ich war gut, nicht?«

»Eine Raupe ist zwar viel schneller als eine Blume, aber das macht sie noch nicht zu einem Blitz.«

»Werde ich je etwas so tun können, daß es Ihren Ansprüchen genügt?«

»Wer stolz ist auf das, was er getan hat, blickt zurück. Du mußt nach vorn blicken. Eine Ameise kann das Hundertfache ihres eigenen Gewichts tragen. Warum?«

»Weil sie bei einem Meister des Sinanju in die Lehre gegangen ist?«

»Weil sie die ihr gegebenen Kräfte voll einsetzt. Du mußt deinen Geist gebrauchen. Du mußt an deine Kraft glauben. Dein Geist ist deine Kraft. Du mußt glauben.«

Sie standen in der Nähe einer Hamburgerbude. Der Geruch von Fleisch, Zwiebeln und Ketchup wehte herüber.

»Ich glaube«, sagte Remo. »Ich glaube, daß ich hungrig bin.«

»Schweineohren. Ich habe die Perlen meiner Weisheit vor eine Sau geworfen. Du hast mich einmal gefragt, ob ein Meister des Sinanju keine Schwächen hat. Meine Schwäche ist, daß ich zu gütig zu dir bin.«

»Das sagten Sie mir damals schon«, antwortete Remo. Er wandte sich von der Hamburgerbude ab.

»Ich höre mir deine Beleidigungen nicht länger an.«

»Das sagten Sie auch schon.«

Sie gingen den verlassenen Strand entlang. Chiun ließ Remo laufen. Remo hetzte durch den Sand. Am Ziel angekommen, blieb er stehen. Chiun kam zu ihm.

»Ich bin Rekord gelaufen, oder?« sagte Remo.

Chiun warf einen traurigen Blick auf die Spuren, die sein Schüler im Sand hinterlassen hatte.

Mit großer Geduld führte er Remo ans Wasser. Er zeigte ihm die Wellen, die den Strand beleckten und beim Zurückweichen eine glänzende, glatte Oberfläche hinterließen.

»Du bist nicht gelaufen. Du hast Löcher in den Sand gestapft. Schau dir deine Fußabdrücke an. Wenn du den Sand töten willst, mußt du solche Löcher hineintreten. Wenn du laufen willst, mußt du laufen.«

»Wenn die Sinanju so gut laufen können, warum hat nie einer an den Olympischen Spielen teilgenommen? Sie hätten ein Vermögen verdienen können.«

»Die Welt braucht Sinanju, keine Läufer. Lauf!«

Remo rannte den Strand entlang, noch schneller als beim erstenmal. Er blieb stehen, um Atem zu holen. Er konnte sehen, wie Chiun den Kopf schüttelte.

»Nein. Nein.« Chiun kam zu ihm gelaufen.

»Sie sind langsamer gelaufen als ich«, sagte Remo.

»Ich wollte dir zeigen, wie man's macht.«

»Wie man was macht?«

»Ich wollte es dir zeigen, und du hast es nicht gesehen«, sagte Chiun. Er deutete in die Richtung, aus der er gekommen war.

»Sie haben keine Spuren hinterlassen«, sagte Remo.

»Richtig.«

»Und ich soll so laufen, daß ich keine Spuren hinterlasse.«

»Richtig.«

»Und wie macht man das?«

»Jetzt fragt er«, sagte Chiun. »Das nächste Mal stellst du deine Fragen vorher, dann ist es für beide leichter.«

Sie verbrachten den größten Teil des Tages mit Laufübungen. Sie liefen, bis Remo fast alles richtig machte. Auf dem Rückweg machten sie an einer Bude halt, wo sich junge Leute mit einem Würfelspiel vergnügten. Sie probierten ihr

Glück. Chiun gewann zwölf Pandabären und eine Miß Piggy. Remo erbat sich die Miß-Piggy-Puppe. Sie erinnerte ihn an sein früheres Leben, in dem er eine solche Puppe am Armaturenbrett seines Streifenwagens befestigt hatte.

Auf dem Weg in die Stadt kamen sie an einer Gruppe Motorradfahrer vorbei, die es sehr lustig fanden, daß zwei erwachsene Männer noch mit Puppen spielten. Dann versuchten zwei Motorradfahrer, dem alten Asiaten einen Pandabären wegzunehmen.

Die beiden Motorradfahrer wurden in das Brooklyn Mercy Hospital eingeliefert, nachdem sie von der Besatzung des alarmierten Krankenwagens vom Pflaster aufgelesen worden waren. Der diensthabende Arzt war erleichtert, als er um Mitternacht in seine Kladde eintragen konnte, daß es beiden wieder einigermaßen ging.

10

Moskau brannte. Die Frau stieß einen Schrei aus. Niemand konnte sie hören. Das Geräusch, das aus der Tiefe kam, übertönte ihre Stimme. Das Klingen von Gläsern war zu hören und das Gespräch der Gäste. Dann war Moskau ausgebrannt, die Asche trieb als feiner Staub über die Menschen dahin, die sich vor dem zehn Meter hohen Modell der Welt zusammengefunden hatten. Es war die Frau gewesen, die das Modell in Brand gesetzt hatte, indem sie die Glut ihrer Zigarette auf die Weltkugel fallen ließ. Moskau war in Brand geraten, weil die Stadt sich auf dem Globus ziemlich oben befand. Auf der anderen Seite der Kugel waren die Vereinigten Staaten von Amerika. Die Party-Gäste schienen diese Seite zu bevorzugen. Amerika wurde von einer großen Metallspinne beschützt.

Die Beine der Spinne waren aus glitzernden Drähten geformt, die Strahlen darstellen sollten. Der Körper des Tiers bestand aus einem polierten Metallbehälter.

»Diese Strahlen«, erklärte Wilson, Mr. Groves Sekretär, »werden Amerika und den Westen im kommenden Jahrhundert unverwundbar machen.«

»Wir wollen aber gar nicht unverwundbar sein«, sagte ein Gast. Er sprach Englisch mit einem merkwürdigen Akzent. Der Gast war ein Politiker aus Neuseeland.

»Würden Sie mir das näher erklären?« sagte Wilson. Die Beauftragten der Firma Grove Industries hatten die Erfahrung gemacht, daß man Pazifisten nicht frontal angehen konnte. Es war besser, wenn man sie aus der Reserve lockte, und Wilson beherzigte diesen Grundsatz. Die Party, bei der sich das Gespräch mit dem neuseeländischen Gast entspannt, fand im großen Tagungsraum in der Hauptverwaltung von Grove Industries in Washington statt. Zur Information der Gäste waren Modelle von Waffen, Schlachtschiffen und Hubschraubern aufgebaut worden. Die meiste Beachtung fand HARP, die Geheimwaffe, mit der Amerika den Westen schützen würde. HARP war die Spinne, die auf der Weltkugel hockte. Was den Einwand des Neuseeländers betraf, so war Wilson entschlossen, jede Brüskierung zu vermeiden, auch wenn das bedeutete, daß er den Gedankenaustausch mit sinnlosem Geschwätz bestreiten mußte.

George Grove war zugegen, und wenn es Wilson gelang, einen dieser Idioten zu neutralisieren, dann war das ein Störenfried weniger, der dem Inhaber der Firma auf die Nerven ging und ihn davon abhielt, sich mit wichtigen Kongreßabgeordneten und Senatoren zu befassen. Es waren eben nicht die Besucher aus Neuseeland, sondern die Amerikaner, von denen die Zukunft des Westens abhing.

In der Regierung hatten die Beratungen über HARP begonnen. Wilson war klar, daß es für Grove Industries in jedem Fall ein Problem darstellen würde, wenn ein Insider etwas über die Hintergründe der Waffengeschäfte ausplauderte. Warum HARP so entscheidend für die Zukunft der Firma war, das wußte Wilson allerdings nicht.

Er hatte wenig Ahnung von der Fertigung. Er war der Mann, der Spezialaufgaben für George Grove erledigte, und auf dieser Party war es seine Aufgabe, seinem Boß den Neuseeländer vom Leib zu halten.

Wilson wandte sich dem Mann in dem teuren Anzug zu. »Würden Sie mir bitte erklären, warum Sie Gefahren sehen, wenn es Amerika gelingt, sich selbst und den Westen unverwundbar zu machen?«

»Wenn die Russen wissen, daß wir nicht unverwundbar sind, werden sie uns auch nicht angreifen.«

»Unverwundbar heißt, daß einem niemand Schaden zufügen kann.«

»Ganz recht. Niemand wird uns Schaden zufügen, wenn wir verwundbar sind.«

»Das ergibt keinen Sinn«, sagte Wilson. Er nahm den Gast beim Arm und führte ihn in eine entlegene Ecke des Raums, wo das Modell des ersten Maschinengewehrs aufgebaut war, das von Grove Industries hergestellt worden war.

»Es braucht keinen Sinn zu ergeben«, sagte der Neuseeländer. »Glauben Sie denn, irgend jemand auf der Welt hat ein Interesse daran, mein Land militärisch zu bedrohen? Ich meine, Länder wie Neuseeland und Australien sind ja nicht gerade Staaten, die in der Hierarchie der Mächte einen beneideten Spitzenplatz einnehmen.«

Wilson mußte lachen. Der Mann hatte recht.

»Ganz im Ernst«, sagte der Neuseeländer. Er hatte das Glas Champagner zurückgewiesen, das Wilson ihm anbot, und ließ sich statt dessen ein Bier geben. »Niemand wird eine Atombombe auf Neuseeland werfen. Was gibt es denn bei uns auch für Ziele? Etwa unsere Infanterie mit den fantasievollen Hüten? Die Schafe? Die Pferde? Ein paar Farmerfamilien, die gerade eine Gartenparty veranstalten?«

Wilson warf einen Blick hinter sich. Er entdeckte seinen Boß, der sich mit einem Senator unterhielt. Ein General und eine gutaussehende Frau in Uniform steuerten auf Grove zu. Wilson wußte, es war wichtig, daß sein Chef in seinem Gespräch mit dem Senator ungestört blieb. Der Mann, mit dem Grove sprach, war die Schlüsselfigur in dem Schachspiel, das HARP hieß. Es war nicht gut, wenn sich die Militärs dazwischendrängten. Aber Wilson konnte seinem Chef nicht zu Hilfe eilen, er war von dem Neuseeländer in Beschlag genommen. Der Mann hatte ihm, wie es die Art der Menschen in Neuseeland war, die Hand auf die Schulter gelegt.

»Wir sind wirklich kein interessantes Ziel. Können Sie mir auch nur einen einzigen neuseeländischen Atomwissenschaftler oder Elektronikingenieur benennen? Können Sie mir irgendeinen neuseeländischen Exportartikel nennen, der für die Wirtschaft in der Welt von heute von Bedeutung wäre? Ist Ihnen je eine neuseeländische Kamera oder ein in Australien gefertigtes Fernsehgerät untergekommen?«

Wilson versuchte sich von seinem Gesprächspartner zu lösen, um den General und dessen Begleiterin abzufangen, bevor sie Grove erreichten, aber der Neuseeländer hielt ihn am Ärmel fest. »In Neuseeland gibt es eigentlich nur ein Produkt, das von einer gewissen Bedeutung ist – nämlich das Bier. Aber darauf können wir uns nichts einbilden; in allen Ländern der Welt wird Bier gebraut.«

Der General und die uniformierte Frau im Rang eines Majors waren jetzt nur noch wenige Schritte von Grove entfernt – und das, obwohl Mr. Grove seinem Sekretär vor Beginn der Party verdeutlicht hatte, daß er von Militärs verschont bleiben wollte. Zweck der Party war die Kontaktpflege mit den Politikern. Mit General Watson konnte Grove bei anderer Gelegenheit sprechen. Was die Begleiterin des Generals anging, so war sie, wie Wilson befürchtete, ebenfalls darauf aus, Grove die wertvolle Zeit zu rauben, die dieser den Kongreßabgeordneten widmen wollte. Der Sekretär machte einen Schritt zurück, aber der Neuseeländer gab ihn nicht frei.

»Sagen Sie mir etwas, was an Neuseeland bemerkenswert wäre. Nehmen Sie mich beim Wort. Gewiß, da gibt es irgendeine Segelregatta, aber das ist auch schon alles. Und mit Australien ist es nicht viel besser. Der technologische Durchbruch dieses Landes besteht aus der Erfindung eines neuen Bootstyps. Schon seit der Steinzeit erfindet Australien jedes Jahr einen neuen Bootstyp. Und jetzt eine Preisfrage: Wie unterscheidet man einen neuseeländischen oder australischen Spitzenpolitiker von einem Aborigine, von einem Ureinwohner?«

Wilson versuchte das Gespräch mit einem Lächeln zu Ende zu bringen. Er versuchte wegzutauchen, aber der Neuseeländer war schneller. Er vertrat ihm den Weg.

»Den Unterschied zwischen unseren Spitzenpolitikern und den Ureinwohnern kann man feststellen, indem man alle in einen Raum einsperrt und das Licht anknipst. Die Aborigines sind schwarz.«

Der Neuseeländer brach in herzliches Lachen aus über seinen Witz. Wilson stand vor einem argen Dilemma. Entweder er riß sich von seinem Gesprächspartner los, dann riskierte er, daß die Nähte in seinem teuren Maßanzug rissen. Oder aber er verharrte im Klammergriff des Neuseeländers, dann ging George Grove die wertvolle Zeit verloren, die er für die Bearbeitung der Kongreßabgeordneten brauchte. Wilson entschied sich für die erste Möglichkeit. Mit einem Ruck kam er von dem Neuseeländer frei.

Aber es war zu spät. Der General und seine hübsche Begleiterin waren bei George Grove angekommen.

»Mr. Grove, ich möchte Ihnen Major Rayner Fleming vorstellen, eine Mitarbeiterin, auf die ich besonders stolz bin«, sagte General Watson. »Major Fleming, das ist George Grove.«

General Watson war zuversichtlich, daß Groves Charme seine Wirkung auf Major Fleming nicht verfehlen würde. Jedenfalls hoffte er, daß Grove der jungen Frau den Kopf verdrehen würde.

»Freut mich, Sie kennenzulernen, Major Fleming. Wenn alle Militärs so attraktiv aussähen wie Sie, würde ich mich glatt als Freiwilliger zur Armee melden.«

General Watson fand die Bemerkung überaus lustig. Er lachte. Grove lachte. Major Fleming verharrte in höflichem Schweigen.

»Major Fleming ist der beste Wachhund, den wir haben«, sagte General Watson. »Sie sorgt dafür, daß in der Welt alles mit rechten Dingen zugeht. Wir sind ihr dankbar dafür.«

Grove war beeindruckt. »Das interessiert mich, Major Fleming. Was genau ist Ihr Aufgabenbereich?«

»Die Kontrolle der Rüstungsaufträge, die übliche Bürokratie, Sie wissen schon. Vergeudung von Steuergeldern. Betrug. Waffenlieferungen von schlechter Qualität. Das Sturmgewehr AR-60«, sagte Major Fleming.

»AR wie bitte?«

»Das Sturmgewehr, das von Grove Industries gefertigt wird«, sagte General Watson.

»Ach so, das Sturmgewehr. Entschuldigen Sie bitte, aber ich war mit meinen Gedanken bei HARP«, sagte Grove. Er deutete auf die Welt, deren westliche Hälfte von elektronischen Strahlen geschützt wurde. »Wir sind in der Lage, über jede Stadt, über jedem Haus in Amerika einen Schutzschirm aufzuspannen, und dieser Schutz heißt HARP.«

»Wenn Sie nicht einmal in der Lage sind, ein zuverlässig funktionierendes Sturmgewehr zu fabrizieren, wieso muten Sie sich zu, ein elektronisches Schutzsystem im Weltenraum zu schaffen?« konterte Major Fleming.

General Watson wollte etwas sagen, aber Grove kam ihm zuvor.

»Mein Unternehmen ist sehr groß. Die verschiedenen Waffen werden in verschiedenen Fabriken hergestellt. Das eine hat mit dem anderen nichts zu tun.«

»Ich meine schon, daß es da eine Verknüpfung gibt. Qualitätskontrolle ist Qualitätskontrolle, und damit hapert es bei Ihnen. Wir haben den Tod eines Soldaten zu beklagen; schuld ist Ihr außerordentlich schlampig gefertigtes Sturmgewehr.« Ihr Blick war auf eine riesige Spinne gerichtet. »Sie sprechen von einem Schutzschirm. Was ist, wenn der Schirm undicht ist?«

George Grove wollte den Zweifel, der in Major Flemings Stimme mitschwang, mit einer passenden Entgegnung zerstreuen, als sich einer seiner Untergebenen, ein Mann namens Wilson, dazwischendrängte. Wie Wilson sagte, verlangte es den anwesenden Verteidigungsminister nach einer Unterredung mit Mr. Grove. Die Sache war äußerst eilig.

»Es tut mir leid, ich muß jetzt gehen«, sagte Grove. Er deutete ein gütiges Lächeln an. Wenn General Watson und seine Begleiterin über das Problem nachdachten, das besagte sein Lächeln, würden sie recht schnell feststellen, daß es mit Grove und dem Sturmgewehr überhaupt keine Probleme gab.

»Der Name des Mannes war Anthony D'Amico, Mr. Grove«, sagte Major Fleming.

»Was sagten Sie?« George Grove, der von seinem Untergebenen am Arm gezerrt wurde, war stehengeblieben.

»Der Soldat, der bei der Erprobung Ihres technologischen Abfallproduktes ums Leben kam, heißt Anthony D'Amico«, rief Major Fleming. Ihre Stimme war laut, daß alle in dem großen Raum es hören konnten.

»Mein Beileid«, sagte Grove und entfernte sich. Als sie außer Hörweite waren, flüsterte er Wilson zu: »Warum sind Sie nicht eher gekommen?«

»Ich wurde von einem Neuseeländer aufgehalten, der mir erklären wollte, wie schlecht es um Neuseeland und Australien bestellt ist.«

»Sie können von Glück sagen, daß Sie das Gespräch noch

in diesem Leben beenden konnten. Wer ist diese Rayner Fleming?«

»Ich weiß es nicht. Sie scheint zu General Watsons Stab zu gehören.«

»Sie hat das AR-60 zur Sprache gebracht.«

»Das Leck?«

»Entweder das Leck ist bei uns oder bei den Militärs.«

»Es würde mich wundern, wenn der Informant aus dem Stab des Generals käme. Watson ist ein vorsichtiger Mensch. Er kann zwar kaum eine Kugel von einem Büstenhalter unterscheiden, aber die Gefahren, die durch Indiskretionen in Richtung Presse drohen, schätzt er richtig ein.«

»Ich kenne die Menschen, Wilson. Diese Frau ist so wütend, daß sie mit Ihrer Information nach draußen gehen würde. Sie müssen Scott Watson vor ihr warnen. Ich verstehe nicht, daß er ihr nicht selbst auf die Schliche gekommen ist. Ich wette, sie ist auch verantwortlich für den negativen Bericht über das AR-60-Sturmgewehr.«

Wilson nickte. Normalerweise würde Grove das Gespräch mit Watson selbst führen, aber dazu hatte er jetzt keine Zeit. HARP war das heiße Thema im Kongreß, und da konnte sich der Besitzer des Grove-Imperiums nicht um ein lausiges Sturmgewehr kümmern und auch nicht um einen weiblichen Major, der auf diese Waffe aus irgendeinem Grund manisch fixiert war. Wenn es gar keinen anderen Ausweg gab, konnte Grove Industries die Qualität des AR-60 so verbessern, daß es keine Beanstandungen mehr gab. Freilich würde das die Profite beschneiden.

Zwischen dem General und seiner Begleiterin hatte sich indes ein Streit entsponnen.

»Major Fleming, Ihr Verhalten auf dieser Party ist Ihrer Karriere nicht gerade förderlich«, sagte General Watson.

»Mein Vater hat der amerikanischen Flagge in Europa gedient. Er hat in Korea gekämpft und in Vietnam. Drei Kriege, und jedesmal ist mein Vater in der Gewißheit ins Feld gezogen, daß seine Regierung ihn mit den besten Waffen ausgestattet hatte, die es überhaupt gab. Bei dem Schützen

D'Amico war das anders. Ich habe an der Trauerfeier für diesen Mann teilgenommen. Ich habe seinem Großvater etwas versprochen.«

»Ich verstehe«, sagte General Watson. Als Wilson, Groves Sekretär, am Tag darauf mit Watson zusammentraf, sagte der General:

»Wir brauchen uns wegen Major Fleming keine Sorgen mehr zu machen. Es wird das Beste sein, wenn wir den Sumpf nicht weiter aufwühlen. Sie war es, die ohne meine Erlaubnis mit den Journalisten gesprochen hat.«

»Ich würde gern von Ihnen wissen, was Sie zu unternehmen gedenken. Wir von Grove möchten, daß bei allem die Diskretion gewahrt bleibt. Was das AR-60-Sturmgewehr anbetrifft, so machen wir uns da überhaupt keine Sorgen. Das ist kein wichtiges Waffensystem.«

»Die Frau ist ein Fall für den Psychiater«, sagte General Watson. »Und glauben Sie mir: ich kenne mich in psychisch kranken Frauen aus. Major Fleming versagt, wenn es um das reibungslose Zusammenwirken mit anderen Menschen geht. Unglücklicherweise ist sie in diesem Fall gefühlsmäßig ziemlich engagiert, seit sie bei dem Begräbnis war. Wir trauern um jeden tapferen Soldaten, den wir verlieren, aber Major Fleming ist zu weit gegangen. Die Frau braucht Urlaub, Wilson.«

»Sehr gut«, sagte Wilson und besah die Orden auf General Watsons Uniform. Man konnte wirklich nicht sagen, daß die Uniform dem General gut stand. Die letzte schöne Uniform war die der britischen Husaren von 1702 bis 1755 gewesen. Freilich war unsicher, ob sich die amerikanische Armee von heute für eine Uniform mit Troddeln erwärmen konnte.

Major Rayner Fleming war ziemlich überzeugt, daß ihre militärische Karriere zu Ende war, und das nicht nur, weil sie den Besitzer einer Waffenfabrik auf einer Party beleidigt hatte. Sie hatte sich noch in einem anderen Fall den Weisungen von oben widersetzt. Als man sie von der Qualitätsüberwachung des AR-60-Sturmgewehrs abzog und sie zu einer Untersuchung in ein Militärkrankenhaus einweisen wollte, verweigerte sie den Gehorsam.

Sie ließ den Termin, zu dem sie sich im Büro des Krankenhauses melden sollte, ungenutzt verstreichen.

Sie ging damit ein großes Risiko ein. Die Chancen, bei diesem Pokerspiel zu gewinnen, standen eins zu zwanzig. Sie begab sich zum Verteidigungsminister, um ihn über die Unregelmäßigkeiten bei Grove Industries zu informieren.

»Diese Firma«, sagte sie, »ist nicht qualifiziert, Waffen für die Verteidigung zu produzieren. Wenn man die Gesamtheit der Rüstungsbetriebe mit einem Korb Äpfel vergleicht, Sir, dann ist Grove Industries der faule Apfel. Ich vermute, daß dieser Apfel durch und durch verfault ist. Wenn er nicht aus dem Korb entfernt wird, werden auch die anderen Früchte angesteckt.«

Die Unterredung fand in einem kleinen Büro mit Sicht auf den Potomac statt. An der Wand hinter dem Verteidigungsminister hing das Bild eines Flugzeugträgers, und natürlich nahm sich D'Amicos Gewehr, das Major Fleming mitgebracht hatte, vor diesem Hintergrund sehr klein aus.

Aber ihr war an dieser Waffe und an dem tragischen Schicksal des Mannes, der das Gewehr bedient hatte, mehr gelegen. Auch wenn der Verteidigungsminister sich mit niemandem zu befassen pflegte, der weniger als zwei Sterne auf der Uniform hatte, würde sie doch tun, was ihr das Gewissen vorschrieb.

Das große Problem war, daß General Watson sich als klüger erwiesen hatte als sie.

»Sie sagen, man hat Sie in ein Militärkrankenhaus überwiesen. Sie brauchen Ruhe. Sie sind dem Streß nicht mehr gewachsen. Ist es so?«

»Ja«, sagte Major Fleming. Sie bemerkte, daß der Blick des Verteidigungsministers an ihren Brüsten hängengeblieben war. »In meiner Akte steht, daß ich unter Streßerscheinungen leide. Tatsache ist, daß ich kerngesund bin. Der Apfel ist krank.«

»Das ist eine schwerwiegende Beschuldigung, Major Fleming.«

»Das weiß ich.«

»Und Sie haben bei dieser Sache Ihre Vorgesetzten übergangen?«

»So ist es.«

»Sie wissen, daß man Sie deswegen vor ein Kriegsgericht stellen kann. Es gibt vorbestimmte Kanäle, auf denen derartige Informationen nach oben gegeben werden müssen. Warum schreiben Sie keinen Bericht?«

»Weil meine Vorgesetzten diesen Bericht vernichten würden. General Watson kennt sich im Dschungel der Militärbürokratie von Washington besser aus als jeder andere. Er kann Ihnen wahrscheinlich nicht sagen, welche Seite den Zweiten Weltkrieg gewonnen hat und warum, aber er weiß sehr wohl, wie man den Bericht eines Untergebenen in der Versenkung verschwinden läßt.«

»Das ist jetzt die zweite schwere Beschuldigung, die Sie vorbringen. Ich würde es als Verleumdung qualifizieren.«

»Und ich würde es als die reine Wahrheit qualifizieren.«

»Was Sie hier vorgetragen haben, stellt keinen Beweis dar, daß General Watson irgendeine Unkorrektheit begangen hat. Aus Ihrem ganzen Verhalten geht für mich nur hervor, daß Sie tatsächlich unter Streß leiden. Ich führe Ihre Fehlleistungen auf die berufliche Überbeanspruchung zurück und werde Sie aus diesem Grund nicht für die Verleumdungen zur Rechenschaft ziehen. Ich wünsche Ihnen einen erholsamen Aufenthalt im Militärkrankenhaus. Ich weiß, wie hart der Job für Menschen wie Sie ist.«

Major Fleming holte tief Luft. Der Verteidigungsminister bot ihr an, den Kopf aus der Schlinge zu ziehen. Sie hätte die ganze Sache jetzt auf sich beruhen lassen können. Sie hätte ein paar erholsame Wochen im Militärkrankenhaus zubringen und danach ihre Karriere fortsetzen können.

»Nein«, sagte sie. »Ich stehe zu dem, was ich gesagt habe.«

Der Verteidigungsminister nickte. Was für eine mutige Frau! Sie trat vor den Verteidigungsminister selbst und verlangte den Kopf von General Watson und Mr. Grove. Wer würde bei der Kraftprobe, auf die sich Major Fleming eingelassen hatte, die Oberhand behalten, Militär und Rüstungsindustrie oder die wackere Streiterin für Gerechtigkeit?

»Ich bin bereit, einen schriftlichen Bericht von Ihnen über diese Angelegenheit entgegenzunehmen. Wenn Sie den Bericht abgegeben haben, möchte ich Ihnen empfehlen, das Militärkrankenhaus aufzusuchen, wo Sie angemeldet sind.« Er seufzte. »Es tut mir leid. Das ist alles, was ich für Sie tun kann.«

Normalerweise wäre Major Flemings Bericht schon auf der nächsthöheren Ebene hängengeblieben. In diesem Fall wäre offiziell entschieden worden, daß ihr Vorgesetzter die Einweisung ins Militärkrankenhaus völlig zu Recht verfügt hatte. Sie wäre als ›hysterisch‹ abqualifiziert worden, ein Terminus, der bei der Bewertung von Frauen recht leichtfertig angewandt wird.

Aber in dem Gremium, das über Major Flemings Bericht zu befinden hatte, gab es jemanden, der ausdrückliche Weisung von oben hatte, alle Berichte dieser gutaussehenden Dame zu einer der zahlreichen Kontrollstellen weiterzuleiten, die es in Washington gab.

Der Mann, der die entsprechende Weisung empfangen hatte, wußte nicht, was dahintersteckte, aber das war für ihn auch nicht wichtig. Er formulierte den Bericht so um, daß ein Computer ihn verstehen konnte. Tag für Tag hatte er Berichte in Computer einzutippen, wobei er keine Ahnung hatte, wo diese Informationen landeten; deshalb dachte er auch nicht weiter über den Empfänger des Fleming-Reports nach.

Der Fleming-Report hatte eine Besonderheit. Er war für den Computer mit einem ganz bestimmten Symbol, und zwar mit drei Fähnchen versehen worden. Jeder Computer, der eine solche Information empfing, gab sie automatisch an die nächsthöhere Dienststelle weiter.

Das erste Fähnchen bedeutete, daß es sich um eine Angelegenheit handelte, die das Sturmgewehr AR-60 betraf.

Das zweite Fähnchen bedeutete, daß in dem Bericht eine Waffe aus dem Produktionsprogramm von Grove Industries erwähnt wurde.

Und das dritte Fähnchen bedeutete, daß sich der Bericht auf irgendeinen Mißstand, auf einen Fehler oder ein schuldhaftes Versäumnis bezog.

Binnen einer Mikrosekunde gelangte der Bericht auf Harold W. Smiths Bildschirm, wo er alle anderen Programme von der Scheibe boxte. Es war Smith, der die Sache mit den drei Fähnchen ausgedacht hatte. Nachdem er den Bericht von Major Fleming gelesen hatte, war er so aufgeregt, daß ihn nur seine Neuenglanderziehung daran hinderte, vom Pult aufzuspringen.

Entgegen der öffentlichen Meinung kam es nicht selten vor, daß ein Angehöriger der mittleren Dienstgrade einen Mißstand meldete und den Fall bis zur letzten Instanz durchfocht. Was Harold W. Smith an diesem Fall so faszinierte, war die Erkenntnis, daß er jetzt endlich eine Schachfigur hatte, die er gegen Grove einsetzen konnte. Diese Frau hatte, indem sie den Bericht verfaßte, ihre ganze Karriere beim Militär aufs Spiel gesetzt. Wenn sie ein solches Risiko einging, dann würde sie sich von dem einmal begonnenen Weg weder durch Drohungen noch durch Geld abbringen lassen.

Gut, Major Fleming, dachte Smith. Sehr gut. Sie sind eine Frau, aber Sie sind der einzige richtige Mann in dem ganzen Haufen.

Wäre Smith ein Mensch gewesen, der gern pfiff, dann hätte er an jenem Tag ununterbrochen gepfiffen. Es war ein sehr kreativer Tag. Smith dachte sich einen klugen Befehl nach dem anderen aus, Einfälle, die er gleich in den Computer eintippte. Es war wichtig, Major Fleming von dem Vorwurf der Hysterie reinzuwaschen. Smith tat das, indem er eine Belobigung eingab. Durch weitere Programme, die er austüftelte, stellte er sicher, daß Major Fleming der Rache von General Scott Watson entzogen wurde. Watson bekam ein Fähnchen für ›Fehler‹. Wenn jetzt sein Name abgerufen wurde, wußte die anfragende Dienststelle, daß der General Dreck am Stecken hatte.

Und das war noch nicht alles, was Smith für Major Fleming tat. Die Streiterin für das Recht würde künftig auf allen Ebenen Unterstützung erhalten, auch wenn sie nie erfahren würde, wem die helfende Hand gehörte.

Die von Smith formulierten Befehle waren bereits vom Computer des Militärkrankenhauses verarbeitet worden, als Major Fleming dort eintraf. Die neue Order lautete, daß sie die ursprünglich angeordnete Behandlung nicht beginnen, sondern nach Washington zurückkehren sollte, wo sie unmittelbar dem Stab des Verteidigungsministeriums unterstellt sein würde. Ihre neue Aufgabe würde in der Untersuchung von zwei Rüstungsprojekten bestehen. Zum einen waren gewisse Unregelmäßigkeiten im Zusammenhang mit der Qualitätskontrolle beim Sturmgewehr AR-60 aufzuklären, und zum anderen sollte sich Major Fleming über die Hintergründe von HARP informieren, über das Waffensystem, das Amerika vor dem nuklearen Regen schützen sollte.

Da George Grove nur sehr wenig aß, war ihm auch selten zum Kotzen zumute. Aber an dem Tag, als die entscheidende Sitzung des Unterausschusses beim Kongreß in Washington stattfand, wäre ihm beinahe der Salat und das Mineralwasser wieder hochgekommen, die er zum Frühstück zu sich genommen hatte Plötzlich verspürte Grove den Wunsch, Wilson zu erdrosseln. Wilson und General Scott Watson.

Der Unterausschuß tagte in geheimer Sitzung; soeben trat Major Fleming vor den Zeugentisch, die Frau, für deren Beseitigung sich Wilson seinem Boß gegenüber verbürgt hatte. Sie wirkte recht lebendig. Sie hatte einen Stapel Notizen auf den Tisch gelegt und wartete, bis der Offizier seinen Vortrag beendete. Grove gelang es nur mit Mühe, sich auf den Vortrag zu konzentrieren, der in einer Empfehlung für Grove Industries gipfelte. Amerika, so sagte der Redner, sei gut beraten, wenn es jetzt den Schritt von HARP I zu HARP II tat.

Es war Winter, und die Bräune, die sich George Grove in Jamaika geholt hatte, verbarg die Wut, die er gegenüber Major Fleming hegte.

Der Offizier der Air Force näherte sich dem Ende seiner Ausführungen. »Ich kann nur wiederholen, Herr Vorsitzender, daß HARP der Schlüssel für wirksame Verteidigung unseres Landes ist...«

Grove nickte Zustimmung. Der Vorsitzende, ein Abgeordneter aus Chillicothe, Ohio, schielte auf seine Uhr. Er hatte diesen Vortrag schon oft gehört. Er fand, der Offizier sollte endlich zum Schluß kommen, so daß jeder ein paar hochprozentige Cocktails trinken konnte. Den Drinks würde sich ein gutes Essen anschließen.

»Ich glaube, jeder von uns hängt dem gleichen Traum nach«, sagte der Offizier. »Dem Traum, daß unser Land eines Tages vor Kernwaffenangriffen geschützt sein möge.«

Der Vorsitzende hatte mit einem Abgeordneten zu seiner Linken eine Unterhaltung über das Für und Wider der Heizung im Capitol begonnen; die beiden sprachen im Flüsterton. Mittendrin fiel dem Vorsitzenden auf, daß der Mann, um dessen Waffen es bei dieser Sitzung ging, nickte. Das war nicht weiter verwunderlich. Verwunderlich an der ganzen Szenerie war nur die Frau am Zeugentisch, die sich eifrig Notizen machte.

Nicht nur der Vorsitzende, auch die anderen Mitglieder des Untersuchungsausschusses betrachteten Major Fleming mit unverhohlenem Wohlbehagen.

»Die hat was in der Bluse«, flüsterte einer der Volksvertreter.

»Ich finde es zu heiß in diesem Raum«, sagte ein anderer Abgeordneter, der die Lobreden auf HARP ebenfalls schon auswendig kannte. Was HARP anging, so waren die Würfel schon lange gefallen. Die Nation war mit dem neuen Weltraumwaffensystem verheiratet, ebenso wie sie mit der demokratischen Regierungsform verheiratet war.

»HARP bringt uns jenem Traum näher als jedes andere Waffensystem«, fuhr der Offizier fort. »Es ist ein System des Friedens. Ich plädiere dafür, daß wir so schnell wie möglich HARP II verwirklichen. Ich danke Ihnen.«

Gut, dachte der Vorsitzende. Cocktails. Essen. Das Ritual der Anhörung war zu Ende. Die anderen Abgeordneten hatten ihre Akten aufeinandergeschichtet, als der Vorsitzende das Wort ergriff.

»Ich glaube, wir alle sind mit dem Redner einer Meinung. Ich möchte dann zum Schluß kommen und...«

»Ich möchte noch einen wichtigen Punkt zur Sprache bringen«, sagte die hübsche Frau in der Majorsuniform.

Grove konnte schmecken, wie ihm die Kresse den Gaumen kitzelte. Er schluckte.

»Wir alle sind uns über die strategische Bedeutung von HARP für die nationale Verteidigung einig«, sagte Major Fleming. »Allerdings halte ich es für sinnlos, Geld in HARP II zu stecken, solange wir nichts von HARP I gesehen haben.«

Es war plötzlich ganz still im Raum. Zwei Abgeordnete, die schon auf dem Weg zur Tür waren, gingen zu ihren Plätzen zurück und setzten sich.

»Darf ich Mr. Grove eine Frage stellen?« fragte Major Fleming.

»Bitte, tun Sie das«, sagte der Vorsitzende. Inzwischen war ihm der Appetit auf die Drinks vergangen.

»Mr. Grove, würden Sie uns sagen, was der Grund für die Verzögerungen bei HARP I ist?«

Grove sah wie ein richtiger Fachmann aus, als er diese Frage konterte. In seiner Stimme klang der Ärger durch.

»Der Grund für die Verzögerung sind Untersuchungsausschüsse wie dieser, wo ein gutes Waffensystem immer wieder durchgekaut und mit einem Berg wahnwitziger Änderungsvorschläge an die anbietende Firma zurückverwiesen wird.«

George Grove sah bei diesen Worten einem seiner guten Freunde in die Augen, und der gute Freund ließ ihn nicht im Stich.

»Was Mr. Grove sagt, hat etwas für sich«, sagte der Abgeordnete. »Die Generäle neigen dazu, ein gutes Konzept mit Hunderten von neuen Planvorgaben zu verwässern und zu komplizieren.«

»Ich weiß«, sagte Major Fleming. »Ich weiß aber auch, daß die anbietende Firma alle Änderungen zu berechnen pflegt, so daß sich die ursprünglichen Kosten für HARP vervielfacht haben. Wann bekommen wir etwas von diesem fabelhaften Waffensystem zu sehen, für das wir soviel Geld bezahlt haben?«

George Grove hieb mit seiner Mappe auf den Tisch.

»Herr Vorsitzender«, sagte er mit kaum noch unterdrücktem Zorn. »Mein Unternehmen ist dafür bekannt, daß es Termine unterschreitet, nicht überschreitet... Wie ist es zum Beispiel mit CD-18, Frau Major? Fertigstellung drei Monate vor dem Termin. Und der Preis niedriger als der Kostenvoranschlag. Gibt es andere Firmen, die billiger liefern, als sie angeboten haben? Ich wüßte nicht, welche. Ich kenne auch keine Firmen, die wie Grove Industries früher liefern, als sie versprochen haben. Die CD-18 wird nächste Woche auf dem Testgelände den Vertretern der Regierung vorgeführt. Nächste Woche, nicht nächsten Monat. Nächste Woche.«

»Ich weiß. Ich kenne das Projekt. Es handelt sich dabei, wenn ich richtig informiert bin, um General Watsons liebstes Kind. Sie kennen den General ja ganz gut, Mr. Grove. Würden Sie ihm bitte ausrichten, daß ich bei der Vorführung der Waffe anwesend sein werde?«

Grove sah ein, daß er ihr in die Falle gegangen war. Statt von Waffen sprach er jetzt von seinem Patriotismus. Er beschuldigte Major Fleming, sie habe seinen Patriotismus in Frage gestellt, und er beschwor die Kongreßabgeordneten, den Patriotismus der Frau in Frage zu stellen, die solche ungeheuerlichen Vorwürfe erhob. Es war dann der Vorsitzende, der in einer knappen Erklärung klarstellte, daß sie alle, Major Fleming und Mr. Grove eingeschlossen, gute Patrioten waren.

»Es ging aber nicht um das Thema Patriotismus«, beendete der Vorsitzende die Sitzung. »Es ging um HARP. Die Einwendungen von Major Fleming sind berechtigt.«

»Scheiße, die Frau hat recht«, sagte ein Abgeordneter in die Stille hinein. Er war keiner von George Groves Freunden.

George Grove wurde vor dem Sitzungssaal von Wilson erwartet.

»Wie ist es gelaufen?«

»Erinnern Sie sich an Major Fleming, an die Frau auf der Party?«

»Ja. Watson hat sie in ein Militärkrankenhaus gesteckt.«

»Irgendwie ist sie da ausgebrochen. Sie untersteht jetzt unmittelbar dem Verteidigungsstab. Sie hat die Kontrolle über das ganze HARP-Projekt an sich gerissen.«

»Das kann doch nicht wahr sein«, sagte Wilson.

»Die Frau muß verschwinden.«

»Ich verstehe.«

»Ich meine damit nicht, daß sie einen Schnupfen bekommt und drei Tage dem Dienst fernbleibt. Ich meine damit auch nicht, daß sie nach Alaska versetzt wird.«

»Ich verstehe.«

»Setzen Sie die besten Leute auf sie an, die Sie haben. Stellen Sie sicher, daß mir dieses Weib nie wieder begegnet.«

»Kein Problem, Mr. Grove«, sagte Wilson.

»Ich ahnte, daß sie uns Schwierigkeiten machen würde.«

»Die Sache ist wirklich kein Problem, Mr. Grove«, sagte Wilson.

»Sie hatten mir schon bei einer anderen Gelegenheit versprochen, daß Sie mir Major Fleming vom Hals schaffen. Sie hat uns HARP II vermasselt. Es war besprochene Sache, daß der Unterausschuß dem Projekt zustimmt, aber die Abgeordneten haben ihre Zustimmung verweigert. Es wird neue Sitzungen geben, und niemand weiß, was dabei herauskommt.«

»Kein Problem, Mr. Grove. Hinter der Sache stecken unsere Feinde. Nun, Sie kennen mich, und Sie wissen, wie ich mit Feinden umspringe.« Wilson zog sich die Krawatte gerade. »Wo liegt also das Problem?«

Grove dachte nach. Seine Wut flaute ab.

»Ich werde Stone auf diese Frau ansetzen«, sagte Wilson.

»Okay«, sagte George Grove. Er sah durch Major Fleming hindurch, als sie in Begleitung eines Abgeordneten aus dem Sitzungssaal kam. Es war ganz gut, daß sie sich mit diesem Mann unterhielt. Wenn sie nur nicht an den einzigen unter den Ausschußmitgliedern geriet, den er nicht gekauft hatte!

11

Harold W. Smith war nun sicher, daß der Computer ihm seine Fragen nicht beantworten konnte. Es waren Fragen, die mit Zahlen oder einem logischen System nicht in den Griff zu bekommen waren. Was er wissen wollte, war im Computer nicht gespeichert. Er verließ das Büro und begab sich auf einen Spaziergang in den Straßen New Yorks. Es war die Zeit vor dem Mittagessen. Smith schlenderte zum Battery Park und sah auf das Wasser hinaus. Es war ein kalter Wintertag. Ob alles so laufen würde, wie er es geplant hatte? Sie waren in der Minderzahl. Die Gegner waren stark. Was konnte er dem Präsidenten sagen? Der Killer war ihm ja bereits bewilligt worden.

»Geben Sie mir einen anderen Killer, Sir. Die Ausbildung des Mannes, auf dessen Hilfe wir gerechnet haben, wird noch zehn Jahre in Anspruch nehmen. Wenn wir ihn vorher einsetzen, werden wir ihn verlieren.«

Verdammt noch mal, wenn man einen Killer hatte, dann setzte man ihn auch ein! Ob er sich wegen der ganzen Sache noch einmal mit McCleary besprechen sollte? McClearys Fähigkeiten waren begrenzt. Gewiß, unter der Schale des Mannes, der gern ein Bier trank und flotte Sprüche klopfte, schlug das Herz eines Patrioten. McCleary hatte den gleichen Eid abgelegt wie Smith, eine Verpflichtung, wie sie noch nie zuvor von einem amerikanischen Soldaten oder Geheimagenten eingegangen worden war. Remo konnte von Glück sagen, daß man ihm diesen Eid nicht abverlangt hatte. Soweit es von Smith abhing, würde der Kelch an Remo vorübergehen.

Smith sah zu der Freiheitsstatue hinüber, deren Formen von einem Gerüst umhüllt waren. Die Statue wurde repariert. Der Wind, der vom Meer herüberstrich, war schneidend kalt, aber wenn Smith geglaubt hatte, die Kälte würde ihm helfen, einen klaren Gedanken zu fassen, hatte er sich geirrt. Zudem störte ihn, daß Abfall im Wasser schwamm. Es stank. Remo blieb ein Problem. Wie es mit seiner Ausbildung weitergehen würde, war offen.

McCleary war dabeigewesen, wie der junge Mann einer Kugel auswich. Remo hatte es geschafft, McCleary zu verfolgen, ohne daß dieser, ein erfahrener Geheimagent, auch nur Verdacht geschöpft hätte.

Warum zögerte Smith, Remo einzusetzen?

Er holte tief Luft. Am Ufer roch es nach verfaulten Orangen. Er wandte sich ab. Die Antwort kam nicht vom Meer. Die Antwort lag irgendwo in seinem Herzen.

Er und McCleary hatten sich freiwillig für den Job gemeldet. Sie hatten den furchtbaren Eid geleistet, weil sie ihr Land liebten.

Remo war zu einem Psycho-Test dirigiert und entführt worden.

Harold W. Smith hatte kein Vertrauen in Remo. So einfach war das. Smith traute dem Burschen nicht über den Weg.

Er ging zu dem Wolkenkratzer im Wall Street-Viertel zurück, nahm den Aufzug und betrat sein Büro. Soeben war er sich über eine unangenehme Wahrheit klargeworden. Der Rest war einfach. Er hatte Remos Einsatz verzögert, weil er befürchtete, daß dieser zurückzucken würde, wenn man von ihm das letzte Opfer, das Leben forderte.

Harold W. Smith war ein Mann der Zahlen; er hielt nichts von psychologischen Testprogrammen. Menschen konnte man vertrauen, nicht aber einem solchen Test. Was Smith anging, so hatte er Vertrauen in McCleary. Er hatte Vertrauen in sich selbst. Remo war eine Investition in die Zukunft, nicht weniger, nicht mehr. Vielleicht wurde er einmal ein Mann, auf den man sich verlassen konnte. Noch war es nicht soweit. Es war besser, wenn Remo jetzt aus dem Käfig ausbrach, als wenn sich die Katastrophe zwei Jahre später vollzog. Chiun würde seinen Vertrag beenden und nach Nordkorea zurückkehren. Niemand in der amerikanischen Öffentlichkeit würde je erfahren, daß der Meister des Sinanju in New York gewesen war.

An jenem Tag sprach Harold W. Smith mit McCleary über die Sache. Das Gespräch begann er mit den Worten:

»Die Zeit ist reif.«

McCleary konnte nur ahnen, welche inneren Kämpfe vorangegangen waren, bis Smith sich zu diesem Entschluß durchgerungen hatte.

»Ich habe mich schon die ganze Zeit gefragt, was Sie davon abhält, mit Chiun und seinem Schüler ein klares Wort zu reden. Ich habe eine Bitte. Ich möchte dabeisein, wenn Sie Remo ins Gebet nehmen. Für mich ist der Bursche wie ein Sohn, wissen Sie. Schließlich habe ich ihm ja auch seinen neuen Namen verpaßt.«

»Morgen werden wir mehr wissen«, sagte Smith. »Wir werden herausfinden, woran wir mit Remo sind.«

Chiun hatte Remo wieder an den Strand von Coney Island beordert. Die Lauftechnik des Schülers war jetzt leidlich gut. Ein westlicher Trainer hätte den Stil perfekt genannt, aber die Bewohner des Westens hatten, wie Chiun fand, eine merkwürdige Vorstellung von Perfektion. Sie fanden es wichtig, einen Menschen zu beurteilen.

Chiun fand es nicht wichtig, Remo zu beurteilen. Seine Aufgabe war es, diesem Mann zu einem Leistungsstandard zu verhelfen, den man ordentlich nennen konnte. Schade, daß er erst so spät seinen guten Einfluß auf Remo ausüben konnte. Viele Jahre lang hatte sich Remo an den Vorbildern der weißen Rasse orientieren müssen. Wäre er Chiun als junger Mann anvertraut worden, dann würde er sich nicht nach jeder Übung bei seinem Meister erkundigen, ob er es auch gut gemacht hatte.

Eine eigenartige Angewohnheit, fand Chiun.

Remo tat etwas, und gleich darauf fragte er: »War ich gut?« Sagte man ihm, daß es noch das eine oder andere zu verbessern gab, dann antwortete er: »Ich hab's aber doch ganz ordentlich gemacht. Es gibt auf der Welt meines Wissens nur zwei Menschen, die so etwas können: Sie und mich.«

Chiun war es ein Rätsel, was er damit meinte. Remo erwartete Lob für eine fehlerhafte Leistung. Zugegeben, es gab viele Übungen, die er den Weisungen entsprechend ausführte. Nur: Wenn man erst einmal anfing, einen Schüler zu loben, begab man sich auf ein gefährliches Glatteis.

Da war zum Beispiel der Kampf des Menschen gegen die Waffe. Remo war stolz, daß er drei Kugeln ausweichen konnte, die in rascher Folge auf ihn abgefeuert wurden. Chiuns Ziel aber war, daß der Schüler sechs Kugeln hintereinander ausweichen konnte. Das schaffte Remo immer noch nicht.

In den Lernprozeß hatte sich eine Verzögerung eingeschlichen, und zwar in dem Moment, als Remo zwei oder drei Kugeln auszuweichen gelernt hatte. Plötzlich war der Schüler sehr von sich eingenommen. Statt dessen wäre es notwendig gewesen, daß Remo das Nachdenken über das bereits Erreichte vermied. Es war zu seinem Nachteil, wenn er versuchte, sich selbst zu beurteilen. McCleary, der Remo Bewunderung zollte, tat ihm einen Bärendienst. McClearys Art, über diese Dinge zu reden, konnte für Remo den Tod bedeuten.

Chiun betrachtete seinen Schüler, der über den vom Meer benetzten Uferstreifen lief.

Er machte es richtig. Nicht einmal der Abdruck einer einzigen Zehe blieb im Sand zurück.

»Gut«, sagte Chiun. »Und jetzt versuchst du das gleiche im Wasser.« Remo begann zu lachen.

»Sie wollen, daß ich auf dem Wasser wandle? Ich wußte, daß Sie das eines Tages von mir verlangen würden.«

Er lachte, und das Lachen war ansteckend. Remos Freude über die Verbesserung seiner Fähigkeiten war ansteckend. Das Licht des Sterns, den Chiun ein paar Monate vorher in den Augen seines Schülers erblickt hatte, leuchtete jetzt klar und hell.

Aber dann rief sich Chiun in Erinnerung, daß er ein Meister des Sinanju war und daß seine Treue in erster Linie dem Dorf Sinanju galt. Er durfte sich innerlich nicht so stark für diesen jungen Mann engagieren. Der listige Kaiser Smith war es, der das Gold bezahlt hatte, folglich gehörte Remo Smith, nicht Chiun. Andererseits, was hatte Smith diesem Remo denn schon beigebracht?

Remo lachte immer noch über seine witzige Bemerkung, mit der er auf ein Wunder anspielte, das der Gott der westlichen Religion vollbracht hatte. Chiun hatte Erfahrung mit dem, was die Weißen Humor nannten, und so ließ er seinen Schüler merken, daß er den lustigen Einfall zu schätzen wußte.

»Sand«, sagte Chiun und hob das Kinn. Es war die Anordnung, daß Remo mit der nächsten Übung zu beginnen hatte.

»Ich weiß nicht, ob ich bereit bin«, sagte Remo.

»Dann bist du nicht bereit.«

»Warum sagen Sie das nicht, wenn ich mich weigere, über einen Abgrund zu springen?«

»Weil du mit deiner Höhenangst aufgewachsen bist. Du mußt diese Angst überwinden, und das kannst du nur, wenn du über den Abgrund springst. Die Übung im Sand ist ganz etwas anderes; sie gehört zu den Fähigkeiten, die du im Rahmen des normalen Trainings erwerben mußt.«

»Ich glaube, ich bin bereit«, sagte Remo.

Er trug Shorts und ein dünnes T-Shirt. Er war barfuß. Wenn er ausatmete, entstanden kleine Atemwolken. Chiun trug einen leichten Morgen-Kimono. Remo verstand jetzt, warum Chiun an diesem kalten Wintertag nicht fror. Der menschliche Körper konnte sich selbst wärmen. Die meisten Menschen mußten herumrennen, um den Wärmeverlust auszugleichen, der an kalten Tagen entstand, wenn die Haut mit der kalten Luft in Berührung kam. Wenn hingegen ein Mensch er selbst wurde, wenn er durch richtiges Atmen die Kontrolle über seine Gedanken und seinen Willen erlangte, dann konnte er seine Körpertemperatur nach Wunsch steigern oder senken. Das war Sinanju, und jetzt, da Remo die Methode beherrschte, wunderte er sich, daß es je eine Zeit gegeben hatte, wo er über solche Fähigkeiten noch nicht verfügt hatte.

Der weiße Sand unter seinen Füßen fühlte sich kalt an, aber die Kälte drang nicht ein. Die Schreie der Möwen waren zu hören, und er konnte beobachten, wie die Flügel in die Brandung eintauchten. Der Himmel war winterlich grau, und der Pfad, der am Strand entlangführte, war menschenleer. Remo sog seinen Atem ein; es war klare, reine

Luft. Nicht nur, daß seine Atmung richtig war – er selbst war richtig.

Er erfuhr den Sand und erfuhr sich selbst. Mit dem großen Zeh des Standbeins stieß er sich vom Boden ab, in einer sanften, geschmeidigen Bewegung. Als er über dem Sand war, visierte er eine Stelle an, wo die Sandkörner einen kleinen Hügel bildeten. Er ließ sich sinken und kam mit dem Kopf auf dem dunklen Sand auf, er konnte die Wärme der Sonne spüren, die der Boden am Tag zuvor in sich eingesogen hatte. Mit einer klappmesserähnlichen Bewegung aus der Hüfte schleuderte er sich in die Luft, heraus aus dem Sand, war auf einmal schwerelos wie ein Delphin, der sich aus dem Wasser katapultiert. Er begann zu laufen.

Hätte es einen Beobachter auf dem nahen Fußweg gegeben, er hätte verwundert geblinzelt und überlegt, ob er das Geschehene irgendeinem Menschen anvertrauen sollte. Ein Mann war durch den Sand gelaufen, schneller als ein Hundertmeterläufer, und dann war dieser Mann in den Sand eingetaucht, als wäre es Wasser. Er war wieder hochgekommen und weitergelaufen, ohne aus dem Rhythmus zu kommen.

Chiun sah, wie Remo stehenblieb und sich umdrehte.

»Zu viel Beinarbeit«, sagte Chiun.

Remo quittierte den Tadel mit einem abschätzigen Schnalzen.

»Ich helfe. Ich gebe dir etwas, und was gibst du mir? Deinen Hochmut. Danke, Remo.«

»Ich dachte, ich hab's einigermaßen gut gemacht«, sagte Remo.

»Was soll das heißen – einigermaßen gut? Warum benutzt du diesen Ausdruck der weißen Rasse? Einigermaßen gut! Bist du einigermaßen am Leben? Kann jemand einigermaßen tot sein? Was soll der Unsinn?«

»Nun, ich dachte nur, ich hätte die Übung ganz ordentlich gemacht; das ist alles, was ich damit sagen wollte.«

»Ich helfe dir und zum Dank beleidigst du mich«, sagte Chiun. »Und dann weist du auch noch meine Hilfe zurück. Warum hast du mich vorher überhaupt um Rat gefragt? Was willst du von mir?«

»Ich würde mich freuen, wenn Sie mich loben«, sagte Remo.

»Also gut. Deine Beine haben einen gewissen Teil der Arbeit auf den Körper abgewälzt. Das war richtig.«

»Nein, das meine ich nicht«, sagte Remo. »Ich würde mich freuen, wenn ich von Ihnen dann und wann ein freundliches Wort bekomme.«

»Ein freundliches Wort.« Chiun lachte stillvergnügt in sich hinein, obwohl es ihm schien, daß Remo keinen Spaß verstand.

»Wissen Sie, die Menschen machen Fortschritte, wenn man sie ermutigt«, sagte Remo.

»Ich glaube gehört zu haben, wie du deine Leistung als einigermaßen gut bezeichnet hast«, sagte Chiun. »Einigermaßen gut ist besser als fast gut, die nächsthöhere Stufe wäre wundervoll.« Es war dies schon die zweite witzige Bemerkung, die er machte, aber der zweite Scherz fand bei Remo ebenso wenig Echo wie der erste.

Sie kehrten nach Hause zurück, um das Mittagessen einzunehmen. Remo saß da und wartete auf den Reis. Er hatte allerdings nicht vor, den Reis auch zu essen. Das Essen machte Remo keinen Spaß mehr. Hoffentlich verdarb ihm das Training nicht auch noch den Appetit auf Sex. Als die Schüssel dann vor ihm stand, nahm er eine Gabelvoll und spuckte den Bissen wieder aus.

»Schmeckt abscheulich. Sie kochen furchtbar schlecht. Sie sind der schlechteste Koch, den ich erlebt habe. Ich kenne mich aus in der asiatischen Küche, und was Sie da zubereitet haben, Meister des Sinanju, ist unter jeder Kritik.«

»Warum sagst du das?« fragte Chiun.

»Weil der Reis wirklich nicht gut ist«, antwortete Remo. »Erwarten Sie von mir bitte kein Lob für Reis, der einigermaßen gut ist.«

»Warum sagst du das?« beharrte Chiun.

»Weil Ihr Reis wie Zement und Kuhdung schmeckt«, sagte Remo.

»Dann stimmt etwas nicht mit Ihrem Geschmackssinn«, sagte Chiun. »Eine Unvollkommenheit mehr, mit der ich mich bei Ihrer Ausbildung herumschlagen muß.« Remo war aufgestanden und entfernte sich von dem Tisch, auf dem die Schale Reis stand.

»Du verstehst es, Menschen zu beleidigen«, sagte Chiun. In würdigem Schweigen verzehrte er seine Portion Reis. Remo fragte, ob Chiun wirklich beleidigt war. Ja, sagte Chiun. Zumindest vorhin, als Remo vom Tisch aufgestanden war, sei er beleidigt gewesen.

Chiun blieb es ein Rätsel, warum Remo dieses Eingeständnis so glücklich machte, daß er an den Tisch zurückkehrte und seinen Reis aß. Aber alle Weißen waren merkwürdig; es war wahrscheinlich sinnlos, nach den Gründen zu forschen.

»Es gibt Menschen, die Reis mit Essig zubereiten, weil sie von gutem Reis keine Ahnung haben. Die Japaner bereiten ihren Reis mit Essig zu.«

An jenem Abend besuchte Con McCleary das Haus, das den beiden als Trainingsstätte diente. Er teilte Remo mit, daß er am darauffolgenden Tag seinen ersten Auftrag auszuführen hatte. Er fragte Chiun, was er davon hielt.

»Probieren Sie etwas von unserem Reis«, bot Chiun an.

»Ich habe schon gegessen, Meister des Sinanju. Ich bin nur wegen der Sache mit Remo gekommen. Wir werden ihn morgen einsetzen. Ich denke, der Auftrag ist nicht allzu gefährlich.«

»Essen Sie von dem Reis«, wiederholte Chiun.

Die lackierte Schale stand vor McCleary. Er konnte nicht ablehnen.

»Einverstanden«, sagte er und ergriff die Eßstäbchen, die Chiun für ihn bereitgelegt hatte. Er formte aus dem klebrigen Reis eine Kugel und führte die Kugel mit Hilfe der Stäbchen zum Mund.

»Nun, wie schmeckt Ihnen das?« fragte Chiun.

»Reis«, sagte McCleary. Remo hatte sich erhoben. Er stand an die Wand gelehnt und hielt die Arme verschränkt. Er grinste.

»Wie ist der Reis? Ist das guter Reis? Einigermaßen guter Reis? Oder würden Sie sagen, der Reis ist richtig?«

»Der Reis ist richtig.«

»Natürlich ist er richtig«, sagte Chiun. »Und doch gibt es Narren, die an einem solchen Reis herummäkeln. Siehst du, Remo, sogar dieses alkoholsüchtige, fleischfressende menschliche Wrack schmeckt heraus, daß der Reis richtig ist.«

Chiun deutete auf Remo, während er sein Gespräch mit McCleary fortsetzte. »Der Bursche, den Sie mir zur Ausbildung gegeben haben, hat leider keine Geschmacksnerven. Ich habe bei Null mit ihm anfangen müssen. Er wußte nicht einmal, wie man richtig atmet. Und eine Speise nach ihrem Geschmack beurteilen, das kann er auch nicht.«

»Ich habe ihm nur gesagt, daß mir sein Reis nicht schmeckt«, warf Remo ein.

»Ich koche tadellos«, sagte Chiun.

»Morgen gibt es viel zu tun«, sagte McCleary.

»Ich habe schon Reis gekocht, als Sie beide noch nicht einmal auf der Welt waren.«

»Es gibt bei diesem Auftrag gewisse Gefahren, aber ich denke, die lassen sich umschiffen«, sagte McCleary. »Es geht hauptsächlich darum, eine Frau zu beschützen. Eine Armeeangehörige, die treu und brav ihre Pflicht tut.«

»Reis muß so gekocht werden, daß er klebt und würzig schmeckt. Dieser junge Mann hingegen ist an geschmacklosen Reis gewöhnt, an eine Art der Zubereitung, wo die Körner keine Verbindung miteinander eingehen.«

»Ich würde Sie bitten, Meister des Sinanju, daß Sie mir Ihre Meinung zu unserem Plan sagen«, unterbrach ihn MacCleary. Remos Grinsen war breiter geworden.

Und so war die Situation: Die Organisation hatte in Erfahrung gebracht, daß auf Major Rayner Fleming ein Überfall geplant war. Der Überfall würde morgen stattfinden, wenn die junge Frau sich zum Präsidenten des Oberrechnungshofes begab. McCleary und Remo hatten sicherzustellen, daß Frau Major Fleming den morgigen Tag überlebte. Überhaupt sollte die Frau weiterleben.

»Wer wird den Überfall durchführen, wissen Sie das?«

»Eine sehr einflußreiche Organisation, die von den Steuerzahlern getragen wird, Grove Industries. Major Fleming stellt eine Bedrohung für Grove dar.«

»Woher wissen Sie, daß ein Überfall geplant ist?«

»Wir wissen es nicht, wir vermuten es nur«, sagte McCleary. »Wir haben ein paar Informationen aufgelesen. Smitty muß ein richtiges Computergenie sein. Die Computer sind so programmiert, daß sie bestimmte Einzelheiten aus dem großen Datenfluß herausfiltern. Wenn man die einzelnen Stücke des Mosaiks betrachtet, erkennt man natürlich keinen Sinn, aber wenn die Teile richtig zusammengefügt werden, ergibt sich ein Bild, das nähere Betrachtung verdient. Wir wissen, daß Major Fleming für Grove Industries eine Gefahr bedeutet – eine Gefahr für die Profite des Unternehmens. Wir wissen noch nicht, wie gefährlich die Feinde dieser Frau sind, immerhin vermuten wir, daß sie nicht davor zurückschrecken, sie zu töten. Ein Anhaltspunkt ist, daß sie mit dem Geld nur so um sich werfen.«

»Was ist mit dem Überfall?« fragte Remo. »Woher kommt der Tip?«

»Ich werd's Ihnen sagen. Wir haben Groves private Telefonanschlüsse angezapft. Wanzen. So sind wir auf einen gewissen Wilson gekommen, der eine Art hochbezahlter Laufbursche von George Grove ist. Wilson hat auf einer von Groves Leitungen ein Gespräch geführt, bei dem ein bestimmter Flug erwähnt wurde. Der Computer speichert und filtert Millionen von Telefongesprächen, dieses aber ist ihm besonders aufgefallen. Der Name einer Fluglinie wurde genannt, eine Flugnummer und ein Tag. Nicht viel, könnte man sagen.«

Remo nickte. Chiuns Blick war auf die Stäbchen in McClearys Hand gerichtet.

»Das Besondere bei diesem Telefongespräch war, daß der angewählte Gesprächspartner Stone hieß. Sie wissen wahrscheinlich nicht, wie groß das Computersystem ist – es ist so gigantisch, daß Sie sich das kaum vorstellen können –, aber eine der Billionen Informationen, die im System gespeichert sind, sorgt dafür, daß alles, was mit dem Namen Stone zu tun hat, sofort mit einem besonderen Symbol auf der

Mattscheibe erscheint. Wir hatten gedacht, Stone sei in Afrika. Der Computer druckt den Namen immer schon mit dem Alarmfähnchen, seit vielen Jahren. Stone ist ein Killer, ein Sadist erster Güte. Wie auch immer, wir haben die Informationen zusammengefügt, Wilsons Anruf bei Stone und die Tatsache, daß Wilson für Grove Industries arbeitet, und dann noch der Flugplan für Frau Major Fleming, die nach New York fliegt, um dort mit dem Präsidenten des Oberrechnungshofes zusammenzutreffen, und zwar an dem gleichen Tag, den Wilson in seinem Telefongespräch mit Stone erwähnt hat. Wenn man das alles zusammenzählt, ergibt sich die Wahrscheinlichkeit, daß Grove Industries Stone beauftragt hat, Frau Major Fleming zu ermorden.«

»Und wenn sich die Hypothese als falsch erweist? Wenn Wilson die Flugnummer nur genannt hat, weil er selbst nach New York fliegt und am Flughafen abgeholt werden will?«

»In diesem Fall ist unser Schützling nicht in Gefahr. Aber wir können uns auf diese zweite Möglichkeit nicht verlassen. Wir müssen das Leben dieser Frau schützen.«

»Ich verstehe«, sagte Remo. Er warf einen Blick auf seine Hände. Noch nie in seinem Leben hatte er einen Menschen getötet. Wenn seine im Training mit Chiun erworbenen Fähigkeiten voll entwickelt waren, würde er nicht mehr auf Waffen angewiesen sein. Er selbst war die Waffe.

»Sind Sie bereit?« fragte McCleary.

»Aber sicher«, sagte Remo und grinste. »Ob ich bereit bin oder nicht, Hauptsache, ich atme richtig.«

»Und Sie, Chiun? Was meinen Sie zu der ganzen Sache?« fragte McCleary.

»Sie haben Ihren Reis nicht aufgegessen«, sagte Chiun.

»Ich sagte Ihnen schon, ich habe bereits zu Abend gegessen.«

»Sie mögen den Reis vielleicht mit Essig zubereitet«, sagte Chiun.

»Nein. Der Reis war richtig.«

»Essen Sie bitte soviel, wie auf zwei Stäbchen geht«, sagte Chiun.

»Aber nicht mehr«, sagte McCleary. Er schluckte das Reisbällchen hinunter und strahlte Chiun an. Dann sagte er ihm, das sei der beste Reis gewesen, den er je gegessen hatte.

»Warum lassen Sie dann noch Reis auf Ihrem Teller zurück?« wollte der Meister des Sinanju wissen.

Reginald Stone hielt nichts davon, eine Zielperson wie ein Jagdhund zu verfolgen. Man konnte den Verfolgten bei diesem System leicht verlieren, etwa, wenn eine Verkehrsampel auf Rot sprang oder wenn die Straße durch einen Bagatellunfall verstopft war. Versuchte man in einem solchen Fall mit aller Gewalt wieder zu dem Verfolgten aufzuschließen, dann zog man die Aufmerksamkeit auf sich.

Reginald Stone mochte es nicht, wenn sich die Aufmerksamkeit auf ihn konzentrierte. Er fand das unnötig – und unprofessionell. Wenn man wußte, wohin die Zielperson gehen würde, war es die beste Lösung, wenn man dieser Person am Ziel auflauerte.

So kam es, daß Stone in einem Auto saß, das vor dem Büro des Präsidenten des Oberrechnungshofes parkte. Er hatte sich, wie immer bei solchen Aufträgen, Gewißheit verschafft, daß er nicht beobachtet wurde. Ohnehin war es höchst unwahrscheinlich, daß jemand von seinem Plan wußte.

Er ließ die Zunge über den Diamanten in seinem Zahn gleiten. In Augenblicken wie diesem erinnerte ihn der Diamant an seine Kraft und Geschicklichkeit.

Unweit von seinem Wagen stand ein Mann, der Hotdogs mit Sauerkraut verkaufte. Stone beobachtete jede Bewegung des Verkäufers. Zu geschickt für einen Geheimagenten. Ein Polizist hätte das Geld der Kunden nicht so genau nachgezählt.

Etwas weiter entfernt stand ein einsamer Verkehrspolizist, der den Autostrom dirigierte. Ein echter Verkehrspolizist, wie Stone diagnostizierte. Von dorther drohte keine Gefahr.

Stone, der ein gutaussehender Mann war, fing sich ein

paar Blicke von vorübergehenden Frauen ein. Er vermied es, diese Blicke zu erwidern. Es bestand die Gefahr, daß er die Frauen nicht wieder loswurde.

Eine außerordentlich hübsche Frau in einer grünen Armee-Uniform kam die Straße entlang. Reginald Stone berührte den Diamanten mit der Zunge und lehnte sich zum Fenster, so daß sein Rockaufschlag an die Scheibe zu liegen kam. Er griff in seine Jackentasche und drückte einen Gummiball zusammen, den er dort verborgen hielt. Unter seinem Rockaufschlag ertönte ein Klicken. Stone drückte den Gummiball ein zweites Mal. Wieder klickte es.

Er hatte soeben zwei Fotos von Major Rayner Fleming gemacht, wie sie das Büro des Präsidenten des Oberrechnungshofs betrat. Er lehnte sich zurück und wartete. Es machte Spaß, für Wilson zu arbeiten. Im Unterschied zu anderen, die sich die Kenntnisse für ihren Beruf nach und nach in der Praxis erworben hatten, war Wilson ein sorgfältiger Mensch. Er wollte Fotos. Er wollte auf Nummer Sicher gehen.

Ähnlich strikt war Wilson, was Informationen anging. Er wollte alles über das Opfer in Erfahrung bringen, bevor Stone den schmutzigen Teil des Jobs erledigte. Stone hatte einen einfachen, kleinen Mord vorgeschlagen, aber Wilson hatte das abgelehnt. Er wollte Fotos, also beschaffte Stone ihm Fotos. Stone diskutierte nicht mit einem Kunden, zumal es schlimmere Auftraggeber gab.

Wilson war ein Genie, weil er einfach, geradlinig dachte. Wo konnte man einen Menschen foltern, ohne das Risiko einzugehen, daß sich jemand über die Schmerzensschreie des Opfers aufregte? In einem Krankenhaus. Nun, zu jeder Fabrik der Grove Industries gehörte ein Krankenhaus. Stone brauchte sich nur einen Ärztekittel anzuziehen, und schon konnte er seinen Patienten in der Weise »behandeln«, die er für zweckdienlich hielt.

Wilson war wirklich ein Ass.

Stones Zunge tippte an den Diamanten. In seiner Erinnerung erstand der Tag, als er den Stein an sich gebracht hatte. Damals war ihm klargeworden, was er mit dem Rest seines Lebens anfangen würde.

Es war in Nordafrika gewesen. Eine Gruppe von Revolutionären hatte sich eine Methode ausgedacht, wie man eine gute Presse bekam. Man brachte jeden Journalisten um, der schlecht über die Revolution schrieb. Zunächst einmal sorgte man dafür, daß die Öffentlichkeit von dem Zorn erfuhr, den man auf den Journalisten hatte, dann ermordete man ihn. Es gab über eine solche Sache vielleicht ein, zwei Presseberichte, das war alles. Die anderen Reporter bekamen Angst, über die Revolution etwas Negatives zu schreiben; sie wollten schließlich nicht, das es ihnen ebenso ging wie dem ermordeten Kollegen. Es gab dann noch ein anderes Modell, wie man mit der Presse umging. In den demokratisch regierten Ländern respektierte die Regierung die Freiheit der Berichterstattung. Die Folge war, daß die Reporter die Regierung nach Kräften herunterputzten.

In den Diktaturen zeigte die Unterdrückung der Presse hervorragende Ergebnisse, und es war Stone, dem die Herrscher in diesen Ländern einen Teil dieser Ergebnisse zu verdanken hatten. Jeder sah sofort, daß Stone ein Amerikaner war, ein Umstand, der ihm die Türen der anderen Berichterstatter öffnete. Seinen ersten Mord beging Stone an einer Reporterin, die für eine Zeitung im Mittleren Westen der Vereinigten Staaten arbeitete. Sie lebte in Angst, weil sie ausführlich über ein Massaker berichtet hatte, das sich im Nahen Osten ereignet hatte. Aber die junge Reporterin war eine Frau gewesen, die nur über Tatsachen berichten wollte. In ihrer Sturheit bestand sie darauf, über die Greuel zu berichten.

Stone suchte und fand ihre Freundschaft. Er erzählte ihr von einem sicheren Nest in den Bergen, wo sie nett zu Mittag essen konnten. Kein Sex, nur Freundschaft. Die Reporterin war schließlich verlobt.

Stone fuhr mit ihr an einem schönen Morgen in die Berge und schoß ihr in die Augen. Es war perfekt.

Weil er unbedingt etwas haben wollte, was ihn an seinen Erfolg erinnern würde, zog er ihr den Verlobungsring vom Finger, brach den Diamanten heraus und ließ sich den Stein auf einem seiner Schneidezähne befestigen. Während der folgenden Jahre hatte er die Gewohnheit entwickelt, bei einem Mordauftrag die Facetten des Diamanten mit der Zunge zu liebkosen. Er hatte siebenundachtzig Morde begangen. Siebenundachtzig Erfolge. Es war kein Grund ersichtlich, warum der achtundachtzigste Mord nicht klappen sollte.

Plötzlich hatte Stone das Gefühl, daß er beobachtet wurde. Er drehte sich um.

Con McCleary sah gut aus in seiner Offiziersuniform. Er hatte drei Jahre bei der Air Force in Vietnam gedient, bevor er beim CIA unterkam.

Con McCleary haßte Uniformen. Er hatte eine Theorie entwickelt, wonach die Menschen Uniformen trugen, weil es ihnen Spaß machte, sich als Soldaten zu verkleiden.

»Frau Major Fleming ist da, Herr Oberst«, sagte die Sekretärin.

»Bringen Sie sie herein«, sagte McCleary und rief sich ins Gedächtnis, daß er auf keinen Fall zufrieden aussehen durfte. Er hatte noch nie einen Oberst erlebt, der zufrieden aussah.

Der Entschluß, nicht zu lächeln, war angesichts von Frau Major Fleming jedoch schwer aufrechtzuerhalten. Die üppigen Formen und die wunderschöne, glatte Haut der Besucherin drängten McCleary eine Frage auf. Ob er in seiner Stellung als Oberst der Frau Major befehlen konnte, sich vor ihm auszuziehen? Er war ziemlich sicher, daß er sie mit einem Kriegsgerichtsverfahren bedrohen durfte, falls sie sich weigerte, mit ihm ins Bett zu gehen.

Er verdrängte die angenehme Vorstellung und entbot seiner Besucherin einen knappen militärischen Gruß. Seine Aufgabe war es, Frau Major Fleming im Büro festzuhalten, bis Remo in Position gegangen war. Ihm war bereits gemeldet worden, daß Stone draußen auf Lauer lag.

Frau Major Fleming salutierte. McCleary erwiderte den Gruß.

»Hier sind die Dokumente, die Sie erbeten haben«, sagte er.

»Ich wußte nicht, daß ein Oberst diese Dokumente verwaltet. Ich dachte, ein Captain müßte bei der Herausgabe gegenzeichnen.«

»Nun, Captains haben manchmal Schwierigkeiten, an die Informationen heranzukommen.«

»Nicht nur sie. Ich habe größere Probleme, mich hinsichtlich HARP einzuarbeiten. Die Personen, die eigentlich befugt sind, mich zu informieren, halten mit den Daten zurück und behaupten, sie brauchen noch irgendeine Unterschrift, um die Akten freizugeben. Es ist mir nicht einmal gelungen, an die normalen Finanzberichte heranzukommen; irgendwie sind die Daten, die ich haben will, immer in einem anderen Computer. Mich wundert, daß Sie an die Akten gekommen sind.«

»Bitte, überzeugen Sie sich, daß es die richtigen Dokumente sind«, sagte McCleary.

»Muß ich mir die Dokumente gleich ansehen?«

»Ja, und den Empfang bestätigen müssen Sie auch.«

Frau Major Fleming warf einen Blick auf ihre Uhr. Con McCleary betrachtete Frau Major Fleming. Schon nach kurzer Suche fand er interessantere Stellen als die Uhr. Ob er ein Verfahren riskierte, wenn er ihr mit der Zunge den Blusenknopf öffnete? Kaum. Er war kein richtiger Oberst, und er benutzte einen Decknamen. Was immer er tat, es würde kein Verfahren geben.

»Ja, das sind die Papiere, die ich brauche. Wie haben Sie sich die Dokumente beschaffen können? Verfügen Sie über einen Code, den die Stabschefs nicht haben?«

»Militärgeheimnis«, sagte McCleary. Er spielte mit dem Gedanken, ihr rundheraus zu sagen, daß sie die schönste Frau war, die ihm je begegnet war. Allerdings hatte er nur zehn Minuten für das, was dem Kompliment folgen würde, dann würde Remo Position beziehen. Con McCleary brauchte mindestens einen halben Abend, um die zwischenmenschlichen Kontakte zu einer Frau zu vertiefen.

Komischerweise hatte er ein ähnliches Persönlichkeitsprofil wie Remo. Auch er war nicht imstande, eine dauerhafte Beziehung zu einer Frau aufzubauen, allerdings aus ganz anderen Gründen, als sie für Remo galten. Dieser hatte seine Partnerinnen verloren, weil er zu fürsorglich war, weil er die Frauen mit seiner Liebe erdrückte. McCleary hingegen war ein Mann, der nicht an morgen dachte. Während Remo sofort tief in die Fluten der Liebe eintauchte, schwebte McCleary irgendwo über den Wolken. Keiner von beiden schwamm an der Oberfläche, wie es die anderen Männer taten.

»Ja, das sind die Dokumente, die ich gesucht habe. Die Zahlen, die ich da lese, scheinen mir allerdings sehr merkwürdig. Sind Sie sich über die Folgen klar, die eine Untersuchung nach sich ziehen würde?«

McCleary starrte auf den bedruckten Boden. Er verstand keine einzige Zahl in dem Labyrinth von Daten. »Ich war der Ansicht, daß Ihnen das Material von großem Nutzen sein wird«, sagte er und ging zum Fenster. Remo hatte das Gebäude betreten. »Sie können die Dokumente dann in Washington studieren.«

»Wie sind Sie an die Unterlagen herangekommen?«

»Das darf ich Ihnen nicht sagen, Frau Major. Auf Wiedersehen.« McCleary überlegte, ob er sich nicht auf eine persönlichere Art von ihr verabschieden konnte.

Es war natürlich Smith gewesen, der dem Computer einen Teil der HARP-Daten entlockt hatte. Er hatte dazu die Informationen benutzt, die sich McCleary bei seinem Besuch in der Hauptverwaltung von Grove Industries beschafft hatte. McCleary würde von Smith noch mehr Daten übermittelt bekommen, die unmittelbar an Frau Major Flemings Computer in Washington weiterzuleiten waren.

Wäre Frau Major Fleming an den richtigen Oberst geraten, der diese Abteilung in der Behörde des Präsidenten beim Oberrechnungshof beaufsichtigte, sie wäre mit ihrem Wunsch nach Informationen gegen eine Wand gelaufen, und das nicht, weil der Oberst seine Pflicht vernachlässigte, sondern weil er diese Pflicht ernstnahm.

Vielleicht wäre sie auch auf der Stelle ermordet worden, dachte McCleary. Diese Gefahr drohte ihr immer noch.

Er beschloß, zwei Minuten abzuwarten. So war sichergestellt, daß er nicht mit Remo zusammentreffen würde. Wenn Remo bei der Ausführung des Auftrags Probleme hatte, würde McCleary nicht eingreifen. Er wußte nur eins: er mußte jetzt so schnell wie möglich die Uniform loswerden und das Gebäude verlassen. Das war das Geheimnis, warum McCleary nie erwischt worden war. Schnell rein, schnell raus. Merkwürdig, ging es ihm durch den Kopf, ganz wie in meinem Liebesleben.

Frau Major Fleming hätte schwören können, daß die Tür zum Fahrstuhl geschlossen war. Aus irgendeinem Grund ging die Tür auf, als sie den Gang entlangkam. Mit einer instinktiven Bewegung drückte sie ihr Aktenköfferchen an sich.

Der Mann in der Aufzugkabine begrüßte sie mit einem Lächeln. Er hatte hochangesetzte Backenknochen. Die Figur war hager, die Augen dunkel. Er sah sie an, als sei er ihr schon einmal begegnet.

»Guten Tag«, sagte er.

»Guten Tag«, sagte sie.

»Das ist eine hübsche Uniform«, sagte Remo.

»Eine ganze Armee trägt diese Uniform«, sagte Major Fleming. Warum wirke ich so anziehend auf die Männer, denen ich in Aufzügen begegne, dachte sie.

»Ich sehe schon, Sie möchten nichts mit mir zu tun haben«, sagte Remo. Es war dies die Variation einer Liebestechnik, die Chiun beschrieben hatte, als er seinem Schüler das Erklettern einer Wand lehrte. Chiun nannte es Annäherung. Allerdings mußte die Annäherung, wenn man es richtig machte, im Rahmen des koreanischen Blütenfestes stattfinden, und der Mann mußte während des Rituals komplizierte Tanzbewegungen ausführen. In einem Fahrstuhl war das kaum zu machen.

Frau Major schwieg.

»Sie haben sehr hübsche Knöpfe an der Uniform«, sagte Remo. Er war noch nie gut gewesen, was die Konversation in einem Aufzug anging, und eine Kontaktaufnahme, die auf Befehl vor sich ging, war natürlich noch schwieriger.

Was das Ärgste war: Remo fand das Opfer seiner Annäherung richtig nett, eine junge Frau, die er gern in seiner Freizeit, nicht aber im Dienst kennengelernt hätte. Es war dumm von mir, die Bemerkung mit den Knöpfen zu machen, dachte er.

Frau Major dachte nicht daran, auf die Bemerkung mit den Knöpfen einzugehen.

»Ich mag Aufzüge«, sagte Remo. Hatte er das wirklich gesagt? Die Bemerkung war ja noch dümmer als die erste.

Frau Major Fleming warf einen prüfenden Blick auf die Uhr. Sie konnte es nicht erwarten, wieder aus dem Aufzug herauszukommen.

»Ich finde die Dinger wirklich aufregend«, sagte Remo. Es war sein Mund, der das sagte. Ein menschliches Hirn, da war er sicher, hätte einen solchen Satz nicht ersinnen können.

Immer noch schwieg die Frau in der Uniform. Remo trat die Flucht nach vorn an.

»Es hat vielleicht mit dem engen Raum zu tun, in dem man eingepfercht wird... Die gepolsterten Wände... Der Duft in der Luft... Die Musik aus den Lautsprechern...«

Frau Major Fleming schenkte ihm ein Lächeln. Sie konnte sich nicht länger beherrschen.

»Also gut«, sagte Remo. »Das mit der Musik nehme ich zurück.«

»Ich kann mir schon vorstellen, daß Ihnen das Auf und Ab Spaß macht«, sagte Frau Major Fleming. Die Tür glitt auf. Remo folgte der jungen Frau durch das Gebäude bis auf die Straße. Sie war bestrebt, ihn abzuschütteln. Mit raschen Schritten überquerte sie die Straße und näherte sich einem Wagen, dessen Fahrer soeben die Tür öffnete. Es sah aus, als sei Major Fleming von diesem Mann erwartet worden.

Sie fand den Mann, der am Steuer saß, merkwürdig, obwohl sie zunächst nicht sagen konnte, worauf sich Ihr Urteil begründete. Erst als er den Mund öffnete, wurde ihr klar, was sie so seltsam berührt hatte. Der Mann trug einen dikken Diamanten auf einem seiner Schneidezähne.

12

Remo lief auf die Straße. Er bekam Major Flemings Aktenköfferchen zu fassen, und gleich darauf bekam er sie selbst zu fassen. Er drückte sie an sich, aber er tat das so sanft, daß sie nicht aus den Schuhen gehoben wurde. Sein Zugriff ähnelte der Bewegung eines Anglers, der mit der Rute zuckt, um einen Fisch aus den Fluten zu ziehen.

»Ich trage Ihnen den Aktenkoffer«, bot er an und pfiff nach einem Taxi. Aber sie wollte ihm ihren Aktenkoffer nicht überlassen. Sie warf ihm einen wütenden Blick zu.

»Nie gibt's ein Taxi, wenn man eines braucht«, sagte Remo. Dann sah er Stone, und das kostete ihn eine wertvolle Sekunde. Aber es war wichtig, daß er diesen Mann betrachtete. Er mußte wissen, wer die Frau töten wollte; nur so konnte er den Mord verhindern.

»Danke, daß Sie mir helfen wollen«, sagte Frau Major Fleming und zerrte an ihrem Aktenköfferchen. »Aber ich brauche kein Taxi. Ich gehe zu Fuß.«

Der Wagen, an dessen Steuer der Mann mit dem blitzenden Zahn saß, bog aus der Parklücke aus. Remo drängte Frau Major Fleming zu einem Taxi, öffnete die Tür und schob sie samt ihrem Aktenköfferchen auf den Rücksitz. Das Problem war, daß in dem Taxi bereits ein Fahrgast Platz genommen hatte. Remo zog den Mann aus dem Wagen. Der Fahrer weigerte sich, loszufahren. Remo drückte ihm eine Zehndollarnote in die Hand. Dann berührte er seinen Finger an einer ganz bestimmten Stelle. Der Taxifahrer zuckte zusammen. Der Schmerz war so intensiv, daß er mit dem Knie an seine Wechselgeldmaschine geriet. Der Inhalt entleerte sich auf seinen Schoß. Gleich darauf setzte sich das Taxi in Bewegung, samt Major Fleming und ihrem Aktenköfferchen. Die anderen Autos hupten, während Remo den Mann, den er aus dem Taxi gezogen hatte, über die Möglichkeit belehrte, ein neues Taxi zu finden. Er brauche sich nur mitten auf die Fahrbahn zu stellen. Der

Mann spuckte aus und wandte sich ab. Remo lächelte. Es war ihm gelungen, der heranfliegenden Spucke auszuweichen.

Er ging zu dem Auto, an dessen Steuer der Mann mit dem Diamantzahn saß. Er hatte bemerkt, daß der Mann zur Verfolgung des Taxis starten wollte.

»Gibt's Probleme, junger Freund?« Er war jetzt sicher, daß es sich um Stone handelte. Schließlich gibt es auch in New York nicht viele Menschen, die mit einem Diamant im Mund herumlaufen.

Remo konnte richtig spüren, wie Stone sich ärgerte. Er bemerkte auch, wie dieser mit der Schuhspitze nach dem Gas pedal tastete. Er brauchte ihm dazu nicht auf den Fuß zu schauen. Es war merkwürdig, aber wenn jemand den Fuß bewegen wollte, brachte er die Schulter nach vorn, das hatte Remo bei Chiun gelernt. Die meisten Menschen wußten das nicht. Sie hatten keine Ahnung, daß jede Körperbewegung andere Körperbewegungen auslöst, so wie sie auch nicht wußten, daß es ganz verschiedene Methoden der Atmung gab.

Als Remo sich bewußt wurde, daß er atmete, da war er sicher, daß er bei dieser Kraftprobe siegen würde. Daß der Mann versuchen würde, ihn über den Haufen zu fahren, war unerheblich. Remo verschwendete keinen Gedanken an den Tod. Er war das denkbar Beste auf dieser New Yorker Straße, wo es ein Auto gab, das gleich auf ihn zurasen würde, wo es einen Verkehrspolizisten gab, der soeben die Kreuzung verlassen hatte, um sich das Durcheinander auf dem Parkstreifen anzusehen, und wo es einen McCleary hätte geben sollen, der allerdings noch immer nicht aus dem Gebäude herausgekommen war. Remo spürte, daß er jenseits von ›gut‹ war. Er war richtig. Er fühlte sich auf einmal so sicher wie die Sonne, wenn sie aufgeht. Er war kühl wie das Wasser. Er war Sinanju.

Bevor Stone losfahren konnte, war Remo am Wagenfenster.

»Halte ich Sie auf?«

»Gehen Sie aus dem Weg«, sagte Stone.

»Niemand hindert Sie, loszufahren«, sagte Remo gutgelaunt. »Sie müssen mir allerdings Ihre Kehle dalassen.« Seine Hände schlossen sich um Stones Adamsapfel. Nein, er hatte nicht vor, dem Mann die Gurgel herauszureißen. Wenn Stone sich aber entschließen sollte, loszufahren und seine Gurgel in seinen Händen zurückzulassen, war das seine Sache. Stone nahm den Fuß vom Gas.

»Und nicht hupen. Dann heißt es nämlich gleich wieder, wir New Yorker Autofahrer haben keine Manieren«, sagte Remo. Er warf einen Blick nach vorn. Das Taxi mit Frau Major Fleming war in voller Fahrt. Stone rang nach Atem. Man konnte das daran erkennen, daß sein Mund offenstand. Remo war beeindruckt.

»Mann, bei welchem Zahnarzt sind Sie in Behandlung? Tiffany's?«

Und dann war das Taxi außer Sicht. Der Verkehrspolizist war bei den beiden Männern angekommen. Zu Remos Erleichterung trug bei, daß McCleary aus dem Büro des Obersten Gerichtshofes gekommen war.

Das war's. Remo gab Stone frei. Er deutete ein Kopfnicke-n in Richtung McCleary an, aber der ließ die nette Geste unbeantwortet. McCleary beschloß, Remo wegen des Kopfnikkens ins Gebet zu nehmen. Das war einfach zu gefährlich. Ein Profi, der die Szene beobachtete, hätte längst Wind bekommen.

Stone rieb sich den Nacken mit der linken Hand. Mit der Linken betätigte er den in seiner Jackentasche verborgenen Auslöser der Kamera. Er hatte das Kopfnicken bemerkt.

Remo kehrte in das Haus zurück, wo das Training stattfand. Er genehmigte sich drei Sekunden Stolz auf die vollbrachten Leistungen.

McCleary erwartete ihn bereits. Er erklärte Remo im Beisein von Chiun, daß er sich bei einem solchen Einsatz nie gegenüber einem anderen Agenten zu erkennen geben durfte, es sei denn, ein gemeinsames Vorgehen wäre verabredet gewesen. Wenn überhaupt jemand eine solche Geste machte, dann würde es McCleary sein.

Chiun verstand natürlich kein Wort von dem, was

McCleary da erzählte. Er hatte immer noch nicht begriffen, warum die Amerikaner so geheimnisvoll taten. Ob Remo seinen Gegner verfehlt hätte, erkundigte er sich.

Nein, sagte McCleary. Remo hatte seinen Gegner nicht verfehlt.

Dann, meine Chiun, sei der Feind des glorreichen Kaisers Smith ja tot.

Nein, sagte McCleary, der Feind sei nicht tot. Bei Remos heutigem Einsatz sei es nicht darum gegangen, jemanden zu töten. Der Auftrag sah vor, daß er eine Person beschützte.

»Der beste Schutz ist die Ermordung des Feindes«, sagte Chiun.

»Es gibt in diesem Fall keinen Feind im klassischen Sinn«, sagte McCleary. Er wandte sich zu Remo. »Von dem Kopfnicken abgesehen, haben Sie's gut gemacht. Frau Major Fleming kann einen ganz schön auf Trab halten, wie?«

Chiun beschloß zu schweigen. Er hatte es mit einem Kaiser zu tun, der nicht zugeben wollte, daß er Kaiser war. Mehr noch, er weigerte sich, je Kaiser zu werden. Dieser Kaiser ließ sich einen Mörder ausbilden, den er allerdings nicht gegen seine Feinde einzusetzen gedachte. Und die beiden Männer, die zum Hofstaat des Kaisers gehörten, unterhielten sich über die läuferischen Fähigkeiten einer Frau.

Chiun beobachtete Remo ganz genau. Remo schien das Thema ganz normal zu finden. Immer noch sprach er von der Frau. Chiun dachte nach und kam zu dem Ergebnis, daß es sich bei der Bezeichnung »Frau« nicht etwa um einen Decknamen handelte. Es hatte wirklich eine Frau gegeben. Eine Frau in einem Fahrstuhl.

»Ihr Training war gut«, sagte McCleary zum Schluß. »Sie haben Ihren ersten Auftrag fast fehlerfrei erledigt.«

»Danke«, sagte Remo.

Da war es wieder. Fast fehlerfrei. Remo dankte dem anderen Mann für etwas. Und jetzt sah McCleary zu Chiun herüber, als wollte er ihn ermuntern, etwas zu sagen. Was konnte er, der Meister des Sinanju, in diesem Augenblick zu den Weißen sagen? Sollte er ihnen vielleicht von den Tugenden seiner ersten Frau erzählen?

»Gutes Training«, wiederholte McCleary.

Chiun warf Remo einen Blick zu. Remo schien glücklich.

»Ist der Mord korrekt ausgeführt worden?« fragte Chiun.

»Es gab keinen Mord«, sagte der Amerikaner McCleary.

»Ich verstehe. Die Person ist noch nicht tot, sie liegt im Sterben.« Er fixierte seinen Schüler. »Du hast die Person mit einem Handkantenschlag außer Gefecht gesetzt?«

»Nein, kein Toter«, sagte McCleary. Er gab sich mit »fast fehlerfrei« zufrieden, und auch Remo gab sich mit »fast fehlerfrei« zufrieden. Chiun beschloß, etwas Reis zuzubereiten.

»Ein Lob Ihnen und ein Lob dem Haus Sinanju«, sagte McCleary, als er sich verabschiedete.

»Natürlich«, sagte Chiun. Remo hatte eine sehr unklare Art, sich auszudrücken. Er faselte etwas von seinem Land, von den Notwendigkeiten in diesem Land. Er sagte auch, wie stolz er auf das Land war, wie sehr er es liebte.

Natürlich konnte er Chiun nicht sagen, was dieses Land je für ihn getan und was es ihn gelehrt hätte. Er sagte nur wiederholt, wie schön das Land sei.

Und dann sagte Remo:

»Heute habe ich zum erstenmal gespürt, daß ich ein Sinanju bin, Kleiner Vater.«

»Nenne mich nie deinen Kleinen Vater. Ich bin nicht dein Vater«, sagte Chiun.

»Es tut mir leid«, sagte Remo. »Es ist mir nur so herausgerutscht.«

»Ich bin nicht dein Vater. Ich bin der Meister des Sinanju, der von deinem Kaiser Smith für deine Ausbildung angeworben wurde. Nenn mich bitte nicht Vater.«

»In Ordnung.«

»Nenne mich nie Vater. Nie, nie, nie!«

»Ich habe verstanden. Warum betonen Sie das so?«

»Ich habe keinen Sohn.«

»Schon gut«, sagte Remo. Noch nie hatte er Chiun in einem solchen Zustand der Rührung erlebt.

»Und du bist auch kein Sinanju.«

»Ich habe mich aber wie ein Sinanju gefühlt. Ich habe die Kräfte in mir gespürt, die Sie mir gegeben haben.«

»Du bist kein Sinanju. Du bist nicht mein Sohn.«

»Okay, okay.«

Eine Weile lang schwieg Chiun. Er betrachtete das kochende Wasser im Reistopf, dann fand sein Blick zu Remo zurück.

Schließlich sagte er: »Du mußt trainieren, damit du deine Höhenangst wegbekommst.«

»Einverstanden«, sagte Remo.

»Es ist wichtig, daß du dich in großer Höhe sicher bewegen kannst.«

»Ich verstehe.«

»Du bist dein eigener Vater, Remo.«

»Ich verstehe. Aber heute, als ich auf der Straße stand, als ich dem Mann in die Augen sah, der mich überfahren wollte, da habe ich begriffen, was Sinanju ist. Ich weiß nicht, wer meine Eltern sind, und ich weiß kaum etwas von dem, was sich in meiner Jugend ereignet hat, aber ich weiß, Meister des Sinanju, daß ich heute ein Sinanju war.«

»Was macht dich so sicher, unwürdiger Zipfel eines bleichen Schweineohrs?«

»Als ich sah, daß der Mann mich töten wollte, habe ich keine Angst vor dem Tod empfunden; das ist der Beweis. Ich habe ans richtige Atmen, an meine Bewegungen gedacht, nicht an den Tod.«

Chiun antwortete nicht. Er wußte, daß Remo die Wahrheit sagte. Aber auch wenn er in jenem Augenblick der Gnade des Sinanju teilhaftig geworden war, so war er doch nicht der Mann, der Sinanju beherrschte. Es war umgekehrt. Sinanju beherrschte Remo und konnte ihn verlassen, wenn er die Gabe zum Überleben brauchte. Dann war alles umsonst gewesen. Remo würde sterben.

Chiun erinnerte sich an das geheime Versprechen, das er Smith gegeben hatte, ein Versprechen, das schwer einzulösen sein würde. Einmal mehr versuchte er Remo zu erklären, was ein professioneller Attentäter im Sinn des Sinanju war und was Sinanju für das Dorf bedeutete.

Es hatte einmal eine Zeit gegeben, da war Sinanju so arm, daß die Menschen ihre kleinen Kinder nicht mehr ernähren konnten; die Kleinen mußten in den kalten Fluten der Bucht ertränkt werden. Die Armut war der Grund, warum sich die Meister des Sinanju bei den Reichen verdingten. Bei den Meistern lernte eine Generation von der anderen. Der Geist des Sinanju wurde von einem zum anderen weitergegeben, bis die Stufe erreicht war, wo die wahren Kräfte des Menschen erschlossen wurden.

»Ich weiß das«, sagte Remo. »Worauf wollen Sie hinaus?«

»Wenn ein Meister des Sinanju bei der Erfüllung seiner Pflicht versagt, bedeutet das den Tod für viele Kinder des Dorfes. Manchmal haben wir keine andere Wahl.«

»Ich verstehe immer noch nicht.«

»Wir werden dich in großer Höhe trainieren«, sagte Chiun zu dem Mann, in dessen Augen der Stern glänzte, obwohl er ein Weißer war.

»Ich kenne Sie überhaupt noch nicht, Chiun«, sagte Remo, »ich weiß nicht, was Sie denken. Und nun werde ich Ihnen noch etwas sagen. Ich will gar nicht wissen, was Sie denken.«

»Gut«, sagte Chiun.

»Gut«, sagte Remo.

An jenem Abend aßen sie, ohne miteinander ein Wort zu wechseln.

Wilson hatte nicht versagt. Er hatte einen Rückschlag in einen Durchbruch verwandelt. Der Feind würde sich nicht länger vor ihnen verbergen können.

»Ich glaube, das sind sie alle«, sagte Wilson. Er warf drei Abzüge auf Groves Schreibtisch. Die Fotos kamen neben dem Torpedo-Modell Strider zu liegen, eine einzigartige Waffe, die einen ganzen Geleitzug versenken konnte. Die Torpedos waren mit einer automatischen Zielvorrichtung ausgestattet, die sich den Weg zu den Munitionsvorräten im Bauch der Schiffe ertastete. Strider sah wie ein silbernes Würstchen aus, ein Würstchen mit verstärkter Spitze. In Grove Industries wurde gewitzelt, daß es die unverheirateten Frauen im Betrieb waren, die für die hohe Diebstahlsquote bei diesen Modellen verantwortlich waren. Der Witz hatte einen wahren Hintergrund.

George Grove vertraute darauf, daß eine Waffe, deren Form dem Glied des Mannes glich, enthusiastische Aufnahme bei den Kongreßabgeordneten und den Militärs finden würde. Sie würden Grove drängen, immer größere Versionen dieser Waffe zu bauen.

Es war die Abteilung Psychologie von Grove Industries, die den Plan ausgetüftelt hatte, und der Plan funktionierte. Die Russen rüsteten nach, ohne zu ahnen, worauf sie sich da eingelassen hatten. Sie bauten noch größere Torpedos.

Bei einer Besprechung in Washington, wo es um den kleinen Unterschied ging, sagte ein General: »Die Russen sind uns fünfzehn Zentimeter voraus. Fünfzehn entscheidende Zentimeter.«

Ein israelischer General brachte sein Land an den Rand des finanziellen Ruins, als er für die Marine ein noch größeres Modell in Auftrag gab. Ein arabischer Scheich nahm die israelische Herausforderung an. Er sei bereit, die Ölreserven seines Landes zu erschöpfen, wenn er damit sicherstellen konnte, daß er, nicht die Israelis, die größten Torpedos bekamen. Die amerikanische Finanzhilfe für Israel, so klagte der Scheich, sei schuld an der Verschiebung der Maßstäbe.

Pazifistische Gruppen im Westen protestierten gegen Militärhilfe und Rüstung mit Schildern, auf denen die Forderung erhoben wurde: »Nieder mit der amerikanischen Erektion.«

Natürlich achtete Grove Industries eifersüchtig darauf, daß die psychologische Botschaft, die bei der Formgebung der Waffen zugrundegelegt wurde, nie an die Öffentlichkeit kam.

»Wilson, ich glaube, Sie haben das Problem gelöst. Es könnte gar nicht besser sein«, sagte Grove. »Mögen Sie immer so erfolgreich versagen wie diesmal.«

Vor ihm lag die Antwort auf all die Fragen, die sich in der letzten Zeit aufgetürmt hatten. Der falsche Inspektor von der Nationalen Steuerbehörde hatte sich auf dem Foto in einen falschen Oberst verwandelt. Der Mann, der dem falschen Oberst zunickte, war der gleiche, der Stone davon abgehalten hatte, das Problem Fleming aus der Welt zu schaffen.

»Das sind sie«, sagte Wilson. »Wir kennen damit auch die Methode, wie sie uns in die Irre geführt haben. Das sind die Personen, die uns soviel Probleme verursachen. Diese Männer haben verhindert, daß General Watson die verdammte Frau in die Klapsmühle einwies, und dann haben sie auch noch ihre Eliminierung vereitelt.«

»Das sind sie«, sagte Grove.

»Wenn sie sich eines Computers bedienen, und natürlich bedienen sie sich eines Computers, dann werden wir uns innerhalb weniger Tage an ihr Hauptquartier heranpirschen. Nur noch ein paar Tage, Mr. Grove. Wir verfügen über die größten technologischen Möglichkeiten aller Zeiten. Ich will den Tag nicht vor dem Abend loben, aber der Fall ist so gut wie gelöst. Die Fotos waren das einzige, was uns noch fehlte.«

»Keine falsche Bescheidenheit, Wilson«, sagte Grove. »Aber was ist schiefgelaufen?«

»Es war zum erstenmal, daß Stone einen Job vermasselt hat. Ein zweites Mal wird es nicht geben«, sagte Wilson.

»Wer ist das hier?« fragte Grove. Er deutete auf einen Mann, der den Blick auf die Windschutzscheibe eines Autos gerichtet hatte. Der Mann lächelte.

»Der ist besonders verdächtig, nicht wahr? Keine Fingerabdrücke. Das Gesicht ist in keinem Computer gespeichert. Betrachten Sie den Mann als tot.«

»Sorgen Sie dafür, daß Ihre Prophezeiung Wirklichkeit wird.«

»Ich habe schon das Nötige veranlaßt«, sagte Wilson. »Ich hätte Stone diesen Wunsch auch schlecht abschlagen können. Meine Fahndung konzentriert sich auf New York. Wenn dieser Mann irgendwo in der Stadt seinen Kopf aus dem Gully steckt, haben wir ihn. Und wenn wir ihn haben...«

»Stone«, sagte Grove.

»Das bin ich Stone schuldig«, sagte Wilson.

Wenn Remo Sinanju wäre, würde er nicht so heftig atmen. Wenn Remo Sinanju wäre, würde er nicht so viele Fragen stellen. Wenn Remo Sinanju wäre, hätten er und Chiun längst den Gipfel des Berges erklommen.

Also sprach Chiun, der sich im Verlauf des ganzen Vormittags besonders kritisch gezeigt hatte. Remo hatte sich verzählt, als sie die schmale Leiter aus Metall hinaufkletterten, die sie den Lichtstrahlen näherbrachte. Schließlich hatte er das Zählen ganz aufgegeben. Er wußte nur, daß es aufwärts ging, und das paßte ihm nicht, weil es darauf hinauslief, daß sie in schwindelnder Höhe trainieren würden.

»Ich fände es viel besser, wenn Sie mir statt dessen die Sexübungen erklären würden. Ich meine, wie führt man den Balztanz des koreanischen Mannes in einer Aufzugskabine auf? Ich habe es versucht, aber ich bin gescheitert«, sagte Remo. Die Leiter schien kein Ende zu nehmen.

»Hast du mich gefragt, wie man den Schlangenschwung ausführt? Nein. Hast du mich gefragt, wie sich ein Skorpion verteidigt? Nein. Hast du mich gefragt, was die sieben Traditionen und die neunundneunzig Stufen der Reinheit sind? Nein. Essen und Sex. Ich muß mich mit deinen Gelüsten nach Essen und Sex herumschlagen.«

»Wie hoch sind wir jetzt?«

»Die Höhe ist einigermaßen gut«, sagte Chiun grimmig. »Ziemlich gut.« Wer dumm fragte, fand er, dem gebührte eine dumme Antwort.

Als sie in der richtigen Höhe angelangt waren, hielt Chiun inne. Licht flutete aus den Fenstern oberhalb der kleinen Plattform. Dort unten lag New York mit seinem Hafen. Wohin man schaute, war Wasser.

Die geschwungenen Formen der Statue und die Überhänge kamen dem Trainingsgelände in den Bergen von Sinanju sehr nahe. Das Gebilde, das Chiun und sein Schüler erklettert hatten, war den Amerikanern einst von den Franzosen zum Geschenk gemacht worden. Die Statue befand sich in Reparatur, Leib und Glieder waren von Baugerüsten verdeckt.

»Halt dich nicht an den Gerüsten fest«, warnte Chiun. »Ich möchte nicht, daß du deine Hände gebrauchst. Es ist nicht gut, wenn du dich mit den Händen an die Gerüste klammerst.«

»Irgendwie muß ich mich ja am Leben erhalten«, sagte Remo.

»Da sieht man wieder einmal, wie wenig du von meinen Lehren verstanden hast. In einem Augenblick wie diesem an Leben und Tod zu denken!« Chiun hob die Arme mit einer flehentlichen Geste gen Himmel. Was hatte er falsch gemacht, daß sein Training bei diesem Weißen so schlecht angeschlagen hatte?

Als die Anrufung des Universums beendet war, beorderte Chiun seinen Schüler auf den Kletterstieg, der über die Gewänder und den Kopf der Statue in die Höhe führte. Er selbst blieb unten, um Remo zu beobachten, wobei er sein besonderes Augenmerk darauf verwandte, daß sein Schüler sich nirgendwo mit den Händen anklammerte. Ein kleiner Aufzug, der zur Beförderung der Bauarbeiter diente, war soeben in der Krone angekommen. Drei Männer mit Schutzhelmen entstiegen der Kabine. Chiun sah, wie sie das Gerüst hinabkletterten. Dann war Remo allein. Er balancierte ein Brett entlang und versuchte, seine Angst zu überwinden, die Angst vor dem Fall in die Tiefe. Wenn er abstürzte, würde er auf dem Sockel der Statue aufprallen. Nur ein Brei aus zerschmetterten Knochen würde von ihm übrigbleiben.

Er befand sich in großer Höhe, und das Gefühl der Unsicherheit war so beklemmend wie noch nie. Er war ins Schwanken geraten und ergriff unwillkürlich das Geländer. Er konnte sich nicht einmal mehr aus eigener Kraft aufrecht halten. Chiun hatte recht. Er verfügte nicht über die Gabe des Sinanju, das Sinanju verfügte über ihn. Jetzt hatte ihn Sinanju im Stich gelassen. Er würde wohl nie hinter das Geheimnis kommen.

So weit, so gut. Hauptsache, er kam irgendwann wieder auf sicheren Boden zu stehen. Er würde an dem Gerüst, das den Fahrstuhl umgab, in die Tiefe klettern.

Die drei Bauarbeiter hatten mit ihren Bewegungen das Gerüst ins Schwanken gebracht.

»Nicht doch, Jungens«, sagte Remo. Diese Männer hatten keine Höhenangst. Sie nicht, Remo sehr wohl. Er war kein

Sinanju. Er gehörte nach unten, wo man sicher stehen konnte. Er begann den Abstieg.

Wenn Remo nicht soviel Angst gehabt hätte, wäre ihm das Glitzern der Sonne in den Gläsern des Feldstechers aufgefallen. Als nächstes wäre ihm der Mann aufgefallen, dem der Feldstecher gehörte. Und zum Schluß wäre ihm aufgefallen, daß es gar nicht der Feldstecher war, der die Strahlen der Sonne reflektierte, sondern der Diamant, der die Schneidezähne des Mannes verzierte.

Wenn er nicht soviel Angst gehabt hätte, wäre es ihm auch nicht so entsetzlich schwergefallen, das Gleichgewicht zu halten. Er hätte es nicht als Gefahr empfunden, in großer Höhe auf einem Baugerüst zu stehen. Die Planke, auf der er balancierte, wäre ihm Halt genug gewesen. Daß die Bauarbeiter das Gerüst ins Schaukeln versetzten, hätte ihm dann nicht so einen Schrecken eingejagt. Er hätte sich auch nicht am Geländer des Gerüstes festhalten müssen.

»Jetzt seid doch vernünftig, Jungens«, sagte Remo. Es war doch wirklich nicht notwendig, daß sie das Gerüst zu einer Schaukel umfunktionierten. Nicht jeder liebte Höhen.

Die Arbeiter sahen sich an und grinsten. Sie hatten verstanden, was Remo gesagt hatte. Sie verstärkten die Schaukelbewegung des Gerüstes.

»He, seid ihr verrückt?« sagte Remo.

»Was hast du hier überhaupt zu schaffen?« sagte einer der Männer. Er sah aus, als sei er auf einem Baugerüst in einer Höhe von fünfzig Stockwerken zur Welt gekommen.

»Wir arbeiten hier. Arbeitest du auch hier?« sagte der andere Mann.

»Unbefugte haben keinen Zutritt zur Baustelle«, sagte der dritte. »Wir wollen hier keine Unfälle haben.«

»Keine Unfälle und keine Selbstmorde«, sagte der erste. Das Brett schlingerte gefährlich.

»Also gut. Meinetwegen. Ich verschwinde. Abwärts. Jetzt sofort. Aber hört auf mit dem Schaukeln«, sagte Remo. Er versuchte auf der Bohle entlangzulaufen. Aber es wurde kein Lauf, sondern der Watschelgang eines merkwürdigen Wesens, das sich von Geländer zu Geländer tastete.

»He«, sagte der Mann, der zuerst gesprochen hatte. »Du wirst vom Gerüst verschwinden, das glauben wir dir. Du wirst die Abkürzung nehmen.«

Remo spürte, wie die Bohle, auf der er stand, ins Wanken geriet, als der Arbeiter mit erhobenen Armen auf ihn zulief. Ob das überhaupt Bauarbeiter waren? Remo war sich dessen plötzlich nicht mehr so sicher. Sicher war nur, daß diese Männer darauf aus waren, ihn umzubringen. Nachdem sich seine Angst ins Grenzenlose gesteigert hatte, würden sie mit ihrem Mordversuch auch Erfolg haben. Sein Blick fiel auf ein Querholz, das etwa drei Meter tiefer auf dem Gerüst angebracht war.

Remo sprang. Seine Füße waren schwer wie Blei, und seine Hände waren starr wie Eis, aber er sprang. Er bekam das Querholz zu fassen, mit knapper Not. Sein Körper fühlte sich wie ein Sack Ziegelsteine an. Das Gerüst schlingerte. Er hing an dem Querholz und spürte, wie ihm die Kanten ins Fleisch schnitten. Aber er war in Sicherheit.

Er war in Sicherheit, bis die drei Arbeiter leichtfüßig auf seine Ebene hinabsprangen. Ihre Bewegungen erinnerten Remo an Akrobaten. Akrobaten, die einen Sack Ziegelsteine verfolgten.

Remo tastete nach einer anderen Verstrebung, aber sein Körper war starr vor Angst; er verfehlte den Halt. Er fiel. Aber nur eine Sekunde lang. Er stand auf dem Daumen. Er blickte nach oben. Er war von der Fackel der Freiheitsstatue auf den Daumen der Dame gesprungen. Das grüne Kupfer hatte Spuren auf seinem Gesicht und an seinen Händen hinterlassen. Ein eigentümlich scharfer Geruch stieg ihm in die Nase. Er lag auf dem Daumen der Statue, Arme und Beine von sich gestreckt, krampfhaft bemüht, die Oxydschicht nicht zum Abbröckeln zu bringen. Er wußte, er durfte jetzt nicht in die Tiefe hinabblicken. Er hatte nur noch einen Wunsch: Nie mehr diesen Daumen verlassen. Der Daumen war seine Zuflucht, seine Heimat, sein Schicksal. Er liebte diesen kupfernen Daumen. Er liebte ihn so sehr, daß er nie mehr einen anderen Gegenstand ansehen würde. Auf dem Daumen würde er liegenbleiben; das war die Stelle, wo er hingehörte. Seine Heimat. Er schmiegte seine Wange an das Kupfer und umarmte den Daumen.

Dann vernahm Remo ein schürfendes Geräusch. Das Geräusch kam von einer Stelle in der Nähe seines Kopfes. Ein Gegenstand berührte seine Hand, schürfte auf dem Handrücken entlang. Remo war gezwungen, den Blick zu heben. Die Arbeiter hielten Stangen in den Händen, Stangen, an deren Ende sich Schaber befanden. Es waren die Geräte, mit denen das oxydierte Kupfer von der Statue abgekratzt wurde. Die Männer benutzten die Geräte, um Remo vom Daumen der Statue abzukratzen. Kriechend wich er zurück.

Er spürte, wie hundertjähriger Kupferstaub sein Gesicht bedeckte. Der Staub drang in seinen Mund ein. Er kam ins Rutschen. Er rutschte den Arm der Freiheitsstatue hinunter, über die Muskeln des Oberarms bis in die Falten ihres Gewandes. Es war das Gewand, das Millionen von Menschen angestarrt hatten, wenn sie in Amerika ankamen. Bei Remo war es umgekehrt. Er würde Amerika verlassen, und zwar für immer.

Und dann war kein Kupfer mehr da. Er fiel, kam auf einer Querstrebe des Gerüstes auf, fiel weiter, streifte Holme und Bohlen. Und dann war der Fall zu Ende. Remo bekam eine Strebe zu fassen. Er war auf einer der tiefer gelegenen Ebenen des Gerüsts gelandet. Irgendwie wartete er darauf, daß sich eines seiner Glieder mit der Meldung, es sei gebrochen, beim Gehirn vorstellen würde, aber er wartete vergebens. Remo beschloß, das Gerüst wieder hinaufzuklettern. Er vermied es, in die Tiefe zu blicken.

Aber dann fehlten Sprossen auf der Leiter. Irgend jemand hatte am oberen Ende der Leiter die Sprossen entfernt. Unter Remo war der Abgrund. Die Arbeiter hatten ihm das eingebrockt. Ganz sicher. Aber sie waren längst über alle Berge. Gut, dachte Remo. Ich hab's überlebt.

Er konnte sich atmen hören. Jetzt sog er die Luft ein, wie Chiun es ihn gelehrt hatte.

Er reinigte seine Kleidung vom Kupferstaub. Und dann glitt er scheinbar schwerelos auf dem Körper der Statue entlang. Es war ein schöner Tag. Der helle Himmel verbarg die Sterne, die am Abend aufgehen würden.

Er hätte den Fahrstuhl nehmen können. Aber Fahrstühle waren langsam. Und Remo hatte soeben den Entschluß gefaßt, die drei Männer nicht entkommen zu lassen. Er ließ seine Fingerspitzen auf der fleckigen Kupferschicht entlangfahren, badete sie in der Patina aus Salz und Metall, die sich seit vielen Jahren auf der Oberfläche der Statue gebildet hatte, roch die Luft, spürte das Gesicht und die Schwere des berühmten Symbols, wurde eins mit den Bewegungen seines Körpers und wußte tief in seinem Herzen, daß er es endlich gelernt hatte, den Gefahren der Höhe zu trotzen.

Stone nahm seine Männer am Fuß der Statue in Empfang. Er verzichtete darauf, ihnen seine Anerkennung auszusprechen. Wozu auch? Die Männer wären nicht das Gerüst hinabgestiegen, wenn sie den Auftrag nicht erledigt hätten. Der klassische Trick hatte funktioniert. Wenn die Zielperson ein Mann war, der sich in einem bestimmten Ambiente, zum Beispiel auf der Straße sehr sicher fühlte, dann verlegte man den Ort der Exekution eben in einen Bereich, wo er sich nicht so auskannte. Zum Beispiel auf die Freiheitsstatue.

Der Plan hatte dennoch einen Pferdefuß. Stone erkannte das mit einem Blick. Der Mann hatte überlebt. Er trat soeben hinter der Statue hervor. Er ging auf die drei Männer mit den Schutzhelmen zu. Der Ausdruck seiner Augen verriet nichts Gutes.

Einer der drei zog seine Pistole.

»Erledige ihn«, sagte Stone.

Chiun, der auf der Rückseite der Statue stand, hörte einen Schuß. Er hatte Remo beim Hinabklettern und bei seinem Fall beobachtet. Er hatte vor, mit seinem Schüler bei nächster Gelegenheit die Fehler durchzusprechen, die dieser gemacht hatte. Remo hatte sehr lange gebraucht, bis er merkte, daß er angegriffen wurde. Aber das war nicht das Problem – es war nur ein Symptom für das Problem. Das Problem, das Chiun mit dem Training auf der Freiheitsstatue hatte lösen wollen, war Remos Höhenangst. Von der Rückseite der Statue war ein Schuß zu hören. Der Knall war nicht sehr laut. Revolverschüsse, die in der Nähe des Meers abgegeben wurden, klang gedämpft, weil das Wasser den Schall schluckte.

Chiun hatte sich angeboten, einer Familie beim Fotografieren zu helfen. Er gab dem Mann die Kamera zurück und machte sich auf den Weg zur anderen Seite der Statue. Er ging in die Richtung, aus der das Geräusch des Schusses gekommen war. Er war sicher, daß er Remo dort antreffen würde. Sein Schüler mußte noch einiges über das Problem der Angst lernen, falls er sich das fehlende Wissen nicht in den letzten Sekunden angeeignet hatte. Selbst wenn Remo jetzt wußte, was ihm bis heute gefehlt hatte, so würde Chiun ihm nicht den Vorwurf ersparen, daß es für diesen Teil der Lektion sehr lange gebraucht hatte.

Es gab vieles, was Chiun seinem Schüler noch zu erklären hatte. Mit heiterer Gelassenheit bewegte sich der Meister des Sinanju auf die Stelle zu, wo der Schuß gefallen war.

Um einer Kugel auszuweichen, mußte man nicht die Kugel, sondern dem viel langsameren Körper des Menschen ausweichen, der die Kugel abfeuerte. Der Mann, der mit seinem Revolver auf Remo gezielt hatte, war in seinen Bewegungen viel leichter abzuschätzen als Chiun, mit dem Remo trainiert hatte. Es war kinderleicht. Aber Remo verschonte den Schützen. Es war wichtiger, daß er den Mann mit dem Diamanten im Zahn erwischte. Remo schwebte über ein großes Behältnis, das mit nassem Zement gefüllt war, hinweg. Als er die Statue umrundet hatte, erblickte er Stone, der am Steuer eines Motorbootes saß. Das Boot entfernte sich in rascher Fahrt von der Insel, auf der die Freiheitsstatue stand.

Wasser, dachte Remo. War Wasser das gleiche wie nasser Sand? Der Mann mit dem Diamantzahn würde entkommen, wenn er nichts unternahm. Remo kochte vor Wut.

Wut war genauso schlecht wie Angst. Wäre Remo nicht so wütend gewesen, so hätte er den Mann bemerkt, der ihm bis zu dem Behältnis mit dem nassen Zement gefolgt und in der zähen Menge steckengeblieben war. Der Mann hielt eine Pistole in den Händen, deren Mündung auf Remos Hinterkopf gerichtet war.

Niemand kann einer Kugel ausweichen, wenn er nicht weiß, daß auf ihn geschossen wird. Der Mann mit dem Sicherheitshelm hatte auf Remos Kopf gezielt, und die Kugel hätte ihr Ziel auch erreicht, hätte Chiun den Schützen nicht durch eine blitzschnelle Berührung mit seinem langen Fingernagel daran gehindert, den Abzug der Waffe zu betätigen. Der Mann erstarrte, als sei er von einem Zauberer verhext worden. Immer noch hatte Remo sich nicht umgedreht.

Er drehte sich auch nicht um, als der gelähmte Angreifer heftig gegen eine verrostete Kabeltrommel geschleudert wurde.

Natürlich drehte er sich auch nicht um, als Chiun über soviel Einfalt den Kopf schüttelte. Remo stand da, zitternd vor Zorn. Und das, obwohl ihm Chiun in langen Monaten des Trainings beigebracht hatte, daß ein Sinanju sich nicht vom Zorn übermannen lassen durfte.

Hatte Chiun das verdient? War das die Belohnung für die Großzügigkeit, mit der er den Weißen in die furchtbaren Geheimnisse des Sinanju eingeweiht hatte? In wie viele Fettnäpfe würde dieser Schüler noch hineintappen, dieser Mensch, der Lust auf eine Frau entwickelte, nur weil die Frau wunderschön aussah, anstatt sein Augenmerk darauf zu richten, ob diese Frau korrekt atmete?

Aber Chiun war dergleichen Enttäuschungen gewöhnt. Er hatte, als er um die Freiheitsstatue herumging, eigentlich nur vorgefunden, was er zu sehen erwartete. Wieder einmal war der anständigste und selbstloseste Mensch gekränkt und brüskiert worden, den Chiun kannte. Er selbst.

Chiun wandte sich ab. Zufrieden, daß die Ordnung der Dinge sich erneut bestätigt hatte, ging er zu einer Gruppe Jungen hinüber, die ihre Angeln in das Wasser hielten. Er sagte ihnen, daß ein guter Fischer weder Angelhaken noch Rute noch Schnur benutzt. Da die Jungen Weiße waren, reagierten sie mit Unverständnis.

»Wie soll man denn einen Fisch ohne Angelhaken und ohne Angelschnur fangen?« sagten sie. Chiun fiel auf, daß sie ihn nicht ein einziges Mal mit seinem Titel »Ehrwürdiger Meister« angesprochen hatten.

Aber er wurde ja nicht dafür bezahlt, diesen Jungen das Fischen beizubringen, und so ignorierte er ihre Frage. Diese Burschen würden zu richtigen Amerikanern heranwachsen, da war Chiun ganz sicher. Sie würden sich in die minderwertige Zivilisation eingliedern, in die auch Remo so gut hineinpaßte.

Remo kam. Er schwitzte am ganzen Körper. Er keuchte wild.

»Es ist alles ganz ordentlich gelaufen«, sagte er. »Ich war einigermaßen gut.«

»Warum gehst du nicht angeln?« spottete Chiun. »Du könntest einen Angelhaken und eine Angelschnur benutzen wie diese Jungen.«

»Hören Sie, ich bin da oben beinahe umgebracht worden«, sagte Remo.

»Ja«, sagte Chiun. Er war jetzt über die Maßen frustriert. »Wie entsetzlich. Du keuchst. Du schwitzt. Du zitterst vor Wut. Man kann dir deine Angst auf zehn Schritte ansehen. Du bist eine Schande für mich, der dich richtiges Atmen gelehrt hat.«

»Ich bin heilfroh, daß ich noch am Leben bin«, sagte Remo.

»Da hast du wirklich Glück gehabt«, sagte Chiun. Er sprach kein einziges Wort mehr, während sie mit der Fähre zum Festland übersetzten.

An jenem Tag sollten sich die Probleme für Smith und McCleary zu einem schier unüberwindbaren Berg auftürmen. Remo, der die beiden über seine Erlebnisse auf Liberty Island informierte, war die Ursache. Als er mit Smith und McCleary sprach, brachte er ein grauenhaftes Geheimnis in Erfahrung, das die beiden bis dahin eifersüchtig gehütet hatten.

Remo erfuhr zugleich das Geheimnis, das Chiun in seinem Herzen trug. Es war Harold W. Smith, der ihm dieses Wissen vermittelte. Nach jener Unterredung verstand Remo nun, warum er Chiun nicht »Kleiner Vater« nennen durfte.

An jenem Tag wurde Remo klar, was Chiun gemeint hatte, als er von der vornehmsten Pflicht eines Mörders sprach. Was er erfuhr, brach sein Herz. Aber Waisen sind daran gewöhnt, daß irgend etwas ihnen das Herz bricht.

13

Der Zugang zu den Kosteninformationen über HARP war blockiert.

»Sehen Sie sich das an«, sagte Smith. McCleary starrte auf den Bildschirm. Er verstand zwar nichts von Computern, aber die Schrift auf dem Bildschirm war eindeutig. Kein Zugang zu den gespeicherten Daten.

McCleary fiel ein anderer Fall ein, bei dem ihm der Zugang zu etwas verweigert worden war. Der Fall war gar nicht so lange her. Erst vor ein paar Stunden hatte ihm eine Hausbesitzerin den Zugang zu einer Wohnung verwehrt, die zur Vermietung ausgeschrieben war. Er hatte die Wohnung nicht besichtigen dürfen, weil er Schwarzer war. Es verstieß gegen das Gesetz, wenn die Hausbesitzer so etwas taten. Die Vereinigten Staaten waren eines der wenigen Länder, die Rassendiskriminierung per Gesetz untersagten, aber die Hausbesitzer kümmerten sich nicht darum.

Und er, Con McCleary, hielt seinen Kopf hin für ein solches Land, dessen Bürger ihm nicht einmal gestatteten, für sein Geld die Wohnung zu mieten, nach der ihm der Sinn stand. Er war Schwarzer. Es war sehr hart, das zu verdauen, und das war auch der Grund, warum McCleary bei dem Treffen mit Smith so unkonzentriert war.

»Handelt es sich um das Programm, das ich angezapft habe, als ich mich bei Grove Industries einschlich?«

»Ganz recht. Weil sie davon ausgehen mußten, daß Sie wirklich ein Beamter der Nationalen Steuerbehörde waren, mußten sie Ihnen Zugang zu den Zahlen gewähren: die Buchhaltung eines solchen Unternehmens ist natürlich in Computern gespeichert. Sie haben auf diese Weise die Codes für HARP in Erfahrung gebracht. Die Informationen über AR-60 waren durch die gleichen Codes blockiert. Über AR-60 sind wir ja auf die ganze Sache erst aufmerksam geworden. Und jetzt passen Sie gut auf, was als nächstes auf dem Bildschirm erscheint.«

McCleary betrachtete die Zahlen, die jetzt aufleuchteten.

Sie sagten ihm nichts – gar nichts. »Aha«, murmelte er. In seiner Erinnerung erstand das Gesicht der Vermieterin. Eine Schmerzensmiene. Er wußte immer gleich, wenn eine Vermieterin log, weil sie dann eine Schmerzensmiene auf ihr Gesicht zauberte. Jemand, der wirklich nichts mehr zu vermieten hatte, benahm sich anders. Er sagte ganz einfach, die Wohnung sei schon weg. Tut mir leid, auf Wiedersehen.

Wenn ein Vermieter einen Mieter ablehnte, weil dieser Schwarzer war, dann mußte die Schmerzensmiene her. Und eine lange Erklärung, wie der Mann ausgesehen hatte, der die Wohnung vorhin gemietet hatte. Typisch war noch, daß diese Erklärung mit großer Hast heruntergeleiert wurde.

Wenn das geschah, stand Con McCleary da und schwieg. Er ließ den Vermieter schwitzen. Aber er genoß die Situation nicht. Er wußte, was dahintersteckte, und das machte ihn traurig. Traurig und müde. Es machte keinen Spaß, Amerikaner zu sein.

Aber er war nun einmal Amerikaner. Er wußte, wie miserabel es drüben in Afrika, wo die Schwarzen herkamen, aussah. Zwar gab es liberal gesinnte weiße Professoren und afrikanische Gelehrte, die mit aller Gewalt versuchten, den Mythos eines wunderbaren schwarzen Kontinents am Leben zu erhalten, aber Con McCleary wußte, daß Afrika von Tripoli bis Kapstadt ein einziges Dreckloch war. Und in Asien sah es nicht viel besser aus. Dort galt ein Menschenleben soviel wie ein Grashalm.

Con McClearys Problem war, daß Amerika seine Heimat war. Er wäre nicht bereit gewesen, sein kaltes Bier in einer amerikanischen Bar gegen noch soviel Champagner in Paris einzutauschen. McCleary stand auf Brathähnchen, Bier und Baseball. Wenn er ein Buch zur Hand nahm, dann meist eines, das die Geschichte Amerikas behandelte. Er war Agent geworden, weil er Amerikaner war. Sein Vater hatte bei der Post gearbeitet, sein Großvater bei der Eisenbahn. Con McCleary war bereit, dieses Land vor dem Untergang zu bewahren. Und wer waren die Nutznießer seiner Opferbereitschaft? Menschen, die ihm nicht einmal eine Wohnung vermieteten!

Smitty hingegen hatte schon zu Amerika gehört, bevor es überhaupt ein Staat war. McCleary wußte, daß er aus einer alteingesessenen Familie stammte. Manchmal fragte er sich, ob es denn so wichtig war, vor wieviel Generationen eine Familie in die Vereinigten Staaten eingewandert war. Am liebsten hätte er diese Frage an Smitty weitergegeben. Aber Harold W. Smith war nicht der Mann, den man mit solchen Dingen behelligen durfte. Niemand stellte Smith persönliche Fragen, niemand erzählte ihm von seinen privaten Problemen. Wenn man Smith besuchte, dann betrachtete man die Mattscheibe des Computers, an dem er arbeitete, und wenn sich eine Unterhaltung entspann; dann drehte sie sich um den Zugang zu gespeicherten Finanzdaten einer Firma.

»Was Sie hier sehen, ist eine Blockierung der Daten für einen Satelliten, und der Satellit ist so neu, daß er noch nicht einmal gestartet wurde. Das Steuersystem dieser Waffe ist so empfindlich, daß sie erst in die Umlaufbahn geschossen wird, wenn wir eine Gegenwaffe entwickelt haben. HARP II wird am Himmel kreisen, bevor HARP I die Erdschwere hinter sich läßt. Ich frage Sie, können Sie sich eine raffiniertere Waffe überhaupt vorstellen? Und ich stelle Ihnen noch eine Frage: Welches ist die wirksamste Blockade für Computerdaten auf der ganzen Welt?«

»Wahrscheinlich die, mit der dieser Computer ausgestattet ist«, sagte McCleary. »Ehrlich, ich weiß es nicht. Kommen Sie doch bitte zur Sache, Smitty.«

»Die Finanzdaten.«

»Zu denen habe ich doch Zugang bekommen. Wir haben Groves Computer angezapft.«

»Das haben Sie, aber Sie sind nicht in die Geheimnisse der zweiten Ebene eingedrungen.«

»Ich hoffe, daß mir die zweite Ebene ewig ein Geheimnis bleibt«, sagte McCleary.

»Machen Sie keine Scherze«, sagte Smith. »Logisch betrachtet müßte die höchste Geheimhaltungsstufe im System HARP I für die technologischen Daten eingerichtet sein. Man würde annehmen, daß Grove vor allem das Herstellungsgeheimnis schützen will. Aber was tut die Firma? Sie wendet die höchste Geheimhaltungsstufe auf die betriebswirtschaftlichen Daten an, auf die Herstellungskosten. Warum?«

In einer Ecke der Mattscheibe begann ein rotes Warnsignal zu blinken. Das Signal bedeutete, jemand hatte den Vorraum betreten. Die Zahlenreihen verschwanden vom Bildschirm, das Gesicht des Eindringlings erschien. Die Miene des Mannes war finster.

»Wir haben vereinbart, daß er hier nicht ohne Voranmeldung aufkreuzt«, sagte Smith. Der Eindringling war Remo.

»Mit Anmeldung oder ohne, er ist da«, sagte McCleary. »Und er ist stocksauer. Wenn ich Ihnen einen Rat geben darf, Smitty, der Mann ist mit Vorsicht zu genießen. Er ist nicht mehr der brave Bursche, den wir aus dem East River gefischt haben. Remo Williams ist ein neuer Mensch.«

»Aus Chiuns Berichten war nichts dergleichen ersichtlich«, sagte Smith.

»Denken Sie daran, wer unsere Gegner sind. Der Mann, den wir gegen seinen Willen für diesen Job rekrutiert haben, könnte bald zur anderen Seite überlaufen. Also tun Sie bitte nicht so, als ginge es hier darum, bunte Lampionketten für ein Straßenfest aufzuhängen.«

»Warum reden Sie wie ein Schwarzer aus dem Getto?« fragte Smith.

»Ich habe Interesse daran, daß Sie und ich lebend aus dem ganzen Abenteuer herauskommen. Wir haben uns mit diesem Remo eine schwerverdauliche Suppe eingebrockt. Der verdammte Hurensohn wird von Tag zu Tag besser. Ich habe gesehen, wie er Kugeln ausgewichen ist.«

Remo stieß die Tür auf.

Er trat ein, ohne um Erlaubnis zu bitten. Auf eine Begrüßung verzichtete er. Er sagte den beiden Männern, daß er ein Hühnchen mit ihnen zu rupfen habe. McCleary fühlte sich bestätigt. Er hatte recht gehabt, als er Smith vor diesem Mann warnte.

Remo war über und über von merkwürdigen grünen Flocken bedeckt. Sein Gesicht war blutbeschmiert. In den Augen loderte ein kaltes Feuer.

»Ich habe den Vormittag auf der Freiheitsstatue verbracht, wo mich ein paar Killer durch die Gerüste jagten.«

»Was hatten Sie denn auf der Freiheitsstatue zu suchen?« fragte Smith.

»Darum geht es nicht. Was hatten die Männer, die mir nach dem Leben trachteten, auf der Freiheitsstatue zu suchen? Sie sind mit allen Computersystemen auf Gottes Erdboden verbunden und sind trotzdem nicht in der Lage, mich vor einem solchen Überfall zu warnen! Wenn ich mich richtig erinnere, dann war unser Plan, daß wir dem Gegner auf den Leib rücken. Aber es läuft umgekehrt. Der Gegner greift an, und das Ziel der Angriffe bin ich.«

»Wer hat Sie angegriffen?« fragte McCleary.

»Unser Freund mit dem Tiffany-Zahn«, sagte Remo. »Wer hat diesem Mann eigentlich meine Identität enthüllt? Ich dachte, ich bin das wandelnde Geheimnis. Ich dachte, ich bin der nichtexistente Arm einer Organisation, die ebenfalls nicht existiert. Warum haben Sie die Versenkung meines wunderschönen Streifenwagens und die Gesichtschirurgie für mich inszeniert, wenn Sie meinen Namen jetzt ins New Yorker Telefonbuch aufnehmen lassen?«

Smith und McCleary wechselten einen Blick. McClearys Mund klappte auf. Smith wurde noch blasser, als er schon war. Er schluckte. Als er sprach, hörte es sich an, als sei die überspannte Saite einer Geige angestrichen worden.

»Was sagen Sie dazu?« fragte Smith. Seine Frage war nicht an Remo gerichtet.

»Ich denke, wir stehen kurz vor einer wichtigen Entscheidung«, antwortete McCleary.

»Wir sollten nichts übereilen«, sagte Smith.

»Wenn er Remo entlarvt hat, dann sind auch wir entlarvt. Das bedeutet, wir bekommen Probleme«, sagte McCleary.

»Das können Sie laut sagen. Jemand hat versucht, mich umzubringen.«

McCleary wandte sich zu Smith. »Sollten wir Remo nicht aus der Schußlinie nehmen, bevor ein Unglück passiert?« Er sprach in einem bittenden Tonfall.

Smith schüttelte den Kopf. »Nein. Wir müssen erst einmal herausfinden, was auf der Freiheitsstatue wirklich vorgegangen ist.«

»Ich werde Ihnen sagen, was dort vorgegangen ist«, sagte Remo. »Ein Typ hat versucht, mich zu töten. Wenn Sie wissen, wo der Mann sich jetzt aufhält, sagen Sie's mir, damit ich ihn mir vorknöpfen kann. Sie brauchen mir keine Ratschläge zu geben, wie man eine Zielperson eliminiert. Ich habe eine feine Witterung für solche Dinge. Übrigens wittere ich auch, was Sie gegessen haben. Sie, Smith, haben sich zu Mittag Thunfisch mit Mayonnaise reingeschoben, und Sie, McCleary, leben seit drei Tagen nur noch von Brathähnchen.«

Smith sah Remo an. Mit der Autorität, die ihm der Kampf für die gerechte Sache verlieh, sagte er: »Remo, CURE interessiert sich nicht für Ihre privaten Probleme.«

»Wer immer CURE ist, ich bin der Mann, der die heiße Suppe auslöffeln muß.«

»Ich werde Ihnen erklären, wer CURE ist«, sagte Smith. »Wir drei, die wir uns in diesem Raum befinden, sind CURE. Wir sind die Mannschaft, die jenen das Genick brechen wird, die Amerika unregierbar machen wollen.«

»Das ist mir nichts Neues. Sie sagten mir so etwas ähnliches bereits bei anderer Gelegenheit.«

»Ja, aber sagte ich Ihnen damals auch, daß CURE unter keinen Umständen seine Tarnung aufgeben darf? Wenn bekannt wird, daß wir existieren, so kommt das dem Eingeständnis der Regierung gleich, daß der amerikanische Traum zu Ende geträumt ist. Das wäre dann auch das Eingeständnis, daß unsere Gesetze nicht greifen.«

»Worauf wollen Sie hinaus?«

»Wir haben uns einen Killer zugelegt. Ein Killer, der nicht existiert, für eine Organisation, die nicht existiert. Sie haben ohne Waffen kämpfen gelernt, damit Sie bei Ihren Einsätzen keine Spuren hinterlassen. Sie sind unser einziger Killer. Warum, glauben Sie, verlassen wir uns in dieser Sache auf Sie?«

»Weil ich der Beste bin. Ich verstehe immer noch nicht, worauf Sie hinauswollen.«

»Auf Ihre Pflicht, über das ganze Projekt Stillschweigen zu bewahren. Notfalls müssen Sie Ihr Wissen mit ins Grab nehmen. Niemand darf erfahren, daß es uns gibt, oder die Werte, für die wir kämpfen, sind verloren. Wenn die Öffentlichkeit weiß, daß es CURE gibt, dann ist Amerika nur noch ein bedeutungsloser Polizeistaat wie so viele in der Dritten Welt«, sagte Smith.

»Ein Mann namens Grove muß einen Tip bekommen haben, daß es Sie gibt«, sagte McCleary. Seine Worte waren an Remo gerichtet. »Grove hat Ihnen den Killer mit dem Diamantenzahn auf den Hals geschickt. Wenn er Ihre Identität kennt, kennt er vielleicht auch unsere.«

»Sie hat er nicht zu töten versucht, nur mich«, sagte Remo. »Und jetzt bekommen Sie es mit der Angst zu tun. Bin ich der einzige, der als Kugelfang herhalten muß?«

»Ich werde nicht durch eine Kugel sterben«, sagte Smith. »Wenn wir entdeckt werden, werden alle Daten in unseren Computern durch eine automatische Vorrichtung vernichtet. Auch wir selbst werden vernichtet, alle drei. Was mich angeht, werde ich durch die Einnahme von Gift sterben. Schnell und schmerzlos.«

»Harold W. Smith, Forscher und Analytiker, wird mit einem Brief aufgefunden werden, der die These des Selbstmords untermauert«, sagte McCleary. »Im Gegensatz dazu wird Con McCleary mit zerschossenem Schädel aufgefunden werden. Neger, denen irgend jemand eine Kugel durch den Kopf geschossen hat, sind nichts Ungewöhnliches in diesem herrlichen Land. Kein Hahn wird nach mir krähen. Für einen toten Schwarzen gibt es immer ein Plätzchen, wo man ihn unterbringen kann, und wenn's drei Meter unter der Erde ist.«

»Und was wird im Fall der Fälle aus mir?« fragte Remo.

»Ich fürchte, wir wären überfordert, wenn wir Sie umbringen müßten«, sagte Smith. »Nach dem, was mir McCleary über Ihr Training berichtet hat, sind Sie uns im Geschäft des Tötens haushoch überlegen.«

»Und?«

»Es gibt nur einen Menschen auf dieser Erde, der Sie eliminieren kann, Remo.«

»Nein«, sagte Remo. Er hatte alles erfahren, was er wissen wollte. Was die beiden jetzt noch sagen würden, interessierte ihn nicht. Das konnte doch nicht wahr sein. Nie würde sich Chiun bereitfinden, ihn, seinen Schüler, zu töten. Zwar hatte Remo immer wieder herben Tadel von Chiun einstecken müssen, und er wußte auch, daß der Meister des Sinanju sich bei Smith über ihn beklagt hatte. Aber das war doch nur der Beweis, daß Chiun ihn ins Herz geschlossen hatte. Remo war ganz sicher, daß es sich so verhielt. Er war sich dessen so sicher, daß er in der letzten Zeit gar nicht mehr zugehört hatte, wenn Chiun ihn bei Smith anschwärzte. Ebenso sicher war er, daß seine beiden Gesprächspartner sich irren mußten.

Während Remo darüber nachdachte, was er Chiun sagen sollte, entwickelten Smith und McCleary einen Plan. Remo und McCleary sollten in das strengbewachte Fabrikgelände von HARP in West Virginia eindringen. HARP war der Schlüssel zu den Geheimnissen von Grove Industries. Wenn es ihnen gelang, Harp zu knacken, hatten sie Grove besiegt. Sie würden George Groves Killer eliminieren, so daß CURE ungestört seinen segensreichen Aufgaben nachgehen konnte.

Als sie Remo fragten, ob er das verstanden hatte, antwortete er mit »Ja«. Er war in einer Verfassung, daß er zu allem »Ja« gesagt hätte. Vor allem aber wollte er mit Chiun sprechen.

Chiun hatte gelernt, wie man die Seifenopern, die im Lauf eines Tages über den Bildschirm flimmerten, auf Band aufzeichnete. Abends spielte er die Aufnahmen ab. Er war sehr gut auf dem laufenden, was den Handlungsfaden in den einzelnen Episoden betraf. Er sprach von den Charakteren, die in den Seifenopern vorkamen, als ob es sich um Menschen aus Fleisch und Blut handelte.

Chiun betrachtete gerade eine solche Seifenoper, als Remo das Haus betrat. Das Fernsehen – diesen Eindruck mußte Remo gewinnen – interessierte den Meister mehr als das Wohlergehen seines Schülers. Remo machte das sehr nachdenklich. Vielleicht stimmte es doch, was Smith gesagt hatte. Er wollte mit Chiun über die Sache reden, aber dann entschied er sich anders.

Er stand da und schwieg.

»Was hast du auf dem Herzen?« fragte Chiun.

»Ich habe etwas gehört, was ich nicht recht glauben kann«, sagte Remo. »Wissen Sie, ich bin ein Mensch, der nicht alles glaubt, was die Leute sagen. Ich bin mir bewußt, daß ich große Weisheiten von Ihnen empfangen habe. Den Mann, dem Sie soviel Wissen geschenkt haben, würden Sie doch nie opfern wollen – oder?«

»Die Antwort lautet, ja, Remo. Ich bin ein Meister des Sinanju. Meine Loyalität gilt in erster Linie meinem Dorf. Wenn es nötig ist, werde ich dich töten. So sieht es der Vertrag vor.«

Remo achtete jetzt nicht mehr darauf, ob der Rhythmus seines Atems den empfangenen Lehren entsprach. Ihm fiel allerdings auf, daß er überhaupt zu atmen aufgehört hatte. Sein Mund stand offen, seine Füße schienen mit stählernen Spangen an den Boden geschmiedet. Es gab nichts mehr zu sagen. Chiun hatte die Wahrheit gesprochen. Der Mann, den Remo so gern »Kleiner Vater« genannt hätte, war bereit, seinen Sohn zu töten.

Nein, dachte Remo. Ich habe nie einen Vater gehabt. Auch dieser Mann ist nicht mein Vater. Alles, was ich habe, ist die Erinnerung an die Nonnen, die mich aufgezogen haben. Die Nonnen hatten ihm jedes Jahr eine Weihnachtskarte geschickt. Erst nach einem Umzug, der zu einer Änderung seiner Adresse führte, waren die Weihnachtsgrüße ausgeblieben. Ja, und dann gab es noch den Footballtrainer, der sich zwei Jahre lang um Remo gekümmert hatte. Sein Interesse war erloschen, als er einen besseren Mann für die Verteidigung bekam.

Außerdem, dachte Remo, habe ich mich selbst. Ich habe eine Aufgabe. Ich weiß, was ich zu tun habe. Er packte seine Tasche und verließ das Haus, ohne noch ein Wort zu sagen.

Er sah nicht mehr, wie der Meister des Sinanju das Fernsehgerät abschaltete. Natürlich konnte er nicht ahnen, daß der Meister des Sinanju in diesem Augenblick an den Sohn dachte, der einst beim Training in einen Abgrund gestürzt und umgekommen war.

Er hörte auch nicht, wie Chiun zu schluchzen begann.

»Ah«, sagte Chiun nach einer Weile. Es war ein Ah, das keinerlei Befriedigung enthielt. Der Laut war leer wie das Universum in jenen Tiefen, wo kein Stern mehr das Licht der Sonne reflektiert.

»Ich mache mir über nichts Sorgen«, sagte Remo. Sie saßen in einem Wagen und fuhren in Richtung Parkersburg. Soeben durchquerten sie das Hügelland von West Virginia. Ihr eigentliches Ziel lag noch etwas weiter als Parkersburg.

Remo war es gleichgültig, wohin sie fuhren. Links und rechts der Straße gab es heruntergekommene Bars, Baracken, die so baufällig waren, daß sie nur noch durch die Neonreklame für das Bier, das man dort trinken konnte, zusammengehalten wurden. Das war in West Virginia nicht anders als im Rest der Vereinigten Staaten.

»Seit New York haben Sie keinen Ton mehr gesagt. Worüber machen Sie sich Sorgen?«

»Ich sagte Ihnen doch gerade, ich mache mir über gar nichts Sorgen«, wiederholte Remo. »Wir bringen den Auftrag hinter uns und fahren dann nach New York zurück. Sie reden viel, McCleary, wußten Sie das? Bitte, reden Sie nicht soviel.«

»Mein junger Freund«, sagte McCleary. »Wir haben den Bundesstaat Pennsylvania durchquert, ohne daß ich nur ein einziges Wort gesagt hätte. Worüber machen Sie sich Sorgen?«

»Jetzt erinnere ich mich. Es war sehr still, sehr friedlich im Wagen, während wir Pennsylvania durchquerten«, sagte Remo. »Ja, ich mache mir Sorgen, und wissen Sie, warum? Ich habe keinen Vater, das macht mir Sorgen. Ich habe keine Mutter – auch das macht mir Sorgen.«

»Haben Sie das gerade festgestellt, daß Sie keine Eltern haben?«

»Sie und Smith wissen wahrscheinlich mehr über mich als ich selbst.«

»Wir wissen nicht, wer Ihre Eltern waren, wenn Sie das meinen, Remo«, sagte McCleary. Er fuhr verhalten. Gerade schnell genug, daß sie zur rechten Zeit am Ziel der Fahrt ankommen würden. Aber auch nicht so langsam, daß eine Verkehrsstreife auf sie aufmerksam wurde. Seit sie in West Virginia waren, hatte McCleary keinen Streifenwagen mehr gesehen. Dann kam eine chemische Fabrik; das Gebäude löste die verfallenen Häuser, die schäbigen Bars und die Werbetafeln für Kautabak ab, die längs der Straße aufgereiht waren. Es war eine besonders häßliche Fabrik; McCleary erinnerte der Anblick an ein Football-Stadion in der Hölle. Die Fassade war mit Flutlicht angestrahlt. Das Gelände war von einem Zaun aus Maschendraht umgeben. Überall hingen Tafeln, die vor dem Betreten des Geländes warnten. Jenseits der Fabrik floß ein Fluß. Die Fabrik gehörte zum Imperium von Grove Industries. Ein Außenposten. Alle Fahrzeuge, die an dem Gelände vorbeifuhren, wurden automatisch registriert. McCleary wußte, daß sie es mit einem nahezu unbesiegbaren Gegner aufnahmen, wenn sie versuchten, in das Gelände einzudringen. Der Gegner hieß Technologie. In Amerika war die beste Technologie der Welt zu Hause. Ein Glück, daß es einen Mann wie Smitty gab, der einiges von Technologie verstand. Smitty hatte die beiden Agenten mit dem Wissen ausgestattet, das sie für den Kampf gegen Grove benötigen würden. Allerdings war die Fabrik noch leichter zu knacken als der Computer mit den HARP-Daten.

McCleary und Remo wußten, daß von diesem Augenblick an jedes Wort, das sie im Inneren des Wagens sagten, von Richtmikrofonen aufgefangen und zu den Monitoren in der Fabrik weitergeleitet wurde. Eine merkwürdige Situation. Sie konnten jetzt über private Dinge sprechen, deren Erörterung sie sonst vermieden. Auf keinen Fall aber durften sie über ihren Auftrag sprechen. McCleary deutete auf die Fabrik. Sie hatten das Zeichen vorher verabredet. Remo nickte. Er hatte verstanden.

»Ich habe mich immer nach einem Vater gesehnt, der mir die Dinge beibringen konnte, die ich noch nicht wußte. Leider ist mein Traum nie in Erfüllung gegangen. Vielleicht ist das der Grund, warum ich in meinem Leben nichts wirklich gut gemacht habe. Ich war nie der Beste einer Gruppe. Wenn ich einen Vater gehabt hätte, hätte er mir beigebracht, wie man der Beste wird.«

»Und Chiun ist für Sie so etwas wie ein Vater gewesen?«

»Ja.«

»Bis Sie herausgefunden haben, daß er durch seinen Vertrag an uns gebunden ist, nicht an Sie.«

»Ihr seid alle...«, sagte Remo. Er konnte nicht weitersprechen, so wütend war er. Er wartete, bis sein Zorn abgeflaut war. Dann sagte er ganz einfach:

»Viel Spaß mit CURE. Ich steige aus.«

»Nicht jetzt, mein Freund«, sagte McCleary.

»Ich habe mich damit abgefunden, was Sie mir ganz zu Anfang angetan haben. Aber was mir der alte Mann erzählt hat – ich meine den Vertrag, den Sie mit ihm haben – ich finde, Amerika ist es nicht wert, daß Sie oder jemand sonst sich auf solch eine niedrige Ebene hinabbegeben.«

»Amerika ist viele Opfer wert, Remo. Sie kennen die Welt nicht, deshalb wissen Sie auch nicht, daß Amerika ein gesegnetes Land ist.«

»Sie hatten einen Vater und eine Mutter, mein Freund«, sagte Remo, indem er McClearys Floskel übernahm. »Wer Eltern hat, hat eine Heimat. Wer keinen Vater hat, hat nichts. Amerika ist Ihr Land, nicht meines.«

Die Fabrik war zu Ende, und wieder begann die Kette der schäbigen Schuppen, die sich Bars nannten.

»Sehen Sie diese Bars?« fragte McCleary.

»Wie könnte ich sie übersehen?« entgegnete Remo. »Das Land ist voll davon. Ich habe mich schon gefragt, ob es vielleicht ein Gesetz gibt, das ich nicht kenne. Ein Gesetz, das die Städte und Ortschaften verpflichtet, soundso viele schäbige Bars pro tausend Einwohner zu bauen.«

»Wenn ich auf die Idee käme, in eine dieser Bars hineinzugehen, käme ich wahrscheinlich lebend nicht wieder heraus«, sagte McCleary. »Das hat mit meiner Hautfarbe zu tun. Wenn ich in einer Kleinstadt zu tun habe, ist das immer ein Problem. Ich bin nie sicher, ob ich in einem Hotel unterkomme. Die meisten Hotels mögen keine schwarzen Gäste. Und die Hausbesitzer auch nicht. Ich kann mir nicht einmal die Wohnung mieten, die mir...«

»Meinen Sie vielleicht die Bars da vorn?« unterbrach ihn Remo.

»Jede Bar. Ich kann dort nur hineingehen, wenn ich bereit bin, mir den Weg zurück freizuschießen.«

»Halten Sie an.«

»Wir haben einen Termin, den wir einhalten müssen.«

»Halten Sie an«, sagte Remo. »Wir beide trinken jetzt ein Bier.«

McCleary spürte, wie Remos Fuß sich an seinem Knie vorbeischob und auf die Bremse trat. Es gelang ihm nicht, den Fuß zur Seite zu drücken.

»Wir können später ein Bier trinken«, sagte McCleary.

»Jetzt«, sagte Remo.

»Ich habe jetzt keine Lust auf ein Bier. Sobald wir... Verdammt nochmal!« Remo hatte das Lenkrad ergriffen. McCleary zog nach rechts hinüber. Er brachte den Wagen vor einer Bar mit zuckender Neonschrift zum Halten.

»Wir kaufen uns ein paar Flaschen und trinken das Bier unterwegs«, sagte McCleary, während sie in die düstere Bar hineingingen. Es roch nach Schweiß. Was McCleary gesagt hatte, bestätigte sich. Es gab keine schwarzen Gäste in der Bar. Dafür gab es einen Weißen, der die beiden Neuankömmlinge darauf hinwies, daß Schwarze hier unerwünscht waren.

Und dann kam die Stimme, die mit voller Lautstärke verkündete, daß hier keine Halbaffen bedient wurden. Obwohl es sehr dunkel war in der Bar, konnte McCleary die Gäste gut erkennen. Weiße. Muskelmänner. Einige hatten die Ärmel ihres T-Shirts aufgeschlitzt, damit der Bizeps Platz hatte. Einer der Gäste fragte seine Freundin, ob er ihr einmal zeigen sollte, wie die Eingeweide eines Niggers aussehen, wenn man sie auf dem Fußboden ausbreite.

Und dann betrat die Bruderschaft, bestehend aus Remo und McCleary, die kleine Bar in West Virginia. Remo fiel auf, daß die Theke schmutzig war. Er reinigte die Theke vom verschütteten Bier und den herumliegenden Nußschalen. Als Wischtuch verwendete er die beiden stärksten Männer, die sich in der Bar aufhielten. Da sie nach Abschluß der Aktion wie zwei schmutzige Waschlappen aussahen, warf er sie durch die geschlossenen Vorderfenster der Bar.

Die Gäste waren sehr beeindruckt von Remos Sinn für Reinlichkeit. Sie strömten von allen Tischen herbei, um sich das aus der Nähe anzusehen. Der erste, der ihm über die Schulter schauen wollte, war ein Mann mit einem Hirschfänger. Er war so begeistert von Remos Putzkünsten, daß er mit dem Kopf auf die spiegelblanke Theke knallte. Er hinterließ einen häßlichen roten Fleck, dann brach er bewußtlos zusammen.

Die beiden Muskelmänner wälzten sich auf dem mit Kies bedeckten Parkplatz der Bar. Sie taten das Menschenmögliche, um ihrer Bewunderung für Remo Ausdruck zu geben. Niemand in der Bar hatte jetzt noch etwas dagegen einzuwenden, daß ein gutgekleideter Schwarzer an der Theke stand und ein Bier trank. Ganz im Gegenteil. Es gab Gäste, die dem Schwarzen einen Drink ausgeben wollten; er lehnte das Angebot ab.

»Fühlen Sie sich jetzt besser?« fragte McCleary. Er warf einen prüfenden Blick auf seine Uhr. Sie hatten nicht viel Zeit verloren. Aber ein paar Minuten, die hatten sie verloren.

»Ja«, sagte Remo. »Und Sie?«

»Glauben Sie, es macht mir Spaß, wie Sie ein paar Idioten zusammenschlagen?«

»Ja, das glaube ich«, sagte Remo.

»Es hat mir auch Spaß gemacht«, sagte McCleary und lachte. »Ich fand es wunderbar. Ich wünschte, ich könnte Ihr Vaterproblem mit der gleichen Durchschlagskraft lösen.«

»Zum Teufel mit meinem Vaterproblem! Mich interessiert in diesem Augenblick nur noch der Job.«

»Sie könnten mir direkt ans Herz wachsen«, sagte McCleary. »Aber das wäre schlecht.«

Beide wußten, daß einer den anderen umbringen mußte, wenn es die Aufgabe erforderlich machte.

»Es könnte sein, daß ich Ihnen bereits ans Herz gewachsen bin, auch wenn das schlecht ist«, sagte Remo.

»Sie haben vorhin in der Bar gar kein Bier getrunken.«

»Mein Körper braucht keinen Alkohol.«

»Früher haben Sie viel Alkohol getrunken.«

»Es gab auch eine Zeit, da hat mir das Essen geschmeckt«, sagte Remo. McCleary verstand, daß in Remos Seele, auch wenn dieser Mann wie ein richtiger Amerikaner aussah, Dinge verborgen lagen, die er, McCleary, nie ergründen konnte.

Sie fuhren weiter und kamen an großen Warntafeln vorbei: ›Straße nicht passierbar‹ und ›Privatgelände‹. Erst als sie vor dem hohen Maschendrahtzaun angelangt waren, bemerkten sie die Schilder mit dem Totenkopf.

Wie alle Fahrzeuge und Personen, die sich dem Gelände näherten, so waren auch sie von den Monitoren erfaßt worden. Sie parkten den Wagen auf einem kleinen Parkplatz neben dem Wachhäuschen, nachdem sie sich bei dem Wächter ausgewiesen hatten.

Sie hätten die von Smith beschafften Personalpapiere benutzen können, um sich Zutritt zu der Fabrik zu verschaffen, aber in der HARP-Fabrik gab es ein raffiniertes System, das Personen mit gefälschten Ausweisen herausfilterte. Wenn der Besucher nicht innerhalb einer Stunde nach dem Passieren des Tors von einem Werksangehörigen identifiziert wurde, erlosch die von den Wächtern erteilte Erlaubnis. Es gab noch ein zweites Hindernis. Smith hatte ihnen gesagt, daß es sehr schwer war, aus der Fabrik wieder herauszukommen.

Sie mußten versuchen, das Identifizierungssystem von Grove Industries zu umgehen. Der Plan war ganz simpel. Sie würden den Maschendraht zerschneiden, wie es die militärischen Kommandos taten. Remo und McCleary gingen an dem Zaun entlang. Als sie außer Sichtweite der Wache waren, ließen sie sich fallen. Sie blieben ein paar Sekunden in dem mit vereistem Tau bedeckten Gras liegen und lauschten, ob sich jemand näherte. Es war Abend geworden, und die Luft war sehr kalt. Als niemand kam, holte McCleary den Drahtschneider hervor und zerschnitt den Zaun. Der Draht sprühte Funken, ein Zischen war zu hören. Der Zaun stand unter Strom. Remo sah, daß McCleary das Werkzeug mit der linken Hand hielt. Auch die Hand sprühte Funken, aber der Schwarze dachte nicht daran, das Werkzeug fallenzulassen.

»Hat Chiun Ihnen das beigebracht?« flüsterte Remo. »Ich könnte das nicht.«

»Das ist ganz einfach. Sie brauchen nur die Hand bei der Explosion einer Mine in Vietnam zu verlieren, dann verpaßt Ihnen der Chirurg auch so eine Prothese, wie ich sie trage.«

McCleary hatte also nur noch eine Hand. Das erklärte, warum er immer nur die Fingerabdrücke einer einzigen Hand am Tatort zurückließ. McCleary sagte, die Tatsache, daß er eine Prothese trug, verunsicherte die Menschen, mit denen er zu tun hatte. Aber es war eine Unsicherheit, die nicht lange anhielt; McCleary hätte sich mehr Wirkung erhofft. Remo verstand.

Sie drangen auf das Gelände vor. In einer Entfernung von fünfzig Metern erhob sich ein vierstöckiges Gebäude. Die Fassade wurde von Scheinwerfern angestrahlt, die in regelmäßigen Abständen angebracht waren. Bei dem Gebäude handelte es sich um eine Fabrik, die schon vor vielen Jahren errichtet worden sein mußte.

Auf dem Verbindungsweg, der von dem alten Haus zu einem modernen Verwaltungsgebäude im hinteren Teil des Geländes führte, standen einige Dienstwagen und Lattenkisten. McCleary und Remo trennten sich, ohne ein Wort zu sagen. Sie würden sich später an dem Durchschlupf im Zaun wiedertreffen. McCleary lief auf das Verwaltungsgebäude zu, Remo schlug die Richtung zu der alten Fabrik ein. Remo wurde eins mit der Nacht. McClearys Nerven waren zum Zerreißen gespannt. Remo war ganz ruhig. Für ihn ging es hier nicht um Leben und Tod, sondern darum, daß er den Job richtig ausführte.

Remo drang durch ein Fenster in das Gebäude ein. Die Farbe des Rahmens war frisch, aber das Holz war alt. Der Prototyp für die gefährlichste Waffe wurde in einem alten

Fabrikgebäude verborgen, das mit Holzfenstern versehen war. Warum?

Es war ein merkwürdiges Gefühl, in ein fremdes Haus einzubrechen. Remo registrierte den Gedanken, aber er ließ das Gefühl nicht an sich herankommen. Gefühle waren jetzt fehl am Platz. Es war dunkel. Geräusche waren zu hören, sie schienen aus dem Inneren des Gebäudes zu kommen. In Remos Erinnerung erstand Chiuns Stimme. Der alte Mann erklärte ihm, wie man in eine feindliche Burg eindrang. Die Burg war die Fabrik. Der Schatz, der in der Burg versteckt lag, war der Prototyp der HARP-Waffe.

Das Innere der Fabrik war hoch und weit und dunkel, eine Werkhalle, durch deren Oberlichter der Mondschein fiel. In einiger Höhe führten Gänge an den Wänden entlang; es sah aus wie der überdachte Innenhof eines Gefängnisses. Es roch nach Staub, nach Schuhwichse, nach Hunden. Wahrscheinlich Wachhunde, dachte Remo.

Dann hörte er die Schritte des Tiers auf dem Boden. Er wandte sich um, erblickte das Tier, einen Schäferhund. Zähnefletschen, Sprung – ein Schatten flog auf Remo zu. War über ihm.

Remo wich aus. Er sprang auf die Plattform und zog sich hoch, bevor der Hund sein Bein schnappen konnte. Aber das Tier hatte sein Hosenbein erwischt und zerrte daran. Remo versetzte ihm einen Tritt gegen den Hals. Der Kiefer des Hundes gab ihn frei. Komisch, dachte Remo, Tiere machen immer alles richtig. Und dann fiel ihm ein, was Chiun ihn über Tiere gelehrt hatte, daß die Tiere es richtig und daß die Menschen es falsch machten. Tiere verloren nie den Glauben an sich selbst.

Zwei weitere Hunde erschienen in der Fabrikhalle. Sie kamen auf ihn zugelaufen. Sie sprangen auf eine Kippleiter. Die Leiter senkte sich. Mit wenigen Sätzen bewältigten die Tiere die Sprossen.

Remo erklomm die nächste Ebene, die Hunde folgten ihm. Sie folgten ihm von einem Umlauf zum anderen. Es endete damit, daß Remo auf das Dach der Fabrik floh. Das Gebäude war fünf Stockwerke hoch.

Remo dachte nach – Fehler. Ein schneidender Schmerz in der Hand. Einer der beiden Schäferhunde biß sich in seiner Hand fest, der andere sprang ihn von hinten an – und das in schwindelnder Höhe auf dem Dach. Er stieß dem Hund, der an seiner Hand zerrte, die freie Hand in den Rachen und zwang dem Tier den Kiefer auseinander. Er hatte seine Finger befreit, als er von einem dritten Hund angefallen wurde. Remo taumelte zurück. Er ließ sich auf ein Vordach fallen. Ein Fenster. Er hastete auf die Öffnung zu und sprang ins Innere, wo er auf einem scheppernden Bodenblech landete. Dann vernahm er ein häßliches Quietschen, das von seinen Füßen zu kommen schien. Ratten. Er spürte, wie eines der quietschenden Tiere in sein Hosenbein kroch. Über ihm waren die Hunde. Remo hechtete über die Brüstung.

Er landete auf dem Boden der Werkhalle, seine Muskeln fingen die Wucht des Sprungs auf, wie Chiun es ihn gelehrt hatte. Seine Hosentür öffnete sich, die gefangene Ratte entwich.

Er lief einen Korridor entlang, bis er an eine Tür mit der Aufschrift »Zutritt verboten« gelangte. Er warf sich gegen die Tür. Sie war aus dickem Stahl. Wie hatte Chiun noch gesagt? Je reicher der König, umso dicker die Tore, die ihn beschützen. Der König in diesem Fall war HARP. Remo drückte die Klinke herunter. Die Tür schwang auf.

Dann stand er in dem Raum. Was er sah, überraschte ihn. Smith hatte ihm aufgezeichnet, wie HARP aussah. Aber das Gebilde in der Mitte des Raums hatte mit der Zeichnung wenig Ähnlichkeit. Es war ein großer Würfel.

Der Würfel hatte eine Kantenlänge von zweieinhalb Metern, er war an der Decke befestigt. Die Seiten waren mit Metall belegt, das im Licht des Mondes wie Gold glitzerte. Der Anblick war wunderschön. Remo fragte sich, was der Inhalt des Würfels war. Ihm schien es, als sei in diesem Körper das ganze Wissen des technologischen Zeitalters verborgen. Dieser Würfel war das Größte, was die amerikanische Verteidigung je geschaffen hatte. Ein Summen ertönte. Das Summen kam vom Flur. Ein kleiner Motor. Der Motor bewegte eine Kamera. Das Summen endete, als das Objektiv auf Remo gerichtet war. Eine Kamera, die sich das Ziel selbst suchte.

Remo rührte sich nicht mehr, aber die Kamera ließ sich davon nicht täuschen. Über dem Objektiv leuchtete eine rote Lampe auf. Ein Lichtstrahl kroch über den Boden. Der Strahl erklomm die Wand des Zimmers. Die Kamera visierte den Würfel an. Als der Strahl auf die Metallwandung fiel, explodierte der Körper in einer Kaskade weißen Lichtes. HARP wurde in viele kleine Stücke gesprengt. Und dann war das Heulen von Alarmsirenen zu hören.

Remo hatte einen Mechanismus ausgelöst, der eine Explosivladung zündete. HARP war auf Selbstzerstörung programmiert gewesen.

McCleary verließ das Verwaltungsgebäude. Es war besser gelaufen, als er in seinen kühnsten Träumen gehofft hatte. Smith hatte McCleary genau aufgezeichnet, was er zu suchen hatte und wo es sich befand. McCleary hatte sich geholt, was Smith zu holen ihn beauftragt hatte. Und Remo hatte den Prototyp von HARP in die Luft gesprengt, die Waffe und das Gebäude, wo die Waffe verborgen gewesen war. Die Sirenen heulten. Suchscheinwerfer zuckten durch die Nacht. Wachmänner und Hunde beherrschten die Szene. Es war die Hölle.

Con McCleary hätte Remo in diesem Augenblick umbringen können. Am besten, ich tu's gleich, dachte er, später fehlt mir der Mut dazu.

Eines mußte man Remo lassen. Er konnte laufen. Während Con McCleary sich mühsam durch das Labyrinth der Kisten tastete, hinter Lastwagen herlief, die ihm für ein paar Sekunden Deckung gaben, sich wie ein Wachmann aufführte, um seine Verfolger zu täuschen, glitt Remo wie an Schnüren gezogen zu dem Treffpunkt am Zaun. Als McCleary außer Atem vor dem Durchschlupf auftauchte, sagte Remo:

»Ich glaube, ich habe das Ding in die Luft gesprengt.«

»Machen Sie sich nichts draus. Die Hauptsache haben wir«, sagte McCleary.

»Die schneiden uns den Rückzug ab, sehen Sie das?« sagte Remo.

Remo folgte seinem Blick. Die Finger der Scheinwerfer kamen näher, und dann wurde die Stelle des Zauns, wo Remo und McCleary standen, in gleißendes Licht gebadet. Die Wachen hatten sie entdeckt und kamen auf das Loch im Zaun zugelaufen.

»Dort«, sagte McCleary. »Die Bulldozer!«

Remo rannte auf einen Bulldozzer zu. Irgendwann während des Laufens fiel ihm auf, daß McCleary keuchend hinter ihm herrannte. Einer der Wachhunde hatte die Prothese des Schwarzen gepackt. Die Prothese löste sich vom Arm.

Remo hatte den Bulldozzer bereits gestartet, als McClearys Gesicht neben ihm erschien.

»Sie laufen wie ein Schwarzer«, frozzelte Remo. Er sagte das, weil die Schwarzen ihn in der Schule immer gehänselt hatten. Ein Junge, der nicht richtig laufen konnte, sagten sie, hatte »die weiße Krankheit«.

»Durch den Zaun«, sagte McCleary. Remo fuhr los und schaltete hoch, McCleary half ihm. Der Bulldozzer schaukelte und fauchte, das Mahlen der Ketten im Kies war zu vernehmen. Immerhin, es ging vorwärts. Remo half McCleary abzuspringen, bevor das Gefährt den Zaun niederwalzte. Als der Bulldozzer den elektrisch geladenen Zaun berührte, gab es ein Feuerwerk, das schöner war als alles, was McCleary im Central Park erlebt hatte.

Sie rannten durch die Bresche. McCleary hatte fast zu Remo aufgeschlossen, als ein Schuß durch die Nacht hallte. Der Schwarze zuckte zusammen. Er war in den Rücken getroffen worden. Er kam ins Straucheln und fiel zu Boden.

Remo blieb stehen und lief zu McCleary zurück. Noch ein Schuß. Remo flogen die Gesteinssplitter um die Ohren. Vergeblich versuchte er den Schützen in der Hölle aus Licht und Finsternis und Hundegebell auszumachen.

»Machen Sie, daß Sie hier wegkommen«, sagte McCleary. Er holte ein Päcken aus der Tasche, das halb so lang wie eine Stange Zigaretten war. »Bringen Sie das nach Hause«, keuchte er, »los! Verschwinden Sie!«

Remo ergriff das Päckchen. »Nach Hause«, bedeutete Smith. Aber Remo dachte nicht daran, McCleary im Stich zu lassen. Erst als er sah, wie der Blick des Schwarzen brach, lief er los. Ein Toter genügte. Daß McCleary ins Gras biß, war eine der Möglichkeiten, die bei diesem Abenteuer eingeplant waren. Das war ja die Grundidee von CURE. Man gab sein Leben für das Vaterland.

Erst als er sicher war, daß Remo sein Heil in der Flucht gesucht hatte, schlug McCleary die Augen wieder auf. Die Verletzung schmerzte wie der Biß eines Tigers. Der Schwarze ahnte nicht, daß die Schmerzen später noch schlimmer werden sollten.

Wieviel Schmerzen er ertragen konnte, das fand McCleary erst heraus, als die Wachen ihn ins Gebäude getragen und der Obhut eines Arztes überlassen hatten. Es war ein neugieriger Arzt, der unbedingt wissen wollte, was ›nach Hause‹, bedeutete.

Der Arzt erkärte ihm, daß die Behandlung schmerzvoll sein würde. Er führte sein Skalpell auf McClearys Körper spazieren, auf der Suche nach den Stellen, die den Schmerz besonders gut zum Gehirn weiterleiteten. Er fand die Stellen.

»Sie sagten, Sie wollten etwas nach Hause bringen. Wo ist Ihr Zuhause? Wer sind Sie?«

Der Arzt schüttelte den Kopf, als McCleary eine Ohnmacht vortäuschte.

»Wir wissen, daß Sie bei Bewußtsein sind. Wer sind Sie?«

Die Spitze des Messers war an McClearys linkem Auge angekommen.

»Das erste Mal, als Sie kamen, waren Sie ein Beamter der Nationalen Steuerbehörde. Das zweite Mal waren Sie ein Oberst in Uniform. Erklären Sie uns bitte, in welcher Funktion Sie heute, beim dritten Mal, zu uns kommen.« Die Stimme war tief und wohlklingend. Ein vernünftiger Mensch. McCleary konnte das Gesicht des Mannes nicht erkennen, dazu war es zu dunkel. Der Druck des Messers auf das Augenlid verstärkte sich.

»Ich verstehe nicht, warum Sie es zum Äußersten kommen lassen«, sagte die Stimme.

Es roch nach desinfizierenden Mitteln. McCleary war in einem der Krankenhäuser, die den Fertigungsstätten von Grove Industries angegliedert waren. Auch wenn er schrie, hier würde ihm niemand zu Hilfe kommen. Es war normal, daß Kranke vor Schmerzen schrien. Für den Teil des ärztlichen Personals, der nicht zur Gruppe seiner Folterer gehörte, war er ein Hysteriker. Als er Remo rekrutierte, war ein ähnliches System angewendet worden. McCleary wußte, daß eine solche Behandlung mit dem Tod des Opfers endete. Er würde das Krankenhaus nicht lebend verlassen.

Er spürte einen leichten Druck auf der Brust. Der Arzt hatte ihm das Skalpell auf die Rippen gesetzt.

»Denken Sie doch bitte einmal darüber nach, was ein Skalpell alles tun kann. Ich lasse Sie jetzt allein, damit Sie Ihre Gedanken sammeln können. Wenn ich zurückkomme, müssen Sie zwischen zwei Möglichkeiten wählen. Entweder ich gebe Ihnen eine wohltuende Spritze, die jeden Schmerz von Ihnen nimmt, oder ich probiere das Skalpell an Ihnen aus, und zwar ohne Narkose.« Eine kleine Pause. »Wenn Sie jetzt nachdenken, konzentrieren Sie sich bitte auf die Frage, wer Sie sind. Ebenso sehr interessiert mich, was ›zuhause‹ bedeutet, und was der Zweck Ihres Eindringens in das Werkgelände war. Tun Sie mir den Gefallen, mir bei meiner Rückkehr diese Fragen zu beantworten?«

McCleary konnte erkennen, daß der Mann einen weißen Arztkittel trug. Den Diamanten, mit dem einer seiner Schneidezähne verziert war, sah er nicht. Natürlich konnte er auch die lebhafte Unterhaltung nicht verstehen, die sich wenig später auf dem Flur vor dem Krankenzimmer entspann.

»Sie hätten mich eher dazuholen sollen«, sagte Stone. »Der Mann ist bereits mit einem Bein im Grab.«

»Und?« sagte Wilson. Er haßte West Virginia – ein Staat, wo sogar der Gouverneur Konfektionsanzüge trug.

»Ich glaube, er wird noch genügend lange leben, um uns zu verraten, was wir wissen wollen«, sagte Stone. »Ich lasse ihn jetzt erst einmal im eigenen Saft schmoren. Ich denke, das hilft.«

»Wir haben Glück«, sagte Wilson. »Wir haben sie auf frischer Tat erwischt. Der Gegner hat uns die Lösung unserer Probleme auf dem Silbertablett serviert.«

»Es sei denn, die beiden hatten bei ihrer kleinen Expedition ein genaues Ziel im Auge, von dem wir nichts wissen.«

»Selbst wenn der andere etwas gestohlen hat, wir werden es zurückbekommen«, sagte Wilson. »Das ist der Vorteil, wenn man einen Besucher zum längeren Verweilen einlädt. Er geht aus sich heraus und erzählt einem Dinge, die man sonst nie erfahren hätte. Meinen Sie nicht, der Mann hat jetzt genug Zeit zum Nachdenken gehabt?«

»Ich denke schon«, sagte Stone. Der Diamant blitzte, als er zu lächeln begann.

Auch wenn der Mann sprach, Stone hatte nicht vor, ihm eine Betäubungsspritze zu geben. Er würde mit dem Skalpell arbeiten. Nicht etwa, weil es ihm Vergnügen bereitete, einem Menschen Schmerz zuzufügen. Aber ein Skalpell, dessen Spitze ins Herz eindrang, war das beste Betäubungsmittel der Welt. Im Krankenhaus würde der Tod des Mannes keinerlei Aufsehen erregen.

Schon als Stone die Tür des Krankenzimmers öffnete, schwante ihm, daß etwas nicht stimmte. Das Röcheln des Mannes war nicht mehr zu hören. Stone überprüfte die Monitoren, die den Herzschlag anzeigten. Eine gerade Linie, ein ununterbrochener Ton. Dann trat er in eine Pfütze dunklen Blutes. Vom Bett hing ein Schlauch herab, aus dem Blut tropfte. Stone hatte den Schlauch mit einer Kanüle in den Arm des Kranken eingeführt, als er ihm die Bluttransfusion machte. Der Kranke hatte den Schlauch zerschnitten. Jetzt lief kein Blut mehr in den Körper hinein, das Blut lief hinaus. Das Skalpell lag in der größer werdenden Blutlache. Stone legte dem Mann die Hand auf die Brust. Kein Herzschlag. Nichts. Er fühlte ihm den Puls. Wieder nichts. Er warf einen langen und gewissenhaften Blick auf die Monitoren.

Nichts.

Von diesem Mann würde er keine Informationen mehr

bekommen. Er hatte sich der Befragung auf immer entzogen.

Als sich Harold W. Smith wenige Stunden später die Geheimnisse von HARP eröffneten, verspürte er so etwas wie Bewunderung für seinen Gegner George Grove.

»Ich wußte ja, daß der Mann klug ist, aber ich wußte nicht, daß er so klug ist«, sagte Smith. Remo hatte ihm das Päckchen übergeben, das er von McCleary empfangen hatte.

14

Remo rieb sich die Stelle, wo der Hund ihn gebissen hatte. Smith deutete auf den Bildschirm des Computers. Die Umrisse eines Behälters erschienen auf der Mattscheibe. Der Behälter barg die HARP-Geheimnisse. Es war noch viel Platz auf der Mattscheibe, soviel, daß die Flugroute für das Waffensystem angezeigt werden konnte. Verband man die Linien miteinander, so entstand ein Netz, das die westliche Hemisphäre schützen würde.

Remo kümmerte sich nicht um den Schmerz in seiner Hand. Diese Art von Schmerz bedeutete, daß der Körper sich selbst zu heilen begonnen hatte. Was Remo ärgerte, war die Bemerkung, die Smith gemacht hatte. Er hatte Grove ›klug‹ genannt. Groves Leute hatten McCleary umgebracht, zu dem Remo doch gerade so etwas wie Zuneigung dort in West Virginia gefaßt hatte.

Das Gefühl, das ihn bei der Zusammenarbeit mit McCleary beseelt hatte, würde er nie einem Menschen wie Smith entgegenbringen. Den Computern, die Teile von Smith waren, schon gar nicht. Wahrscheinlich war es die Gefahr gewesen, die ihn und den Schwarzen zusammengeschweißt hatte. Smith hingegen war ihm nicht geheuer. Smith trug ein tödliches Gift bei sich. Er würde sich umbringen, wenn CURE enttarnt wurde. Unklar war, wer in diesem Fall Remo eliminieren sollte.

»Ich werde Ihnen jetzt beweisen, woran Sie zu zweifeln scheinen«, sagte Smith. »Daß Grove wirklich äußerst klug ist. Sehen Sie sich das an.«

»Interessiert mich überhaupt nicht«, sagte Remo.

»Das sollte Sie aber interessieren. Hier!« Er deutete auf den Bildschirm. »Diese Zahlen beweisen, daß George Grove, Alleininhaber von Grove Industries, den Steuerzahlern ein paar Milliarden Dollar aus der Tasche gezogen hat, und zwar für ein Waffensystem, das keinerlei Schutz bietet. George Grove hat uns ohne Hemd in die kalte Welt hinausgeschickt. Sehen Sie sich das an.«

Remo starrte auf die Zahlen, die auf dem Schirm aufleuchteten. Als nächstes erschien eine Graphik, dann folgten wieder Zahlen.

»Zahlen«, sagte Remo.

»Das Dach«, sagte Smith. »Das Dach, das Amerika vor dem nuklearen Regen schützen soll.«

»Was?« sagte Remo. Die Hand schmerzte nicht mehr.

»Das Dach existiert gar nicht.«

»Das ist unmöglich«, sagte Remo. »Ich habe HARP mit eigenen Augen gesehen. Wunderschön. Wie eine Skulptur. Es ist dann leider explodiert.«

»Was Sie gesehen haben, war eine Fälschung. Bevor Sie die Waffe aus der Nähe betrachten konnten, ist die Attrappe in die Luft geflogen. Super.«

»Das bedeutet, Grove ist ein ganz normaler Betrüger.«

»Das ist er leider nicht«, sagte Smith. »Er ist der gerissenste Betrüger auf Gottes Erdboden. Er hat HARP I mit einem Schleier des Geheimnisses umgeben. Angeblich tat er das, um die Russen daran zu hindern, dieses Waffensystem auszuspionieren. In Wirklichkeit wollte er sich vor der Neugierde des Obersten Rechnungshofes schützen.«

»Aber man wäre ihm doch auf die Schliche gekommen. Wir hätten herausgefunden, daß es kein HARP I gibt.«

»Nicht wenn wir inzwischen HARP II gekauft hätten. An den Kauf von HARP II hätte sich HARP III angeschlossen, und so fort. George Grove hatte das Rezept gefunden, wie man mit einer Gewinnmarke von neunzig Prozent arbeitet. Er fand es langweilig, Fabriken zu betreiben, die nur dreißig oder vierzig Prozent Gewinn erwirtschafteten. Er war es leid, der Regierung Gewehre zu verkaufen.«

Remo sah die Zahlen über die Mattscheibe flimmern. Was die Zahlen bedeuteten, blieb ihm ein Rätsel.

»Sehen Sie, George Grove ist in den gleichen Fehler verfallen wie so viele, die sich auf unseren Universitäten zum graduierten Betriebswirt ausbilden lassen. Er hat die ganze Welt zu Zahlen umgeformt. Wenn man nur den Profit betrachtet, dann ist es natürlich billiger, die Konkurrenz aufzukaufen, statt ein gutes Produkt zu produzieren. Wir sind dabei, diese Fehler im System auszumerzen. Aber George Grove ist es gelungen, uns bis zum heutigen Tag an der Nase herumzuführen.«

»Diebstahl bleibt Diebstahl. Für mich ist der Mann nicht besser als ein Taschendieb.«

»Sie haben völlig recht«, sagte Smith. »Mit der Einschränkung, daß ein Taschendieb ein viel größeres Risiko eingeht. Diese Zahlen bestätigen alle meine Befürchtungen. Dabei ist völlig offen, ob das Material zu einer Verurteilung ausreicht. Groves Anwälte werden die Zahlen so hindrehen, daß die Firma vom Obersten Gerichtshof noch belobigt wird.«

»Aber das ist Betrug!«

»Mein lieber Freund, Sie haben höchstpersönlich das einzige Beweismittel in die Luft gesprengt, das wir hatten. Grove ist wahrscheinlich gerade dabei, die Schadensmeldung für die Feuerversicherung auszufüllen. Wenn Sie mich fragen, Mr. Grove wird von Tag zu Tag reicher werden. Und unangreifbar.«

Remo konnte nicht glauben, was Smith da sagte.

»Grove wird den Zuschlag für HARP II, für HARP III und vielleicht sogar für HARP IV bekommen. Niemand wird sich mit Nachforschungen aufhalten, was aus HARP I geworden ist. Es wird mit HARP so gehen wie mit allen anderen Waffensystemen. Niemand prüft, ob die Waffen auch wirklich funktionieren.«

»Sie scheinen das auch noch lustig zu finden«, sagte Remo. »Mac hat den Tod gefunden, als er diese Bänder für Sie stahl, und Sie sagen, wir können nichts gegen Grove unternehmen!«

»Sie können etwas gegen Grove unternehmen«, sagte Smith.

»Ich tu's für McCleary«, sagte Remo. »Ich mochte McCleary.«

»Nein«, sagte Smith. »Sie tun es, weil es Ihre Pflicht ist. Es ist die einzige Möglichkeit, George Grove zur Rechenschaft zu ziehen. Ich muß sagen, mir bereitet es Genugtuung, zu wissen, daß ein Mann, der ganz Amerika übers Ohr gehauen hat, gebührend bestraft wird. Aber um diese Genugtuung geht es nicht. McCleary hat sein Leben nicht hingegeben, damit ich solche Gefühle empfinden kann. Ich kannte McCleary viel länger als Sie. Ich stand ihm sehr nahe. Aber McCleary ist in diesem Zusammenhang nicht wichtig.«

»Für Sie ist er nicht wichtig«, sagte Remo.

Smith räusperte sich.

»Sie werden George Grove mit der Methode eliminieren, die Chiun den natürlichen Mord nennt. Es muß aussehen wie ein Unfall. Ich habe das schon ganz zu Anfang mit Chiun besprochen.«

»Es war nicht das einzige, worüber Sie damals gesprochen haben«, warf Remo ein.

»Wir haben über die notwendigen Maßnahmen gesprochen«, sagte Smith. »Ich hoffe doch, Sie können einen natürlichen Mord ausführen.«

»Sicher kann ich das. Aber es ist kein natürlicher Mord, sondern ein richtiger Mord. Ein Mord, der wie ein Unfall aussieht.«

»Ja«, sagte Smith. »Damit bin ich einverstanden.« Ob Remo sich wirklich so verändert hatte, wie McCleary gesagt hatte? Jedenfalls dachte er in anderen Begriffen als zu Beginn des Trainings. Der New Yorker Streifenpolizist, den sie danach gekidnapt hatten, hätte sich keine Sekunde lang den Kopf über den Unterschied zwischen einem natürlichen und einem richtigen Mord zerbrochen.

»Grove befindet sich auf dem Testgelände in Mount Promise. Das Gelände wird außerordentlich scharf bewacht. Grove hat bei den Sicherheitseinrichtungen die neueste Technologie verwendet.«

»Macht Ihnen das Sorgen?« fragte Remo.

»Ich frage mich, wie groß Ihre Chancen sind, bis zu Grove vorzudringen.«

»Die Bedeutung der Technologie wird oft überschätzt. Nehmen Sie nur das Beispiel HARP. Kennen Sie übrigens die Geschichte von General Liu und dem Kaiser des Strahlenden Lichts? Die Generäle hatten Geld bekommen, damit sie eine Armee aufstellen konnten. General Liu befehligte fünf Armeen, die mit der Verteidigung der westlichen Provinzen beauftragt waren. Aber von diesen fünf existierten nur vier. Den Rest des Geldes steckte der General in die eigene Tasche. Der Kaiser konnte nichts dagegen unternehmen.«

»Und wie ging es weiter?«

»Der Kaiser hat einen Sinanju angeheuert.«

»Und?«

»Ich sagte doch, der Kaiser hat einen Sinanju angeheuert.«

»Und der Sinanju hat den ungetreuen General ermordet?«

»Was dachten Sie denn? Daß der Sinanju einen solchen Mann vors Gericht bringt? Er hat den General getötet und zur Belohnung die Hälfte des Geldes bekommen, das früher an die Gespensterarmee geflossen war.«

»Erwarten Sie auch eine Belohnung, Remo?«

»Nein. Ich brauche nichts. Sie wissen doch, ich bin der Mann, der keine Freunde hat, also brauche ich auch kein Geld. Sie haben sich den richtigen Killer ausgesucht, Sie zitronengesichtiges Ungeheuer. Auf Wiedersehen.«

»Es tut mir leid, daß Sie mit Chiun ein Zerwürfnis haben. Macht Ihnen das Sorgen, Remo?« fragte Smith. Remo war schon auf dem Weg zur Tür.

»Nein. Mir macht überhaupt nichts mehr Sorgen. Wenn ich Chiun nie wiedersehe, auch gut.«

»Die Anweisung, an der Sie Anstoß nehmen, war nur eine Sicherheitsmaßnahme.«

»Sie haben den richtigen Mann für die Aufgabe ausgewählt«, sagte Remo. »Ich brauche nichts, ich will nichts, ich habe nichts. Nicht einmal einen Freund.«

Remo ging. Später an jenem Tag traf Smith mit dem Meister des Sinanju zusammen. Chiun hörte Smith schweigend zu. Es gab ein gefährliches Testgelände, das Gelände hieß Mount Promise. Dort wurden die amerikanischen Waffen ausprobiert. Remo würde in das Gelände eindringen, um einen Feind zu eliminieren. Allerdings war das Gelände wirklich gefährlich. Es wurde von technischen Einrichtungen geschützt, die Unbefugte am Betreten der verbotenen Flächen hinderten. Einrichtungen, wie sie nur sehr intelligente Hirne ersinnen konnten.

Remo lief Gefahr, bei dem Unternehmen getötet zu werden. Vielleicht wurde er auch nur verletzt. Oder er geriet in Gefangenschaft. In den letzten beiden Fällen war es Chiuns Aufgabe, den Vertrag zu erfüllen.

Chiun nickte.

»Hochmögender Kaiser, Ihre Befehle sind wie der Donner, der dem Gewitter vorangeht; kein Sterblicher kann der Gewalt dieser Stürme trotzen. Wie sehr Sie doch auf das Wohl Ihrer Untertanen bedacht sind! Ihre Sorge um das Volk hat Sie bewogen, einen Sinanju unter Vertrag zu nehmen. Ich habe in der Vergangenheit in vergleichbaren Fällen immer zur Zufriedenheit der Auftraggeber gearbeitet. Ich bin sicher, Sie werden Remo nach der Abwicklung des ersten Auftrages für weitere natürliche Morde einsetzen.«

Es war eine klassische Rede. Was Chiun mit seinen Worten ausdrücken wollte, war die Bitte, der Kaiser möge ihn, den Meister des Sinanju, nicht beleidigen, indem er unterstellte, daß es Aufträge gab, die ein Sinanju nicht ausführen konnte. Chiun hätte ihm aus der Erinnerung mindestens fünf Fälle benennen können, wo ein Sinanju in einer fast aussichtslosen Situation den natürlichen Mord zu einem guten Ende geführt hatte. Probleme würde es nur geben, wenn Remo die Lehren des Sinanju vergaß. Daß die fernöstlichen Weisheiten bei diesem jungen Mann noch nicht fest verankert waren, hatte sich neulich auf jener Statue gezeigt, die so sehr den koreanischen Klippen glich.

»Sehen Sie irgendwelche Probleme, Remo hinzurichten, wenn sich das als notwendig erweist?« fragte Smith. »Ich frage Sie das, weil Ihnen der junge Mann sehr zugetan ist. Es hat ihn etwas verunsichert, als er erfuhr, daß Sie ihn unter gewissen Umständen töten werden.«

»Ja, es hat ihn beunruhigt.«

»Könnte es, wenn Sie ihn hinrichten müssen, irgendwelche Probleme geben?« fragte Smith.

Chiun gab die Antwort im Zimmer der Maschinen, die Kaiser Smith so sehr ins Herz geschlossen hatte.

»Es gibt nur ein Problem auf dieser Welt, nämlich die Tatsache, daß Ihr Ruhm noch nicht so weit verbreitet ist, wie es Ihrer unermeßlichen Weisheit gebührt.«

»Das war's«, sagte Smith.

Chiun verabschiedete sich mit einer höflichen Verbeugung. Er war recht zufrieden mit seinem Auftritt vor diesem verrückten Kaiser, der sich mit Maschinen statt mit hübschen Kurtisanen umgab. Es war nie gut, wenn ein Mörder seinem kaiserlichen Auftraggeber seine wahren Gedanken verriet. Kaiser konnten es nicht vertragen, wenn man ihnen die Wahrheit sagte.

Nicht einmal Remo hatte das richtige Verhältnis zur Wahrheit. Die Weißen waren überhaupt schwierig, wenn es um die Wahrheit ging. Einige beharrten auf wahren Aussagen, als wäre es die sittliche Pflicht des Menschen, jedem Blatt zu sagen, wie grün es war.

Das waren Chiuns Gedanken, als er sich auf die Reise nach Mount Promise vorbereitete. Es war ihm ein gewisser Trost, daß er keine Schuld an den verqueren Ansichten des jungen Mannes trug. Was konnte man von einem Menschen erwarten, der viele Jahre lang die Lehren der amerikanischen Schulen über sich ergehen lassen mußte?

Mount Promise war eine wunderschöne Landschaft Amerikas, ein beeindruckendes Panorama aus hohen Bergen, mächtigen Pinien, breit dahinströmenden Flüssen, klaren Seen und Maschinengewehrnestern, die hinter Stacheldraht verborgen waren.

Mount Promise lag weit ab von der Zivilisation. Hier konnte man schießen, sprengen, Granitblöcke mit Laserstrahlen zersägen und jede Art von Krieg proben, ohne daß ein Mensch Anstoß nahm.

Unter den Reden, die an diesem Frühlingstag gehalten wurde, gab es eine, die mit unüberbietbarer Deutlichkeit auf die technologischen Möglichkeiten von Mount Promise hinwies. Die technologischen Vorrichtungen, die hier untergebracht waren, konnten die Gedanken einer Ameise auf eine Entfernung von einer Meile ergründen. Die gleiche Ameise konnte auf eine Entfernung von zwanzig Meilen eliminiert werden.

Es war General Scott Watson, der auf die Schönheit des Frühlings einging. George Grove war der Frühling gleichgültig, sein Interesse konzentrierte sich auf die Erprobung einer neuen Waffe, die Grove Industries entwickelt hatte. Es handelte sich um die C-18.

General Watson hatte George Grove angeboten, ein Jeep könnte ihn zu der Stelle befördern, wo die C-18 erprobt wurde.

»Ich brauche das nicht zu sehen«, hatte Grove gesagt. »Sorgen Sie bitte dafür, daß es heute keine Toten gibt, Scott.«

General Watson, Verfasser jener Aktennotiz, die zwischen den Büros des Verteidigungsministeriums hin- und hergegangen war, erwiderte den vorschriftsmäßigen Gruß eines Militärpolizisten, der gerade vorüberkam, dann führte er George Grove zu einem der Verwaltungsgebäude, die zum Testgelände Mount Promise gehörten. Er hatte schlechte Nachrichten für Grove. Nichts Weltbewegendes, aber doch schlecht.

Major Rayner Fleming würde bei der Erprobung der C-18 zugegen sein. Irgendwie hatte sich diese Frau der Einweisung ins Militärkrankenhaus entzogen. Es gab eine Stelle, die Frau Major Fleming mit geheimen Informationen versorgte, die Waffen aus der Produktion von Grove Industries betrafen. Aber noch bevor der General die Bombe hochgehen lassen konnte, trat die Frau, um die es ging, vor das Gebäude. Sie trug Uniform.

Grove kniff General Watson in den Arm, was soviel bedeutete wie ›ich mache das schon, überlassen Sie das mir‹. Grove verstand etwas von Frauen. Frauen wie Frau Major Fleming hatten kein Interesse daran, sich als Männer zu verkleiden; das war nicht der Grund, warum sie in die Armee eintraten. Was sie suchten, war die Kontrolle über Menschen und Dinge. Worte kosteten nichts, und so ließ George Grove die Frau in Uniform wissen, wie sehr er sich freute, sie hier zu treffen. Er sagte dann noch, er hätte ihr eine Kleinigkeit zu beichten.

»Ich muß mich bei Ihnen entschuldigen. Ich rege mich leider furchtbar auf, wenn mir jemand sagt, wie ich mein Unternehmen zu führen habe. Aber ich weiß, Sie haben Ihre Bemerkungen nicht gemacht, um mich zu belehren. Sie tun nur Ihre Pflicht. Es gibt unter der amerikanischen Sonne keine andere Frau in Uniform, die im Dienst so tüchtig und zugleich so hübsch ist wie Sie.«

General Watson, der Zeuge dieser Eröffnung war, konnte dem nur zustimmen. Wenn die Infanterie die Kavallerie in eine Falle locken wollte, dann ließ sie die Angreifer auf der mittleren Ebene vordringen, um sie dann in die Zange zu nehmen.

Grove verströmte seinen Charme. Wenn es Parfüm gewesen wäre, hätte sich Frau Major Fleming die Nase zugehalten.

»Zum Teufel«, sagte George Grove und sah der Frau in Uniform in die schönen Augen. »Hauptsache ist, wir kämpfen auf der gleichen Seite, nicht wahr?«

»Ja, Mr. Grove«, sagte Major Fleming. »Entschuldigen Sie mich jetzt, ich habe zu tun.«

»Sie sind entschuldigt«, sagte General Watson. Er war froh, daß die Begegnung ihrem Ende zuging.

Aber Grove ließ nicht locker.

»Es gibt da noch einen Punkt, den ich gern mit Frau Major Fleming erörtern würde«, sagte er. Er griff in die Jackentasche und zog ein paar Hochglanzfotos heraus. Er zeigte sie ihr.

»Für wen arbeiten Sie eigentlich?« fragte er sie.

Major Fleming betrachtete die Fotos. Auf dem einen war der falsche Oberst abgebildet, den sie im Gebäude des Obersten Rechnungshofes in New York kennengelernt hatte. Auf dem anderen war der Mann zu erkennen, der sich im Fahrstuhl mit ihr unterhalten hatte. Und dann gab es ein Foto, wo der falsche Oberst in einem Krankenbett lag. Ein Schlauch führte in seine Nase.

»Es tut mir leid, Mr. Grove, aber ich weiß nicht, wovon Sie überhaupt reden.«

General Watson sah Grove an. Er verstand das nicht. Er

wußte, Frau Major Fleming war wahrscheinlich die Person, die damals die Medien informiert hatte. Aber die Beschuldigung, die Grove vorgebracht hatte, wog viel schwerer.

»Sie ist ein Spitzel. Sie verkauft die Geheimnisse der Armee an Außenstehende. Sie fällt Ihnen in den Rücken, General Watson.«

»Mein lieber George, hier muß ein Irrtum vorliegen«, sagte General Watson.

»Halten Sie den Mund, Watson. Die Männer auf diesen Fotos arbeiten für irgendeine geheime Dienststelle der Regierung, und die Frau steckt mit ihnen unter einer Decke.«

»Woher haben Sie die Fotos, Mr. Grove?« fragte sie.

»Das geht Sie nichts an«, sagte Grove.

»Wenn Sie mich jetzt wirklich entschuldigen würden, Herr General«, sagte sie, zu Watson gewandt. »Mich ruft die Pflicht.«

»Für wen arbeiten Sie?« wiederholte Grove.

»Sie sind nicht mein Vorgesetzter, Mr. Grove. Wenn Sie mir etwas vorzuwerfen haben, dann wäre ich Ihnen dankbar, wenn Sie formell Anzeige gegen mich erstatten.«

Sie machte auf dem Absatz kehrt und rauschte davon. Sie wollte dabei sein, wenn die C-18 erprobt wurde.

Während des Gesprächs mit Grove hatte sie einen Entschluß gefaßt. Sie würde dafür sorgen, daß General Watsons private Finanzen durchleuchtet wurden. Sie war sicher, da war etwas faul. Wenn man den Apfel nicht rechtzeitig aus dem Korb entfernte, würde die Fäulnis auf alle anderen Äpfel übergreifen.

Remo hatte keine Schwierigkeiten, sich zu dem Testgelände in Mount Promise Zugang zu verschaffen. Die schwache Stelle des Bollwerks war der Glaube des Schloßherrn, niemand könnte die Mauern überwinden. Aber die Mauern waren für Menschen mit durchschnittlichen Fähigkeiten gebaut, nicht für Sinanju. All die Technologie konnte nicht verhindern, daß ein Mann, der an der Unterseite eines Lastwagens hing, die Sperren passierte.

Remos Wange war nur einen Fingerbreit vom Straßenpflaster entfernt, als der Lastwagen mit einer Geschwindigkeit von neunzig Stundenkilometer durch das Tor fuhr. Als das Fahrzeug nach der Ankunft auf dem Testgelände die Fahrt verlangsamte, ließ er sich fallen. Er achtete darauf, daß seine Uniform beim Aufkommen auf der Straße nicht beschmutzt wurde. Natürlich landete er auf den Beinen.

Frau Major Fleming wunderte sich. Eben noch war sie allein gewesen, aber jetzt ging der merkwürdige Mensch neben ihr, den sie im Fahrstuhl in New York kennengelernt hatte, der Mann, der auf dem Foto abgebildet war, das ihr George Grove gezeigt hatte. In New York hatte er Zivil getragen, jetzt trug er die Uniform eines einfachen Soldaten.

»Sie sind ein gesuchter Mann«, sagte sie.

»Sie erinnern sich an mich?« sagte Remo.

»Wie könnte ich die längste Fahrt mit dem Aufzug vergessen, die ich je unternommen habe«, erwiderte sie. »Übrigens haben Sie mich bis zum Hals in den Dreck geritten. Die Leute halten mich für Ihre Komplizin. Wer zum Teufel sind Sie?«

»Wenn ich es Ihnen sage, würden Sie dem einzigen warmherzigen und zutiefst menschlichen Wesen in meiner Organisation Glauben schenken?«

»Ich bräuchte Sie nur in das Gebäude dort zu bringen«, sagte Frau Major Fleming. Sie deutete auf den Trakt, wo General Watson und George Grove verschwunden waren. »Dann würden sich viele Probleme für mich auf einen Schlag lösen.«

»Sie könnten das tun, aber Sie werden es nicht tun«, sagte Remo. Er gab sich so charmant, wie er nur konnte. Vielleicht sollte ich ihr eine Sinanju-Übung vorführen, um sie zu beeindrucken, dachte er. Vielleicht könnte ich mit ihr die erste der siebenunddreißig Stufen hinaufgehen. Aber die Nachteile waren nicht von der Hand zu weisen. Frau Major Fleming würde in leidenschaftlichen Zuckungen auf dem Testgelände zurückbleiben, was zu unübersehbaren Komplikationen führen konnte.

»Wer sind Sie?« wiederholte sie. »Sind Sie vom Geheimdienst?«

Remo lächelte. Am liebsten hätte er ihr die Wange gestreichelt. Aber das war wohl verfrüht.

»Vom Geheimdienst, stimmt's?«

»Sie wissen, daß ein Mann vom Geheimdienst eine solche Frage nicht beantworten darf«, sagte Remo.

»Sie sind hier, um Ermittlungen anzustellen, nicht wahr?«

Remos Lächeln wurde breiter.

»Es geht um das Sturmgewehr AR-60, nicht wahr?«

Remo runzelte die Stirn. Er hatte keine Ahnung, was es mit diesem Sturmgewehr auf sich hatte. Was für eine zarte Haut die junge Frau hatte – zart wie eine Lotosblüte. Er würde ihr die Wange streicheln, sobald er seinen Auftrag erledigt hatte.

»Jetzt wundert es mich auch nicht mehr, daß ich so große Schwierigkeiten hatte, Informationen über das AR-60 zu bekommen«, sagte Frau Major Fleming. »Unsere Ermittlungen sind parallel gelaufen. Es tut mir leid, aber ich kenne nicht einmal Ihren Rang. Sind Sie der Ranghöhere von uns beiden?«

Remo dachte nach. Eine Lotosblüte, die Wert auf die militärische Rangordnung legte. Schade. Er sagte:

»Ich bin der Ranghöhere.« Er nahm ihre Ehrenbezeigung entgegen. »Rühren!«

Remo spürte, daß sie beobachtet wurden. Frau Major Lotosblüte hatte das natürlich noch nicht mitbekommen. Der Mann, der sie beobachtete, saß in einem Jeep, der sich in schneller Fahrt näherte.

Der Jeep hielt. Der Mann stieg aus. »Frau Major Fleming, mein Name ist Wilson«, sagte er. »Ich bin von Grove Industries. General Watson hat mich gebeten, mit Ihnen über das Sturmgewehr AR-60 zu sprechen.«

»Die Firma Grove Industries hat allen Anlaß, sich um die Verbesserung dieser Waffe zu kümmern. Wenn ein amerikanischer Soldat ein Sturmgewehr abfeuert, dann sollte der Schuß den Gegner töten, nicht ihn selbst.«

»Ich mag es, wenn Sie wie General Patton reden«, sagte Remo, der kurz zuvor einen Film über den General gesehen hatte.

»Ich weiß, Sie sind nicht wegen des Sturmgewehrs AR-60 nach Mount Promise gekommen«, sagte Wilson. »Trotzdem biete ich Ihnen an, sich den Test anzusehen, den wir in Block C mit dieser Waffe durchführen. Ich bin sicher, Sie werden mit den Ergebnissen zufrieden sein. Diesmal wird der Gegner erschossen, nicht der Soldat, der das Gewehr betätigt, das garantiere ich Ihnen.«

»Ich würde mich freuen, wenn sich Ihr Versprechen bewahrheitet«, sagte sie und bestieg seinen Jeep. »Worauf warten Sie?« sagte sie zu Remo. »Auf eine Einladung durch den Präsidenten?«

Irgend etwas stimmte nicht an der Sache, da war Remo sicher. Die Art, wie der Mann sein Anliegen vorgebracht hatte, sein Lächeln, all das fand Remo sehr verdächtig. Trotzdem nahm er die Einladung, mit zum Block C zu fahren, an. Er hatte die Pflicht, die Frau zu beschützen. Mit Grove konnte er später abrechnen.

Der Jeep fuhr zu einem kreisrunden Gebäude. Keine Fenster. Ein ebenerdiges Gebäude. Flasch. Eine einzige Tür.

Remo zögerte, aus dem Jeep auszusteigen.

»Kommen Sie«, sagte Wilson.

Remo hörte den beiden zu, wie sie über Kolbenhälse, Sicherungsflügel und Zubringerfedern sprachen. Er folgte ihnen in das runde Gebäude. Ein Hund kam ihnen entgegen.

»Tag«, sagte Remo zu dem Hund. »Ich hatte vor kurzem mit ein paar Verwandten von dir zu tun.«

Major Fleming und Wilson waren in eine Diskussion über die Fertigungstechnik von Waffen eingetreten. Remo konnte heraushören, daß die Frau sehr wütend war, sobald das Gespräch das Thema AR-60 berührte. Er betrachtete die Rundung ihres Hinterteils, die sich auf dem Rock abzeichnete. Chiun hatte ihm nicht verraten, ob auch beim Betasten eines weiblichen Hinterteils die Atemtechnik des Sinanju beibehalten werden mußte. Er würde improvisieren müssen.

Er gab sich einem farbigen Tagtraum hin, wie er mit Frau Major Lotusblüte die zweite und gleich darauf die dritte Stufe erklomm. Ganz von fern drang das Gespräch, das sie mit

Wilson führte, an sein Ohr. Sie standen im Inneren des kreisrunden Gebäudes, ganz in der Nähe eines Kastens, der mit Nieten auf dem Fußboden befestigt war. Zu ihrer Rechten gab es ein längliches Fenster. Das Fenster war so hoch an der Wand angebracht, daß es einem Guckkasten ähnelte. Jenseits der Glaswand stand eine Reihe Sessel. Wilson entschuldigte sich, er würde gleich zurückkommen. Die Tür fiel ins Schloß. Ein zischendes Geräusch folgte, und da wußte Remo, daß er einen schweren Fehler gemacht hatte, als er sich in Tagträumen erging. Er hätte sich viel besser auf Wilson konzentrieren müssen. Aber es war zu spät. Die Türen des Raums waren mit Druckluft verriegelt worden. So sehr Remo auch an den Griffen rüttelte, die Schleusen ließen sich nicht öffnen. Hinter der Glasscheibe erschien Wilson. Er war in Begleitung eines anderen. Der andere hatte einen Zahn, der mit einem Diamanten verziert war.

Und dann strömte das Gas durch die Ventilationsroste, die im Fußboden eingelassen waren. Remo wußte jetzt auch, wozu der Kasten diente, der auf den Boden genietet war. In dem Kasten waren Tiere. Man steckte sie dort hinein, um dann in aller Ruhe zu beobachten, wie sie erstickten. Sie befanden sich im Testraum einer Giftgasfabrik.

An den Ventilationsrosten waren Ventile angebracht. Remo kniete sich hin und drehte die Ventile zu. Das Zischen erstarb. Frau Major Fleming schwankte auf den Beinen. Remo versuchte die Scheibe zu zerschmettern, die sie von Wilson und seinem diamantverzierten Begleiter trennte. Die Scheibe hielt. Er würde es später noch einmal versuchen. Sobald ihn die Wut übermannte, würde er mehr Kraft entwickeln.

Die Düsen an der Decke des Raums waren geöffnet worden. Wieder das unheimliche Zischen von Gas. Es würde kein Später geben. Der Mann mit dem glitzernden Zahn lächelte. Wilson rieb sich die Hände.

Und dann verschwand Wilson aus Remos Blickwinkel. Major Fleming japste nach Luft. Remo fand, sie hätte nicht so tief durchatmen dürfen. Nicht, solange, die Luft im wesentlichen aus Gas bestand. Remo berührte ihre Brüste. Instinktiv hob sie die Hände. Sie hatte ihn mißverstanden. Er wollte nicht an ihrem Busen herumspielen. Er wollte nur, daß sie ohnmächtig wurde. Sobald sie das Bewußtsein verlor, würde die Atmung flacher werden. Sie würde dann weniger von dem Gas einatmen. Er nahm sie in die Arme und legte sie auf den Boden. Für den Mann hinter der Glasscheibe mußte es aussehen, als sei Major Fleming bereits ohnmächtig geworden.

Stone sah, wie der Mann über der Frau zusammensank. Seine Zunge preßte sich zwischen den Lippen hervor. Das Weiße der Augen war zu sehen.

Stone zog sich den Schutzanzug über und löste die Verriegelung der Tür. Es würde wie ein Unfall aussehen. Er drückte die Tür auf und betrat die Gaskammer.

Er ging auf den Mann zu. Weil er Remo nicht besonders mochte, versetzte er ihm einen Tritt in die Leistengegend. Er war erstaunt, daß sein Fuß von den Schenkeln des liegenden Mannes wie von einer Zange festgehalten wurde. Stone krachte zu Boden.

Wie in Trance nahm er wahr, daß ihm die Atemmaske abgerissen wurde. Er konnte nicht auf solche Kleinigkeiten achten, weil die Schmerzen in seinem Körper so groß, so gewaltig waren. Sein Hals befand sich in einem Klammergriff. Wieder und wieder wurde sein Kopf gegen die Scheibe geschlagen. Ein quietschendes, schneidendes Geräusch war zu hören. Der Mann benutzte den Diamanten in seinem Zahn, um ein Loch in die Scheibe zu schneiden. Daß das möglich war, bekam Stone bestätigt, als er mit dem Kopf voraus durch das Loch flog.

Was der Mann dann noch tat, war für Stone schwer zu verfolgen. Es war schwer, die Übersicht zu behalten, wenn einem zwei Finger durch die Augen ins Gehirn gestoßen wurden.

Remo zertrümmerte den Rest der Scheibe, dann zog er Major Fleming aus der Gaskammer heraus.

Es gab, wie Remo bei der Anwendung weiterer Sinanju-Griffe feststellte, auch Nachteile bei den fernöstlichen Techniken. Wenn er Wiederbelebungsversuche bei einer Frau durchführte, dann achtete der Sinanju nicht auf die Schönheit des Busens, er konzentrierte sich voll und ganz auf den Atemrhythmus.

Aber wie dem auch sein mochte – Major Fleming fand die Übungen sehr angenehm. Sie schlug die Augen auf, atmete tief durch und bedankte sich bei Remo von Offizier zu Offizier.

George Grove dinierte mit General Watson und mit Wilson, als ein Captain den Raum betrat und den tödlichen Unfall meldete, der sich in der Gaskammer ereignet hatte.

Wilson sagte: »Würden Sie uns bitte sagen, wie das passieren konnte?«

Dann lehnte er sich erwartungsvoll zurück. Er überließ es dem Captain, George Grove und dem General von der Eliminierung der beiden Störenfriede zu berichten, die er, Wilson, so kunstvoll in die Wege geleitet hatte.

»Einer Ihrer Leute, Mr. Wilson, ist bei einem Unfall in der Gaskammer ums Leben gekommen. Der Mann heißt Stone, Sir.«

Wilson verschluckte sich. Er befleckte seine Krawatte mit griechischem Wein. Die Farben paßten nicht zueinander.

Sobald Major Fleming ihre Bluse zugeknöpft hatte, führte Remo sie im Eilschritt nach draußen. Sie gingen in westlicher Richtung, auf den Wald zu. Aber Frau Major Fleming machte Remo recht bald klar, daß sie mit dieser Richtung nicht einverstanden war. Sie wäre viel lieber einen Weg gegangen, der sie geradewegs zu General Watson führte. Sie würde dafür sorgen, daß der General in Arrest genommen wurde. Sie würde einen Bericht über die ganze Angelegenheit verfassen, und zwar sofort.

»Ich kann mich mit diesen bürokratischen Erfordernissen nicht aufhalten, Frau Major Fleming. Können Sie nicht etwas schneller laufen? Es ist gut für Ihre Lungen, wenn Sie sich jetzt etwas anstrengen.«

»Was haben Sie denn vor? Wo wollen Sie hin?«

»Das brauchen Sie nicht zu wissen. Sie wollen es auch gar

nicht wissen. Ich werde die ganze Sache in Ordnung bringen, das ist alles.«

»Ich will erst meinen Bericht zu Papier bringen, und dann...«

»Hier bestimmt der Ranghöhere, und das bin ich. Ich wünsche in dieser Angelegenheit keine Bürokratie. Es gibt keinen Untersuchungsbericht – nichts in dieser Art. Ich bringe die Sache in eigener Regie zu Ende. Wie finden Sie das?«

»Klingt gut. Bitte, rennen Sie nicht so schnell! Sie haben eine merkwürdige Art, sich zu bewegen.«

»Ich bewege mich merkwürdig? Dabei sind Sie es, die mit mir nicht Schritt halten kann«, sagte Remo. Was erwartete sie eigentlich von ihm? Sollte er seine Füße in den Boden rammen wie einen Pickel, mit dem man ein Loch ins Eis hackt?

»Wie machen Sie das, so leicht dahinzugleiten?«

»Bewegen Sie sich, ohne nachzudenken. Nur bewegen. Glauben Sie an Ihre Kraft. Glauben Sie an sich selbst.«

»Was?« sagte Frau Major Fleming.

»Laufen Sie, wie Sie's gewohnt sind. Ich warte.«

Während Remo wartete und Major Fleming beim Spurt durch das Unterholz beobachtete, wurden auf dem Testgelände von Mount Promise Vorbereitungen getroffen, die beiden Flüchtigen mit der besten und teuersten Munition zur Strecke zu bringen, die das Zeitalter der Technologie hervorgebracht hatte.

General Watson würde die Operation leiten. Es war ein erhebendes Gefühl, bewaffnete Männer zu kommandieren. Es war echtes, rechtes Soldatentum.

Nicht daß General Watson die Tätigkeit, die seine Männer ausübten, als Brotberuf für sich selbst anvisiert hätte; so weit ging das Soldatentum natürlich nicht.

»Gentlemen«, begann er seine Ansprache. »Die Bedeutung der Aufgabe, die Sie übernommen haben, kann gar nicht überschätzt werden. Es geht darum, die Verantwortlichen für eine Reihe scheußlicher Verbrechen zur Rechenschaft zu ziehen. Militärische Geheimnisse sind ausspioniert worden. Ein Mensch wurde auf brutale Weise umgebracht. Frau Major Fleming wird vermißt.«

»Wie konnten sich die Täter Zutritt zum Testgelände verschaffen?« fragte ein Major. »Was haben sie vor?«

»Es könnte sich um einen Angriff handeln, der auf breiter Ebene gegen unsere Forschungsstätten vorgetragen wird. Erst vor kurzem wurde eine Waffenfabrik in West Virginia angegriffen. Der eine oder andere von Ihnen hat vielleicht von dem Überfall gehört.«

»Sind es die gleichen Täter, die hier eingedrungen sind?«

»Davon gehen wir aus«, sagte General Watson. »Und das ist das Beste, was uns passieren konnte. Sie sitzen in der Falle. Wir haben sie lokalisiert und eingekreist. Sie wurden von den Hitzesensoren entdeckt, als sie über das Testgelände liefen.«

Neben General Watson stand ein Waffenlieferant, der für die meisten Offiziere kein Unbekannter war. Es war George Grove. Er begleitete die Worte des Generals mit einem Nicken.

»Sie müssen die Täter unbedingt stellen, Sie dürfen sie nicht entkommen lassen. Sie sind mit den besten Waffen ausgerüstet, die es gibt, das verschafft Ihnen einen unschätzbaren Vorteil. Es gibt keine Entschuldigung für den Fall, daß Sie die beiden entwischen lassen«, sagte General Watson.

»Wenn die Täter Widerstand leisten, dürfen wir dann das Feuer erwidern, Sir?« Die Frage kam von einem Captain.

General Watson zögerte mit der Antwort. Er war geschickt genug, seine Überraschung zu verbergen, als George Grove die Beantwortung der Frage übernahm.

»Die Sicherheit der Vereinigten Staaten steht auf dem Spiel, Männer. Es liegt in Ihrer Hand, das Notwendige zu tun«, sagte Grove. Die jungen Offiziere eilten zu ihren Waffen. Nicht alle Tage bot sich ihnen die Gelegenheit, Schießübungen auf lebendige Ziele zu veranstalten.

Remo indes, der mit Major Fleming durch den Wald lief, dachte nicht an die Segnungen der Technologie. Er spürte, daß sich irgendwo hinter den Bäumen eine viel größere Gefahr verbarg.

Das Gelände war abschüssig, und Remo mußte Major Fleming unterhaken, damit sie nicht hinfiel. Im Laufen gewahrte er einen Strauch Himbeeren. Er blieb stehen, um ein paar Beeren zu pflücken. Sie schmeckten zwar nicht so gut wie Reis, aber der Hunger überdeckte den Unterschied. Remo hatte heute noch nichts in den Magen bekommen. Frau Major Fleming allerdings mochte keine Himbeeren. Sie war schon zufrieden, wenn sie beim Laufen das Gleichgewicht bewahrte. Vielleicht mochte sie auch keine Beeren, weil sie für ihre schlanke Linie fürchtete. Sie nannte Remo ihren Vornamen.

Remo fand die Beeren durchaus eßbar.

»Ich habe seit Wochen nicht mehr so gut gegessen«, sagte er.

Rayner Fleming lief weiter. Unter ihren Füßen knackte das Unterholz. Remo sagte ihr, sie sollte ihren Körper bewegen und sich nicht so sehr um ihre Beine kümmern. Sie versuchte, ihren Körper zu bewegen und landete in seinen Armen. Ihre Beine hatten jeden Kontakt zur Erde verloren. Remo fand Rayner Fleming, die sich an ihn schmiegte, wunderbar leicht.

»Es ist vielleicht doch besser, wenn Sie zur Fortbewegung Ihre Beine benutzen«, sagte Remo. »Laufen Sie, so schnell Sie können. Ich denke, wir werden gleich am See ankommen. Sobald wir dann auf der Uferstraße sind, kann ich Sie ...«

Remo war stehengeblieben. Er lauschte. Rayner Fleming konnte nichts hören. Aber das war nicht weiter verwunderlich, sie atmete so laut, daß ihre Atemzüge alle anderen Geräusche überdeckten. Trotzdem spürte Remo, daß Gefahr in der Luft lag. Er bedeutete ihr, Ruhe zu bewahren. Mit behenden Sprüngen, die Rayner Fleming an die Bewegungen einer Katze erinnerte, bewegte er sich auf eine hohe Tanne zu. Er kreiste den Baum ein. Rayner schien es, als hätte er die Hand ausgestreckt, um etwas zu berühren, was sich auf der Rückseite des Stammes befand. Plötzlich war Remo in der Luft. Er flog drei Meter hoch und landete auf dem Hintern.

Er hatte einen Stoß erhalten, der ihn aus dem Gleichgewicht brachte. Nur ein Mensch auf der ganzen Welt war in der Lage, Remo auf so überraschende Weise außer Gefecht zu setzen.

Ein zierlicher Asiate trat hinter dem Baum hervor. Es war Chiun. Remo wußte, der Meister des Sinanju war gekommen, um ihn zu töten.

15

»Bist du taub?« fragte Chiun. »Seit zehn Minuten stapfe ich im Wald herum. Ich habe gehört, wie du dich mit dieser Frau unterhalten hast. Ihr beide habt nichts als Unsinn im Kopf.«

»Ich freue mich, Sie kennenzulernen«, sagte Frau Major Fleming.

Chiun ignorierte sie. »Nicht nur, daß du dich mit einer Frau abgibst«, sagte er, zu Remo gewandt. »Du hast dich auch mit Himbeeren vollgestopft.«

»Falls es Sie interessiert, ich habe einen Namen«, sagte Rayner Fleming.

»Frauen sollten Kinder zur Welt bringen und nicht soviel reden«, sagte Chiun. Er ärgerte sich immer noch über die tapsige Art, wie Remo durch den Wald gelaufen war. Wer hatte diesen jungen Mann gelehrt, wie ein Elefant aufzutreten?

Noch nie war Rayner Fleming so von einem Mann behandelt worden. »Sie sind genauso ungehobelt wie Remo«, sagte sie zu Chiun.

»Er spricht immer so«, sagte Remo. »Er ist Koreaner.«

»Das erklärt dann auch gleich, warum er im Wald lebt«, sagte sie.

»Er lebt nicht im Wald«, sagte Remo. »Er ist nur hergekommen, um mich zu töten.«

»Um dich zu töten?« echote Chiun. »Du tötest dich selbst. Du ißt süße Beeren, während du läufst. Du gibst dich mit einer Frau ab, nur weil sie hübsch aussieht. Ich brauche dich nicht zu töten.«

»Warum sind Sie dann gekommen?« fragte Remo.

»Ich bin gekommen, um zu verhindern, daß du dem Haus Sinanju Schande einbringst.«

»Und wenn ich dem Haus Sinanju Schande einbringe, werden Sie mich töten?« fragte Remo.

Was konnte Chiun antworten? Daß Remo zu gut war, um ihn für die Interessen eines einzigen Kaisers zu opfern?

Schließlich war die Welt voller Kaiser und Könige und Präsidenten und Despoten. Sinanju, die für diese Herrscher mordeten, gab es immer nur zwei. Chiun hatte viel Arbeit in seinen Schüler investiert. Wo würde er einen zweiten Remo herbekommen?

Natürlich konnte er Remo nicht sagen, was er dachte. Womöglich gab der sein Wissen an den klugen, unberechenbaren Smith weiter. Weiße konnten nicht mit der Wahrheit umgehen. Unter keinen Umständen durfte Kaiser Smith von Chiuns Gedanken erfahren. Das war der Grund, warum er seinem Schüler die Tatsache verschwieg, daß er ihn nie für einen Kaiser opfern würde und für einen König oder Präsidenten oder Despoten auch nicht. Er mußte schweigen, auch wenn die Gefühle des jungen Mannes auf diese Weise tief verletzt wurden.

»Ja, ich würde dich töten«, sagte Chiun. »Ich würde das nicht leichten Herzens tun. Für einen Weißen warst du ein begabter Schüler.«

»Ich verstehe. Wenn Sie nun glauben, damit ist alles wieder in Ordnung, dann irren Sie sich«, sagte Remo. »Nichts ist in Ordnung. Für mich nicht.«

»Sie sind zu dünn«, sagte Chiun, zu Rayner Fleming gewandt. Wenn Remo plante, sich mit dieser Frau fortzupflanzen, hätte er sie darauf ansehen müssen, ob ihr Unterleib den richtigen Umfang für eine solche Aufgabe hatte.

»Sie sind nicht ehrlich mit mir«, sagte Remo und stand vom Waldboden auf.

»Du bist verrückt«, sagte Chiun. »Dein Verhalten, was diese Frau anbetrifft, ist typisch für deine ganze Art zu denken. Du fragst mich nicht, mit wem du dich fortpflanzen könntest. Du fragst mich nicht, ob dies der richtige Zeitpunkt ist, um dich fortzupflanzen. Du fragst mich nicht, ob ich nicht ein nettes koreanisches Mädchen für dich weiß, ein Mädchen, das aus einer Familie kommt, über die dem Haus Sinanju ein Mindestmaß an Informationen vorliegt. Du machst, was dir gerade einfällt.«

Chiun deutete eine unwirsche Handbewegung an. Er wollte nichts mehr von der Sache hören. Er hatte sich heute schon einmal anhören müssen, wie unglücklich Remo über die Aussicht war, von seinem Meister getötet zu werden. Solche Klagen wollte er nicht noch einmal über sich ergehen lassen. Es gab jetzt Wichtigeres zu tun. Dinge, die auf eine ganz bestimmte Weise zu Ende gebracht werden mußten.

Sie waren zu dritt und liefen bergab. Remo stützte Rayner, und Chiun achtete darauf, daß er seine Hände wirklich nur benutzte, um der Frau Halt zu geben.

Rayner sah die Falle erst, als sie schon zugeschnappt war. Merkwürdig. Sie spürte keinen Schmerz. Sie spürte nur eine Hand, die ihr Knie berührte. Remos rechte Hand. In der anderen Hand hielt er die Bärenfalle, die mit einem lauten Geräusch zugeschnappt war. Die Fangeisen hatten sich tief in einen Baumstamm gegraben.

»Richtig gemacht«, sagte Chiun.

»Was heißt richtig«, sagte Rayner. »Das war fantastisch. Wer seid ihr beide eigentlich?«

»Es war nicht fantastisch, es war richtig«, sagte Chiun. »Remo, ich möchte, daß du den Umgang mit Personen deiner Rasse meidest.«

Rayner war aufgefallen, daß Remo den Kommentar des alten Mannes als Lob empfand. Der Asiate hatte Remos Geistesgegenwart als ›richtig‹ bezeichnet, und dieser freute sich darüber wie ein Kind. Waren die beiden verrückt?

Jenseits des Schießplatzes war ein Lastwagen zu erkennen, der mit dicken Baumstämmen beladen war. Chiun wandte sich zu Remo.

»Sie kann nicht gut laufen«, sagte er mit einem Seitenblick auf Frau Major Fleming. »Wir müssen ihr ein Fahrzeug besorgen.«

»Ich habe ein Sportdiplom«, fauchte Rayner Fleming. »Ich war die Beste im Hindernislauf.«

»Wo sind Sie denn ausgebildet worden?« fragte Chiun.

»Bei den Green Berets, der härtesten Kampftruppe der Welt«, sagte Rayner.

»Die Green Berets sind doppelt so gut wie normale Soldaten«, sagte Remo. Sie hatten Rayner in ihre Mitte genommen. »Doppelt so hart. Doppelt so mutig. Doppelt so gut trainiert.«

»Alles doppelt?« fragte Chiun.

»Also gut«, sagte Remo. »Ich hole den Lastwagen.«

Er rannte los, schwang sich hinter das Steuer des Lastwagens und startete den Motor. Wenige Sekunden später war er bei Chiun und Rayner. Er ließ die beiden einsteigen.

In donnernder Fahrt preschten sie zu einem Holzlager. Noch bevor der Lastwagen gegen den Stapel Stämme prallte, war Remo abgesprungen. Er hatte Rayner mit aus dem Führerhaus gezogen.

Er landete auf einem Förderband, das für den Transport der Stämme diente. Chiun war im Führerhaus sitzengeblieben. Das Krachen und Splittern des Holzes, das von der Wucht des Lastwagens zermalmt wurde, war zu hören. Remo sah, wie das Gefährt sich überschlug und auf der Seite liegenblieb.

Der Lastwagen war nur noch ein rauchender Trümmerhaufen. »Leben Sie noch, Meister des Sinanju?« rief Remo.

Chiun antwortete nicht. Remo half Rayner Fleming aufzustehen. Er sprang vom Förderband und lief auf den Trümmerhaufen zu.

»Mein Gott, Chiun! Chiun, leben Sie noch?« schrie er.

Eine geborstene Tür wurde geöffnet. Chiun erschien. Er hielt den abgerissenen Türgriff in der Hand.

»Chiun, sind Sie verletzt?«

»In Korea lösen sich die Griffe nicht so leicht von den Türen«, sagte Chiun.

»Ob Sie verletzt sind!«

»Natürlich nicht, mein Sohn«, sagte Chiun.

»Was haben Sie da gesagt? Haben Sie mich Ihren Sohn genannt?« Remo war sicher, daß der Meister des Sinanju ihn als seinen Sohn bezeichnet hatte.

»Ich habe dich einen Esel genannt. Du fährst Auto wie ein brünstiger Affe.«

Aber Remo hatte gut zugehört. Chiun konnte das Wort nicht wieder zurücknehmen. Die Welt war wieder in Ordnung. Über ihnen leuchtete die Sonne, und auch die Bäume und die Seen waren wieder an ihrem richtigen Platz. Alles war gut. Remo warf den Kopf zurück und lachte. Am liebsten hätte er Chiun umarmt, aber er hatte seine Zweifel, ob der Meister ihm erlauben würde, ihn zu berühren.

»Du hast einen Auftrag auszuführen«, herrschte Chiun ihn an.

»Ich lasse das Mädchen in Ihrer Obhut«, sagte Remo. »Sie ist sowieso zu dünn.«

»Was haben Sie vor?« fragte Rayner.

»Sie bleiben bei Chiun. Er wird Ihnen wahrscheinlich beibringen, wie man richtig atmet. Ich muß jetzt einen Auftrag ausführen.«

»Ich bin nicht zu dünn«, sagte Rayner Fleming.

»Du darfst dem Haus Sinanju keine Schande machen«, sagte Chiun.

»Was ich tue, wird Ihnen zur Ehre gereichen, Kleiner Vater«, sagte Remo.

Rayner Fleming sah dann nur noch, wie Remo mit blitzschnellen Sprüngen zwischen den Bäumen verschwand. Der Blick des Asiaten, der sich Chiun nannte, war auf die Stelle gerichtet, wo sein Schüler in die Düsternis des Waldes eingetaucht war. Auf seinem Antlitz zeichnete sich Befriedigung ab. Rayner hatte diesen Gesichtsausdruck schon einmal gesehen. Nach einigem Grübeln erinnerte sie sich. Mütter, die am Rand des Schulhofs standen und ihre Kinder beim Spielen beaufsichtigten, sahen so aus.

Die Besatzung im Kommandoturm hatte alle Zielvorrichtungen auf den Mann eingestellt. General Watson, der sich mit Grove und Wilson in seinem Jeep befand, wurde verständigt.

»Das Ziel ist eingekreist«, sagte Grove.

Wilson nickte. Eine große Anzahl Waffen waren auf die Zielperson gerichtet. Die Zielperson war praktisch schon tot. General Watson brauchte nur noch den Befehl ›Feuer frei‹ zu geben. Aber General Watson zögerte.

George Grove redete ihm zu wie einem Kind.

»Wir sitzen in einem Boot, Scott. Es gibt keinen anderen Ausweg. Dieser Mann muß dranglauben. Ein längerer Aufenthalt im Gefängnis, Scott, würde Ihre Karriere sehr beeinträchtigen.«

»Feuer frei«, sagte General Watson in das Mikrofon des Funkgeräts.

»Gut, Scott«, sagte George Grove.

Remo war allein im Wald, als die erste Granate heranschwirrte. Er wußte nicht, um welche Granate es sich handelte. Aber er wußte, wo sie landen würde. Die Stelle lag unmittelbar neben ihm.

Es gab keinen Felsen, hinter dem er Schutz suchen konnte, keine Erdhöhle. Und den Schrapnellen, die nach der Explosion einer Granate durch die Luft flogen, konnte man nicht ausweichen. Schlimmer noch: durch die Explosion wurden die Bäume zerfetzt und ihr Holz in Schrapnelle verwandelt. Remo war in diesem Augenblick sehr allein. Er und der Ameisenhügel, neben dem er stand, hatten wenig Chancen, die nächste Sekunde zu überleben.

Remo fiel ein, daß Ameisenhügel aus Erde bestehen. Ameisen benutzten keine Steine, wenn sie ihre Wohnung bauen. Remo holte tief Luft und tauchte in die dunkle, warme Erde des Hügels ein. Als die Granate aufkam, hatte er das Gefühl, ein Mensch sei ihm auf den Rücken gesprungen, während er sich unter einer Wolldecke zusammenkauerte.

Die Granate zerfetzte die Bäume. Sie zerfetzte das Gras und räumte den Ameisenhügel ab. Die Granate verwandelte Mutter Natur in einen Parkplatz. Es fehlte nur noch der Asphalt.

Im Kommandozentrum wurde die Explosion als Volltreffer registriert. Und noch etwas wurde registriert. Ein Wunder. Was die Geräte anzeigten, war unmöglich. Trotzdem mußten die Daten an General Watson weitergemeldet weren.

»Ziel getroffen, Sir. Zielperson bewegt sich weiter, Sir. Zielperson geht zu rot vier. Rot vier, Sir.«

Watson, Grove und Wilson verfielen in nachdenkliches Schweigen. Grove holte tief Luft. Wilson entfernte ein imaginäres Stäubchen von seinem Anzug. Die Granate war ein Volltreffer gewesen, und doch hatte sie das Ziel verfehlt. Die Zielperson lebte noch.

Remo wischte sich die Erde von den Hosen und rannte los. Unglaublich, wie frisch die Erde in einem Ameisenhaufen roch.

Er wußte nicht, daß er sich in Planquadrat rot vier befand. Er wußte auch nicht, daß jetzt über tausend Waffen auf ihn gerichtet waren. Er lief durch das Minenfeld. Daß es ein Minenfeld war, merkte er erst, als die ersten Explosionen den Boden erschütterten. Bäume splitterten, das Gras wurde verbrannt, und Kiesel wurden zu Geschossen, die Remo um die Ohren pfiffen.

Es schien, als hätte sich die Erde, die ihn trug, gegen ihn verschworen. Remo rannte weiter und kam an den Rand eines Abgrunds. Er sprang. Er vertat keine Zeit damit, die Höhe des Falls abzuschätzen. Er wußte nur, daß es zu hoch gewesen war. Er kam sehr hart auf. Er griff nach den Ästen, die sein Gesicht peitschten. Er war in den Wipfel eines Baums gesprungen, die Zweige hatten seinen Fall gebremst. Er ließ sich zu Boden gleiten. Er betastete seine Knochen. Alles noch heil, doch seine Hände bluteten.

Und dann begann der Baum sich zu bewegen. Auch die anderen Bäume bewegten sich. Sie waren an einem dicken Stahlseil befestigt, das sie über eine tiefe Schlucht tragen würde.

Remo warf einen Blick in die Runde. Hinter ihm war eine Reihe von Stämmen zu erkennen, die wie mächtige Klöppel an dem Kabel hingen. Als Junge hatte Remo von solchen Transportvorrichtungen gelesen, die in unwegsamem Gelände zur Beförderung von Baumstämmen angelegt wurden. Ganze Wälder konnten auf diese Weise gerodet werden. Das Stahlseil war das Fließband, mit dem das Holz zu der Mühle befördert wurde, wo es verarbeitet werden konnte.

Unglücklicherweise war das System nicht für die Beförderung von Personen geeignet. Remo hatte sich an den Baum geklammert, der seinen Fall abgebremst hatte. Er benutzte die Äste, um an dem Stamm hochzuklettern.

Der Baum war über dem Abgrund angekommen, das Seil schwankte. Remo hatte einen Felsvorsprung erspäht, eine Stelle, die er im Sprung erreichen konnte, aber noch bevor er einen Entschluß fassen konnte, war der Fels wieder außer Sicht. Unter ihm gähnte der Canyon. Wieder die Höhenangst.

Grove, Wilson und Watson waren verständigt worden, daß die Zielperson durch ein Minenfeld gelaufen war. Die Zielperson schwebte über einen Abgrund hinweg. Die Zielperson war zum zweitenmal entwischt.

»Was ist eigentlich los?« sagte Grove. Seine Frage war an den General gerichtet. »Was ist so schwierig an der Sache? Habe ich Sie gebeten, einen Völkermord zu organisieren? Ich habe Sie gebeten, einen einzigen Mann zu eliminieren, verdammt noch mal!«

»Er bewegt sich in Richtung See«, sagte General Watson. »Er befindet sich außerhalb des Testgeländes, und zwar auf dem Gelände einer Sägemühle. Er klammert sich an einen Baumstamm. Meine Männer haben ihn einwandfrei lokalisiert.«

»Worauf warten wir?« sagte Grove. Er wechselte einen Blick voller Verzweiflung mit Wilson. »Der Mann klammert sich an einen Baumstamm. Soweit ich informiert bin, gehören Baumstämme nicht zu den Zielen, die sich mit der Geschwindigkeit eines Lenkflugkörpers bewegen können.«

»Da haben Sie recht«, sagte General Watson. Er gab dem Fahrer des Jeeps ein Zeichen zum Start. Der Wagen machte einen Satz nach vorn. Der Ruck war so heftig, daß der Beifahrer beinahe in den Wald katapultiert worden wäre.

Als sie am Rand des Canyons ankamen, hatte der Scharfschütze, der sich an Bord des Jeeps befand, genug Zeit gehabt, um seine Waffe auf den Einsatz vorzubereiten. Er nahm am Ende der Seilbahn Aufstellung, wo die Stämme ankamen. Er brauchte jetzt nur noch auf den richtigen Baum zu warten: der Baum, an dem ein Mensch hing.

Es war wie in einer Schießbude. Aber es gab einen Unterschied. Als der Scharfschütze den Mann erblickte, der sich an den Stamm klammerte, zögerte er beim Abdrücken.

Der Alleininhaber der Waffenfabrik nahm ihm das Gewehr weg und machte eine ätzende Bemerkung über die Qualität der amerikanischen Soldaten. Er schoß, als der Stamm auf seiner Höhe angekommen war. Der Mann, der sich an dem Baum festklammerte, hatte sich auf die Seite begeben, die seinen Verfolgern abgewandt war, ganz wie die Indianer, die sich ja auch immer hinter dem Rücken ihrer Pferde verborgen hatten.

Grove wußte, daß er auf Wilson zählen konnte. Wilson brannte geradezu darauf, den Flüchtigen zu eliminieren. Er hatte Blut geleckt.

Wilson nahm am Steuer des Jeeps Platz. Grove setzte sich auf den Beifahrersitz, das Gewehr auf den Knien. General Watson nahm seine übliche Rolle als Fahrgast ein. Immer schon hatte er die Führung Grove und Wilson überlassen – so auch jetzt. Die beiden waren entschlossen, das Werk zu vollenden, bei dem General Watson versagt hatte.

Sie fuhren zu der Stelle, wo die Stämme vom Seil abgehakt wurden. Wilson fuhr so nahe heran, daß sie beinahe von einem fallenden Baum getroffen worden wären. Der nächste Baum krachte zu Boden. Und noch einer. Endlich sah Grove den Mann. Er entleerte sein Magazin in den Stamm. Das Holz zersplitterte. Der Mann kletterte auf dem Stamm mit der Behendigkeit eines Käfers entlang. Grove verschoß ein zweites Magazin.

General Watson warnte ihn vor den Stämmen, die in unmittelbarer Nähe zu Boden fielen.

Grove saß da und feuerte. Ich muß ihn töten, dachte er, ich muß ihn töten. Er war sicher, er hätte ihn getroffen, als ein Baum auf den Jeep fiel.

Remo hörte eine Kugel an seinem Kopf vorbeipfeifen. Er warf einen Blick nach unten. Die Entfernung war so, daß er einen Sprung wagen konnte.

Dann hörte er, wie der Jeep von einem schweren Stamm zermalmt wurde. Remo sprang. Er lief auf den Jeep zu. Der Mann, der auf ihn geschossen hatte, war George Grove. Remo lief näher. Vor dem Jeep lagen zwei Menschen, die sich nicht mehr rührten.

Leider machte Remo als nächstes einen Fehler. Er hatte zuviel nachgedacht. Er hatte nicht mehr aufgepaßt, was um ihn vorging. Er tauchte aus dem Meer seiner Gedanken auf, als er eine Stimme hörte.

»Keinen Schritt weiter!«

Remo hob den Blick. Auf einem Felsvorsprung stand George Grove. Er hielt einen Armeerevolver auf ihn gerichtet.

»Es gab einmal eine Zeit, da hätte ich mich dafür interessiert, für wen Sie arbeiten. Jetzt nicht mehr.«

Grove tat einen Schritt nach vorn.

»Ich bekomme einen Orden, wenn ich Sie töte, wissen Sie das? Sie sind ein Saboteur.«

Weil es ihm eine hübsche Idee schien, zielte er auf die Testikel.

Er gab zwei Schüsse ab. Die Zielperson machte zwei Sprünge. Remo blieb unverletzt. Die beiden Kugeln hatten nicht einmal seinen Hosenlatz gestreift.

Beim zweitenmal zielte George Grove etwas höher. Er war ein Meisterschütze. Er konnte das Ziel nicht verfehlen – unmöglich. Er gab zwei Schüsse auf den Brustkorb der Zielperson ab. Die Kugeln durchlöcherten einen Baum.

Er schoß noch einmal und sah, wie Remo auf ihn zuschwebte. Plötzlich hielt die Zielperson den Revolver in der Hand. Die letzte Kugel, die sich im Magazin befunden hatte, fiel in den Staub.

»Wer sind Sie?«

Remo hätte George Grove gern geantwortet, aber dazu war keine Zeit. Er hatte einen dringenden Auftrag zu erledigen. Er packte George Grove und schleppte ihn zu dem umgestürzten Jeep. Grove hätte schwören können, daß Remo, während er ihn zu dem Wagen trug, ein Lied aus einem Kinderfilm pfiff. Es war das Lied, das die Zwerge in dem Schneewittchenfilm von Walt Disney singen.

Der Mann hielt George Grove wie eine Tüte Bonbons. Grove konnte sich nicht rühren. Er sah, wie der Mann zwei Zweige in seiner linken Hand gegeneinanderrieb. Er sah, wie sich die beiden Zweige in der Hand schneller und schneller drehten, wie sie zu qualmen begannen. Und dann war die Flamme da.

Remo schob George Grove auf den Rücksitz des Wagens. Er zerschmetterte ihm beide Kniescheiben mit gezielten Schlägen und warf dann die brennenden Zweige auf das ausgeflossene Benzin.

George Grove ging in Flammen auf. Er brannte wie Zunder.

Es war natürlich kein Unfall. Es sah nur wie ein Unfall aus. Smith würde zufrieden sein.

Rayner Fleming erwartete ihn am Ufer des Sees. Von Chiun war nichts zu sehen.

»Er sucht Sie, Remo«, sagte sie.

»Ich brauche seine Hilfe nicht«, sagte er. »Ich hab's allein geschafft. Ganz allein.« Damit verließ er Rayner Fleming und sprang in das Schnellboot, das am Ufer vertäut lag. »Ich muß Chiun finden. Ich bin ohne seine Hilfe ausgekommen, aber jetzt sehne ich mich nach ihm. Und ausgerechnet jetzt ist er nicht da.«

Und dann sah er Chiun. Auch Rayner Fleming hatte den Koreaner entdeckt. Zwischen Chiun und Remo waren Soldaten, viele Soldaten, die von Mannschaftswagen abgesprungen waren.

»Er hat's getan, nicht ich«, sagte Remo. Die Soldaten hoben ihre Gewehre und zielten. Was dann geschah, war so erstaunlich, daß Remo den Mund offenstehen ließ.

Chiun, Meister des Sinanju, hatte das Kinn erhoben. Mit der Leichtigkeit eines Adlers, der auf seinen Horst einschwebt, glitt er über das Wasser.

Die Soldaten hielten ihre Gewehre auf ihn gerichtet, aber die Finger, die am Abzug lagen, waren wie gelähmt. Die Soldaten starrten den Mann an, der über das Wasser gehen konnte.

Niemand feuerte auf Chiun, und dann war die zerbrechliche Gestalt an dem Schnellboot angekommen. Chiun sprang hinein. Der Motor heulte auf. Remo und sein Lehrmeister verschwanden in einer Gischtwolke.

Major Rayner Fleming befahl den Männern, die Gewehre abzulegen.

»Wer sind die beiden?« fragte der Offizier.

»Das sind die Guten, ob Sie's glauben oder nicht«, sagte Major Fleming.

Chiun freute sich. Sein Schüler hatte den Auftrag erfolgreich ausgeführt. Sein Schüler lebte noch. Und Remo war stolz auf sich.

»Richtig?« fragte er Chiun.

»Die großen Killer in der Geschichte des Sinanju haben sich bei solchen Gelegenheiten nicht so anstrengen müssen wie du«, sagte Chiun. »Außerdem hast du dich verletzt.«

»Die Zielperson ist tot, und ich lebe«, sagte Remo. »Ich hab's richtig gemacht. Nicht einigermaßen richtig, sondern richtig.«

»Nun«, sagte Chiun, »wenn du dich damit zufriedengibst, daß du den Einsatz überlebt hast...« Er zuckte die Achseln. Seine langen Fingernägel zuckten wie das Gefieder einer Taube, die sich auf einem Zweig niederläßt.

»Richtig ist gut genug, finde ich«, sagte Remo und fügte die Anrede »Kleiner Vater« hinzu. Er ärgerte sich. Warum freute sich Chiun nicht ebensosehr wie er, daß er noch lebte?

HEYNE BÜCHER

ROBERT LUDLUM

Die Superthriller von Amerikas Erfolgsautor Nummer 1

01/5723 - DM 6,80

01/5803 - DM 7,80

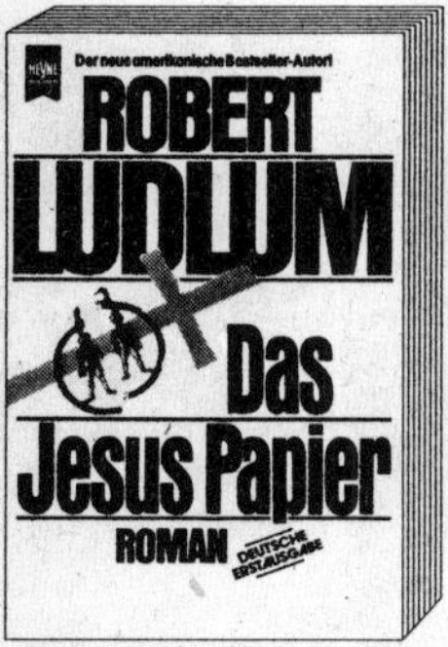

01/6044 - DM 7,80

01/6136 - DM 7,80

01/6180 - DM 6,80

01/6265 - DM 9,80

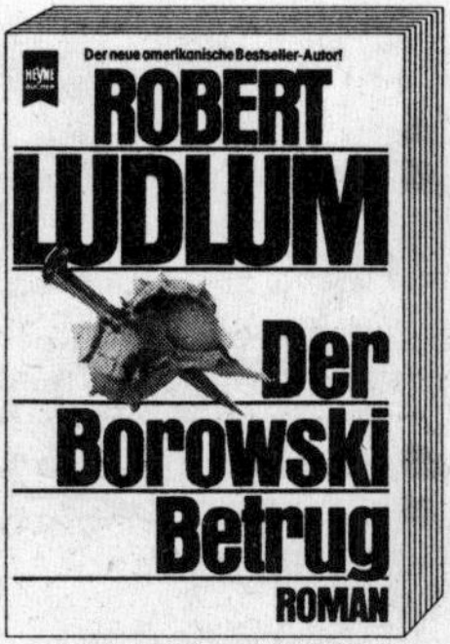

01/6417 - DM 9,80

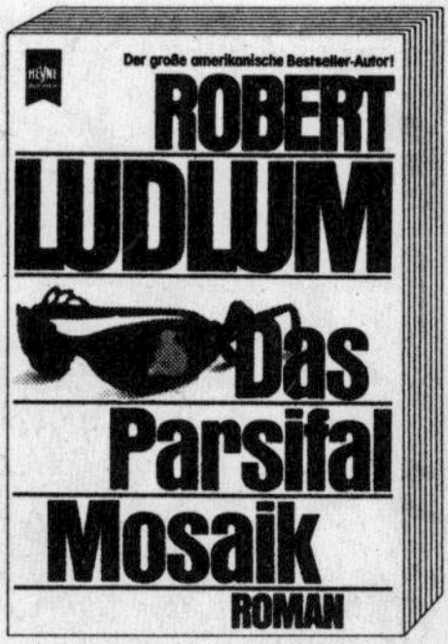

01/6577 - DM 9,80

HEYNE BÜCHER

TOP-THRILLER

Wer Spannung sagt, meint Heyne-Taschenbücher

50/1 - DM 8,–

50/6 - DM 10,–

01/6122 - DM 7,80

01/6221 - DM 7,80

01/6321 - DM 7,80

01/6416 - DM 9,80

01/6470 - DM 7,80

01/6566 - DM 7,80

HEYNE FILMBIBLIOTHEK

Themenbände, die sich mit bestimmten Filmarten, wichtigen Epochen und Kategorien beschäftigen.

32/40 - DM 9,80

32/44 - DM 10,80

32/68 - DM 10,80

32/54 - DM 9,80

32/62 - DM 6,80

32/78 - DM 12,80

32/73 - DM 12,80

32/80 - DM 9,80